Für das Leben ... all'unisono

Bisher erhältlich:

Ich LIEBE meinen Tumor (4. Mutation)
Ich LIEBE meinen Turmor (6. Mutation)
Chrysalis (Kurzgeschichten Band 1)
Fragmente (Kurzgeschichten Band 2)
WAHRHEIT
WAHNSINN
WIRRWARR

In Planung:

Ich LIEBE meinen Turmor (7. Mutation)
Raub (Kurzgeschichten Band 3)
Zeitgeist (Kurzgeschichten Band 4)
Wir EINEN (Kurzgeschichten Band 5)
Die ANDEREN (Kurzgeschichten Band 6)

Weitere Infos unter: *www.bod.de/buchshop*
guidovobig.com
www.ichliebemeinentumor.de

Guido Vobig

Fragmente

Kurzgeschichten

Band 2 EINES dissoziativen Romans

Bibliographische Information der Deutschen Nationalbibliothek: Die Deutsche Nationalbibliothek verzeichnet
diese Publikation in der Deutschen Nationalbibliografie;
detaillierte bibliografische Daten sind im Internet über
http://dnb.dnb.de abrufbar.

Herstellung und Verlag:
BoD - Books on Demand, Norderstedt

ISBN 9783744899765

Am Rande

Die Gestaltung des Buches wäre ohne die Grafiken von **pngimg.com** unter *www.pngimg.com* nicht derart möglich gewesen. Gleiches gilt für einen Teil der Schriftarten, die **dafont** unter *www.dafont.com* zur Verfügung stellt. Weitere Grafikelemente des Buches, insbesondere diverse Icons, stammen von **Freepik** unter *www.flaticon.com* .

Gezüchteter Sturm ist den Arbeiten von Bernie (Bernhard L.) Krause gewidmet, amerikanischer Musiker, Natur- und Klangforscher. Er gilt als führender Fachmann für Biophonie (Erforschung und Dokumentation von Naturklanglandschaften).

Kintsugi ist vom gleichnamigen Album der Band *Death Cab For Cuties* inspiriert worden.

Inhalt

Prolog

Wir sind Fragmente

Der kühle Schein unseres Lebens - er beginnt im langen Schatten des verzweigten Baumes. Von nun an rennen wir vor den Symptomen fort, die gemeinsam der WAHRHEIT entsprechen. Fortan fürchten wir sie - all die gezeugten Monster. Unsere Angst vor ihnen ist es - sie unterstreicht die Wahrhaftigkeit der Symptome. Die Angst folgt uns, sie haftet uns dauerhaft an. Egal wie viele Fenster im Haus des Lebens wir luftdicht verschließen.

Der brüchigste aller Kontexte, der bin ich selbst.
Der kleinste aller Kontexte, das ist die Welt.
Wir werden zur Ecke im Raum. EIN Versteck, weil die Monster auf der Suche nach uns sind. Wir können ihnen vertrauen, denn sie werden uns finden. Nur sie sind dazu in der Lage, derartige Räume mit Ecken zu erschaffen, uns zugleich Freiheit in Aussicht stellend.

Ich kann sie deutlich sehen, durch EIN verschlossenes Fenster. Ich bin mir nicht sicher, wen oder was ich damit meine – die Monster oder die Freiheit? Sie sind sich so ähnlich geworden. Wenngleich –

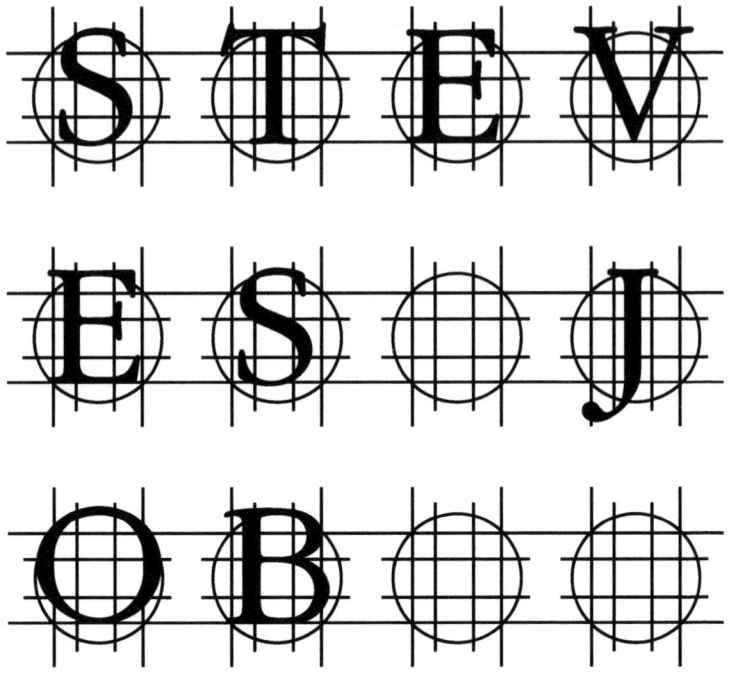

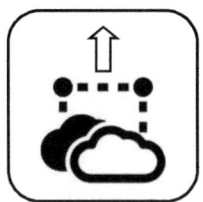 » - nichtsdestoweniger, nein, *nun* stehen wir *erst recht* auf der Schwelle EINER Ära, die der gesamten Menschheit neue Möglichkeiten eröffnen wird. Unser Sohn Ray war der erste Mensch, der EINEN Fuß über diese Schwelle setzen konnte. Wir bedauern zutiefst - «

Steve Pleap ließ den Flatscreen deaktivieren.

»Neue Möglichkeiten - keine Frage«, sagte er zu sich selbst. »Und die neuen Konsequenzen, die den Möglichkeiten davoneilen werden, sobald diese sich tatsächlich etabliert haben werden?«

Er wandte sich ohne Antwort vom Bildschirm ab und betrachtete das fausthohe Paket vor ihm auf dem Tisch. Er konnte sich nicht erinnern, wann er das letzte Mal EINES gesehen, geschweige denn EINES erhalten hatte. Der Inhalt, EIN Buch, war von den Sensoren mit grünem Licht quittiert und somit für unbedenklich befunden worden. Weitaus überraschter aber zeigte sich Steve vom völlig unerwarteten, ihm bekannten Absender.

»Das kann nicht sein«, flüsterte er, trotz Abwesenheit weiterer Ohren. Amelie, Steves Tochter, war in ihrem Zimmer. Die Treppe rauf und den Flur entlang, hinten, die Tür links.

»Das *kann* nicht sein«, wiederholte Steve bestürzt, während ihm der Mund trockengelegt und seine Zunge ein Klumpen Erde wurde. Er öffnete das Paket mit Händen, die sich ihrer Absicht nicht ganz sicher waren.

Das Buch, eingeschlagen in samtenes Papier, kam zum Vorschein, strahlend gelb, darauf EIN Umschlag mit dem geschwungenen Namen seiner Tochter, darin EINE handschriftlich verfasste Karte.

»Für Amelie!«, entfuhr es Steve. EINE weitere Überraschung, keine Frage.

Ein Gefühlsmeer brandete in ihm auf und drohte ihn unter Wasser mitzureißen. Ungläubig warf er erneut einen Blick auf den Absender.

Ray.

Der Junge, der nur EINEN lauten Hilfeschrei von ihnen entfernt gewohnt hatte, getötet von *ihm*, Steve, am Tag zuvor, durch die Eskalation EINES Destabilisierungsprogramms, weil Ray -

Amelie!?

Steve widerstand dem Drang, die Tür aufzureißen, die Treppe hinaufzustürzen, den Flur entlang zu hechten und sich in ihr Zimmer zu werfen. Er holte tief Luft. Sein Blick prallte auf den Flatscreen. Auf die geschlossene Tür. Dann nahmen ihn erneut die Karte und das Buch gefangen, ihn knebelnd. Langsam setzte er sich an den Tisch, mit dem erschöpften Rücken zur Tür. Er drehte die Karte um, die an seine siebzehnjährige Tochter gerichtet war. So alt wie Ray - gewesen war, bevor -

Nein, Amelie ist in Sicherheit, wie all die Jahre zuvor, beschwichtigte Steve das Meer. Vor allem jetzt, wo -

Plötzlich polterten grobe Steine in seinen Magen und EIN bodenloses Unbehagen, wie einst, als er vom jähen Tod seiner Frau erfahren hatte, nahm sich gierig seines Herzens an.

»Es ist nur EIN Buch«, versuchte Steve sich zu beruhigen, einen Atemzug zögernd, bevor er Rays Worte zu lesen begann:

Liebe Amelie,

Es ist dieses wohl ein ungewöhnliches Liebesgedenken. Eingedenk meiner sehr speziellen Situation, von der Du sicherlich, bis zu einem gewissen Grade, Kenntnis hast, sah ich keine andere Möglichkeit, um zu realisieren, was auf EINEM anderen Wege sich nie hätte dergestalt zutragen können.

Ich denke, Du wirst verstehen, warum ich diesen Weg wählen musste und warum dieser Weg Deinen Vater als Boten notwendig werden ließ.

Wenn Du diese Zeilen liest, wird auch er verstanden und mir verziehen haben – vor allem aber sich selbst.

Endlich – dank Dir darf ich vom wahren Leben nun kosten.

Ray

Steve las die Worte zum wiederholten Male. Erst jetzt wurde ihm Rays eigene Handschrift richtig bewusst. Kein Zweifel, sie war mit EINEM Stift niedergeschrieben worden, auf Papier. In Anbetracht von Rays sonstigen Fähigkeiten, wirkte die Schrift beunruhigend. All die Jahre hatte Steve von *dieser* Fähigkeit nichts mitbekommen, was angesichts der Ausübung seines Jobs, und der damit einhergehenden jahrelangen Nähe zu Ray, in der Tat verwunderlich war. Handschriftliches Schreiben und Ray - das passte überhaupt nicht zusammen, zumal es kaum mehr gelehrt wurde. Gab es vielleicht noch andere Fähigkeiten, von denen Steve nichts wusste? Die Steine in seinem Magen hatten ihr Gewicht zwischenzeitig halbiert, dafür stolperte sein Herz bei diesem Gedanken haltlos in die Bodenlosigkeit hinein. Steve schluckte und schlug das dünne, hochwertig verarbeitete Buch auf. Gleichsam EIN Handwerk, das nach und nach aus dem Alltag verschwand, angesichts des Wandels, der die Welt unaufhaltsam nach außen krempelte und ihr Inneres bezwang.

DAS BUCH DES LEBENS

Von Ray für Amelie

Sie schneiden mich, Punkt 16 Uhr, aus dem Leichensack heraus, der meine Mutter ist. Sie heißen mich im Leben willkommen, soll heißen, sie feiern mich als Errungenschaft, als technologischen Meilenstein. Mutter lebt, doch Mutter ist schon immer eiskalt und starr gewesen. Nicht nur den Unberechenbarkeiten des Lebens gegenüber, von deren ANDEREN Lebewesen und Lebensweisen sie sich nie hat reanimieren, erst recht nicht hat bereichern lassen. Mutter ist diesbezüglich, bis heute, sehr speziell. Alles, was die natürliche Verwobenheit des Lebens für notwendig erachtet, um Lebendigkeit zu ermöglichen, hat Mutter schon immer unbeeindruckt, und mit reichlich Argwohn, in EINEN schweren, schwarzen Sack geworfen. Diesen trägt sie auf Schritt und Tritt mit sich herum und bettet ihren Kopf darauf, wenn sie EINE von zwei Stunden pro Tag schläft. Auf weiteren Tritt und

Schritt ersinnt sie Mittel und Wege, das eingesackte Unberechenbare irgendwann berechenbar wieder aus dem Sack zu lassen. Zum Wohle der Menschheit, insbesondere der mathematisch orientierten Wissenschaft, getreu den Worten: *Was einzig zählt im Leben, ist der Algorithmus.* EIN Motto, so typisch für Mutters Sicht der Welt. EINE Sicht, von der Mutter glaubt, sie mir mit in *die* Wiege gelegt zu haben, in der sie nun darniederliegt, beglückwünscht von Vater. Währenddessen kümmern sich andere Menschen um mich und erheben meine Vitaldaten. Alles ANDERE, allem Anschein nach, einzig Nebensache.

Auch ich bin EINE solche Berechnung, die neun Monate in Mutter versackt war und jetzt termingerecht per Kaiserschnitt gelöst worden ist. Das Ergebnis ist rosig wie ein Ferkel und faltig wie benutztes, schon mehrfach verschenktes Geschenkpapier. EIN Neugeborenes ohne Hände und Füße und ohne Schädelknochen am Hinterkopf. Genau wie erwartet. Genau wie von meinen Eltern angedacht - zwecks Bestückung mit anderen zeitgeistigen Triumphen aus Graphen, Speziallegierungen und Kunststoff.

Doch kaum aus dem Sack, entwickle ich mich EINER Variablen gleich, die trotz aller Vorausberechnungen Teil EINER offenen Rechnung ist, weil ich im Laufe der Jahre ungewöhnliche Werte annehmen werde. Nicht jene, die von Mutter akribisch vorausberechnet worden waren.

Noch ahnt niemand derer, die zugegen sind, etwas von meinem variablen Lebenswandel, denn Ahnungen widersetzen sich der mathematischen Vereinfachung. Daher können sie sich einfach aus dem Staube machen - wann immer ihnen danach ist.

Woran das liegt? Am Fortschritt, wie ihn Mutter und Vater befürworten und vorantreiben. Dieser Fortschritt, er ist EIN Mangel natürlichen Berührtseins.

Wie EIN geplatztes und geflicktes, nie wirklich ruhendes Kissen, liegt Mutter in der unnatürlichsten aller Geburtshaltungen in meiner symbolträchtigen Wiege, EINEM Hightech-Bett im Geburten-Zentrum, im zwanzigsten Stockwerk gelegen. Das Glitzern im Rund ihrer quadratisch bebrillten Augen ist beileibe kein freudiges Wetterleuchten, das innige Tage der getrennten, gegenseitigen Bindung von Mutter und Kind ankündigt, keine strahlende Kunde vom reibungslosen Verlauf der Geburt. Nein, es gilt vielmehr der problemlosen Überwältigung verwobener Kreisläufe, mit Hilfe fester Verknotungen von Feedbackschleifen.

Sämtliche Parameter, weit mehr, als zehn Schachbretter Felder haben, hatten während Mutters Schwangerschaft in der Norm gelegen, vom automatischen Einpflanzen des künstlich befruchteten Eis an. EIN Eingriff, der ebenfalls im Zentrum stattgefunden hatte, exakt vor sechstausendfünfhundert Stunden und fünf Minuten. Nur drei Sekunden später und die Wahrscheinlichkeit einer Mutation hätte sich vervielfacht gehabt. Nichts konnte schiefgehen, denn aller Unberechenbarkeit trug der Fortschritt monatelang geradewegs Rechnung, während Mutter *mich* austrug, so, wie sie den Sack auf ihren Schultern herumträgt. Diese Komplexität von enormer Tragweite, die meine Berechnung erzeugte, ist nicht von schlechten Eltern. Unterm Strich haben beide nie etwas Schlechtes im Schilde geführt. Sie wollen nur Wege gehen, mit deren

Begehung andere zögern. Meiner Eltern grundsätzliches Problem – es ist einfach nur EIN ANDERES. Sie sind wie EIN Fragment, das ewig auf der Suche nach seinem wahren Platz im Leben ist – und das sich von mir erhofft, diesen Platz dargeboten zu bekommen.

Natürlich hat auch Vater gleichsam zu meiner Berechnung beigetragen und mich damit weit über das Dasein EINER sehr wahrscheinlichen Prognose erhoben. Immerhin ist er die Hälfte der Gleichung, die zu meinem Ergebnis geführt hat - ohne allerdings dabei tiefer in die weibliche Materie eindringen zu müssen. Wo genau in meiner komplexen Gleichung der Platz für die Liebe ist, das soll mir lange Zeit EIN Rätsel bleiben. EINEM fünftausendteiligen Puzzle gleich, das man zur Hälfte bewältigt hat, nur um EIN Teil vorzufinden, das unpassend ist. Obwohl es sich ins Gesamtbild fügt. Besagtes Fragment?

Vater plante anfangs, mich in EINER künstlichen Gebärmutter entstehen zu lassen, EINEM Prototypen seiner visionären Unternehmerschaft, sozusagen der letzte Schrei auf dem Gebiet der kontrollierten Hervorbringung von Nachkommen. Mutter war augenblicklich Feuer und Flamme diesbezüglich gewesen, die Glut davon noch Teil des postnatalen Glitzerns auf der Schwärze ihrer Pupillen, versprach der Plan doch ihre Unversehrtheit sowie minimiertes Risiko. Aber es gab Probleme mit der Hardware, während EIN Bug sein Unwesen tief im Silizium trieb und Horden fähiger Techniker nasführte. Deutlich besser lief es mit der breiten Palette genetischer Modifikationen: von der Augenfarbe und körperlichen Proportionen, über die Beschaffenheit des Immunsystems, bis hin zur Intelligenz und kognitiven Fähigkeiten. Deren Zustandekommen und biologische Vereinbarkeit ist längst mit mehrstelliger Genauigkeit vorausberechenbar und entsprechend über EINE Software expressiv aktivierbar - beinahe EIN Kinderspiel wie die längst allgegenwärtigen Foodsynthesizer. EIN Meilenstein, der den angesehenen Ruf meiner Eltern längst nicht nur auf nationaler Ebene untermauert hat. Ihr Beitrag zur Vereinfachung dieser manipulativen Prozedur ist maßgeblich gewesen. Sie sind EIN auf Nummern sichergehendes Traumpaar menschlicher Ambitionen und ihr gemeinsames Vorbild, der transhumanistische Visionär Ray Kurzweil, wäre mächtig stolz auf beide gewesen, würde er noch leben. Immerhin waren Mutter und Vater vorbehaltlos in dessen abrupt endenden Fußspuren getreten und gehen seitdem seinen eingeschlagenen, spurenreichen Weg weiter. Sie wollen ermöglichen, wozu der transhumane Bigfoot selbst nicht mehr gekommen war, trotz duzender Pillen und Kapseln, die er täglich zur Körperoptimierung zu sich genommen hatte – bis zu seinem Tod. Man munkelt bis heute, es gäbe EINE digitale Kopie seiner Person. Irgendwo.

Betrachte ich heute diese Aufzeichnungen meines Geburtsprozederes, Mutter halbnackt auf dem vormals sterilen Bett, kurz bevor EINE Apparatur sie wieder auf sich selbst begrenzte, erscheint mir Mutters offener Unterleib wie EINE Traumwelt, deren Traum vom perfektionierten Geschöpf geplatzt ist. Einer leibhaftigen Notwendigkeit folgt nämlich nicht zwangsläufig EIN Gleichheitszeichen, das die Gleichsetzung mit menschlichen Möglichkeiten beweisen täte. Es wäre, als läge das Buch des Lebens vor und man schlüge es beliebig auf, ohne all die Seiten *davor* je gelesen und verinnerlicht zu haben. All das nur, um im Buch schneller voranzukommen - und schnellstmöglich zur *letzten* Seite zu gelangen.

Derart verrückt vom Kern des Lebens, schwebt das Traumpaar seit meiner Geburt zusammen auf Cloud Sieben. Es ist das künstliche Gewölk moderner Kurzsichtig- und Kurzweiligkeit, der anschwellenden Anhängerschaft ewig blauen Himmel in Aussicht stellend, sobald der Höhepunkt menschlicher Zukunftsgestaltung nahtlos in EIN neues Zeitalter übergehen würde. Mein ureigenes Wesen indessen, meine Einbindung in die Verwobenheit allen Lebens, die ich mit dem ersten Atemzug meines Körpers hörbar kundtat, ist von der Entbindung an EINE elterliche Randnotiz geblieben. *Experiment geglückt. Weiter geht es. Wie lautet der nächste Arbeitsschritt? Press Enter. Surprise, surprise. We have entered an enterprise.*

Die atomgetaktete Zeit beginnt lautlos mit dem Einschnitt der Abnabelung zu ticken. EINE Schnellzugreise, in die fortan minutiös vorausgeplante Ungewissheit, nimmt ihren Lauf. Sie fährt von da an die Haltestellen EINES sich verzweigenden Flowcharts ab. Darauf abgebildet, all die mathematisch entwendeten Wendepunkte, die ansonsten, weitestgehend unvorhersehbar, zyklisch vom Leben abgewendet werden. Allesamt ausgehend von der ersten Seite im Buch des Lebens, dessen jeweils *aktuelle* Seite erst beim erstmaligen Aufblättern geschrieben wird. Ginge es jedoch einzig nach den Vorstellungen meiner Eltern, sollte *damit* endgültig Schluss sein. Aus diesem Grund wird noch im Zentrum das Fundament EINES Lügengebäudes auf dem weichen, nachgiebigen Boden meines Wesens errichtet, ohne dass ich dagegen Einspruch erheben oder mich anderweitig widersetzen kann.

Leben, so gedachten meine Eltern, ist nur lebenswert ohne EINEN Gedanken an den Tod. Heute aber spüre ich: Ohne Tod wird aus dem Leben EINE Maschine.

Verdrängungen und Vereinfachungen sind seit Menschengedenken das schier unerschöpfliche Baumaterial künstlicher Schöpfung, mit dem sich hoch und höher errichten lässt, was von Natur aus unlängst gescheitert wäre. Mittlerweile sind Verdrängungen und Vereinfachungen in der digitalen Fassung von Lug und Trug global in unfassbarem Ausmaß unterwegs. Wie sonst hätten die künstlich erwirkten Fehlbildungen meines Körpers der Allgemeinheit als Grundsteinlegung verkauft werden können, wenn nicht in Gestalt EINES vermeintlichen Schicksalsschlags zweier angesehener Vertreter der Gesellschaft? EIN Paar, das dank seiner Fähigkeiten dazu in der Lage war, das noch Fremdartige in EINE segensreiche Neuinterpretation menschlichen Seins umzuwandeln. Unter Bewahrung geltenden Rechts und Würdigung ethischer Bedenken. Dass es keineswegs Schicksal, sondern von vornherein genau *so* geplant worden war, bleibt bis heute, siebzehn Jahre danach, EIN unternehmerisches Geheimnis. *Surprise, surprise.*

Je mehr ich verstehe, desto schweigsamer muss ich diesbezüglich werden. Es ist mein Schweigen, das mich

Dir, Amelie, näherkommen lässt. Überall Lügen, die ich verschweige. Dabei ist es der Auf- und in erster Linie der Ausbau dieses Lügengebäudes, woraus mein hier dargelegtes Verständnis vom Leben hervorgehen soll. In EINEM solchen Gebäude entsteht umso mehr freier Raum für ANDERES, je mehr Lügen unter EINEM Dach verbaut werden. Dafür muss ich Mutter und Vater heute, siebzehn Jahresseiten nach der ersten, in meinem Buch des Lebens, dankbar sein. Auch für die Lösung des Rätsels der Liebe, denn plötzlich passt das zweitausendfünfhundertunderste Puzzleteil. Das Fragment, nach dessen problemloser Einpassung, der Rest des Puzzles immer einfacher wird - in Form eines stimmigen, eines sinnigen Bildes. Eines *leibhaftigen* Bildnisses.

Was kann man demnach von EINEM Kind erwarten, dessen Eltern sich anmaßen, das gesamte Universum mit menschlichen Möglichkeiten gleichzusetzen und Zuckerbergs Dämon, nebenbei, die Zähne zu ziehen? Dein Vater, Amelie, hat Dir bestimmt von ihm erzählt, von jenem Dämon, der die genuine Unberechenbarkeit des Menschen verkörpert. Er ist EIN *true pain in the ass*, wie Vater es ausdrücken würde, liebt er doch diese Wortspiele mit englischem Vokabular. Mehr noch, als er diese Schokolade in der quadratischen Verpackung liebt. Kaum erträglich ist EIN solcher Schmerz für Eltern, deren Ambition es ist, das ureigene Wesen des Menschen zu programmieren; den Körper, den Vater und Mutter als bloße Hülle ansehen, nach Belieben und eigenem Ermessen umzugestalten; den Tod, der für sie EINER lästigen Krankheit gleichkommt, zu heilen und das eventuelle

Aussterben der eigenen Spezies zu bekämpfen. Eltern, die die Vereinfachung sowie die Verallgemeinerung des Vereinfachten, als des Menschen bedeutendste Werkzeuge ansehen, um, bewiesenermaßen, der ausufernden Komplexität menschlichen Lebens Herr werden zu können und, ebenfalls nebenbei, sämtliche Formen scheinbaren Zufalls durch kausale Verkettungen zu zähmen. Meine Geburt, ohne Hände und Füße, mit drei Vierteln aller Schädelknochen vorhanden und der quecksilbrigen Iris beider Augen, integriert sich daher vorgeblich lückenlos in das errechnete Integral meiner gesellschaftlich integrierten Eltern. Perfektion in Reinkultur. Das Integral, passend zur modernen Neuinterpretation des Heiligen Grals, wobei dem Fortschritt die Intelligenz besonders heilig ist und gar nicht hoch genug bewertet werden kann – auf Kosten EINES Individuums.

Was meine *Eltern* von mir erwarten, ohne je die Möglichkeit EINES Rechenfehlers ihrerseits oder eine Unberechenbarkeit andererseits in Betracht zu ziehen, ist bereits bei der Grundsteinlegung im Zentrum offensichtlich: Ich soll der unumstößliche Beweis dafür werden, dass erst die gutgemeinte Intervention menschlichen Strebens den Menschen von den bösartigen Fesseln des biologischen Lebens zu befreien vermag. Fesseln, die der Fortschritt durch federleichte, aber robuste Ketten aus modernsten Materialien ersetzt.

Längst spüre ich heute noch etwas ANDERES: Robustheit ist die größte Schwäche der Menschheit.

Der Schein, der sich auf mein Leben konzentriert, er trügt gewaltig. Ich bin kein Nachwuchs des Lebens, der sich einfach aus der Dynamik des Lebensraumes ergeben hat. Ich bin nicht einmal die leibhaftige Beglückung zweier sich einander hingebender Individuen. Vielmehr bin ich von Beginn an EINE Blaupause für die Anpassung des Biologischen an das technologisch fortschreitende, robuste Ungestüm. Ich bin der Bluescreen, der unendlicher, blauer Himmel vorgibt zu sein.

Mutter ist EINE hochbegabte Programmiererin, die obendrein vor keinem mathematischen Problem zurückschreckt, weshalb der schwarze Sack, den sie mit sich trägt, seit meiner Geburt immer leichter wird. Für sie sind Zahlen optimierte Lebensformeln, mit denen sie allem Wilden die wesentliche Lebensgrundlage entzieht. Dabei gedenkt sie dem Gewahrsein natürlicher Verwobenheit, in Anwesenheit der Potenz irrationalen Scheiterns, mit natürlichen Zahlen beizukommen. Entsprechend gestaltet sie das elterliche Lebenswerk.

Überall lässt sie Zahlenkolonnen dort uniformiert einmarschieren, wo Zahlen nie zuvor zugegen waren - ein ihr unverständliches Versäumnis, das sie bestrebt ist aus der Welt zwangszuräumen. Sie entzweit das EINE vom ANDEREN und macht daraus zwei Gleiches. Fügt sie darauffolgend beides Gleiche wieder zusammen, so ist es die Addition von EINEM und noch EINEM, ohne sich zu fragen, was mit dem ANDEREN geschehen ist - und mit dem, das ursprünglich das EINE mit dem ANDEREN verbunden hielt. Es hätte mich kein bisschen gewundert, hätte sie mir, anstelle meines Namens, EINEN vielstelligen Code in die Stammdatei der Familie eingetragen. So aber trage ich den Namen Ray. In Anlehnung an die Fähigkeit eines Röntgenstrahls, kurz X-ray, nicht nur lebende Materie zu durchdringen - nebst der Anlehnung an das etliche Pillen schluckende Vorbild meiner Eltern. In den Medien und Netzwerken nennen sie mich nur Blue-Ray. Im Gedenken an nostalgisch anmutende Techno-Tage und in Erwartung blauer Endlosigkeit, welche die neuen Technologien, durch mich verkörpert, zu eröffnen versprechen.

Was kann da noch schiefgehen, im Leben EINES Jungen, der mit derart reichlich Potenzial an entzweiender Innovationskraft ausgestattet ist? Kann die Liebe da überhaupt mithalten, geschweige denn ein noch so kleines Wörtchen mitreden, wo sie doch über EINEN ganz ANDEREN Wortschatz verfügt? Zudem schreibt sie eher groß, was wir Menschen versucht sind kleinzukriegen.

Vater, er schlägt in selbige Kerbe wie Mutter. Auch er ist gewillt den Baum des Lebens zu fällen und dort EINEN Turm zu errichten, wo zuvor das Leben mit seinem Wesen verwurzelt war. Er ist EINE Melange bedeutender Namen aus Wissenschaft, Spitzentechnologie und Unternehmenskultur, die dem davoneilenden Fortschritt über Generationen ihren eindringlichen Stempel auf beide Augen gepresst halten. Lange schon ist dieser Fortschritt gegenüber dem Wesen des Lebens erblindet, sodass immer Kurzweiligeres über Langfristiges herrschen kann. Einzig, damit EIN Lügengebäude weiterhin standhaft erscheint, das bis heute zu EINEM weltweit agierenden Imperium hoch hinausgewachsen ist.

Zusammen mit jetzt zwanzig Geburten-Zentren, wie jenes, in dem ich das Kunstlicht der Welt erblickte, ist das

Imperium das eigentliche Lebenswerk meiner Eltern - ihre Lebensgrundlage, praktisch ihr wahrer Erstgeborener. Ihm gebührte all ihre Liebe, zu der sie in jüngeren Jahren noch fähig waren. Mir bleibt bis heute der Rest, jener anfangs erwähnte, der anfällt, wenn EINE Rechnung nicht glatt aufgeht.

Die ersten Jahre lasse ich mich durchdringen. Ich kenne nichts ANDERES und verfüge noch über keinen Raum, in dessen Räumlichkeiten sich das Leben ANDERS einzufinden vermag. Meine Gedanken sind die Gedanken all der Datenströme, die mich durchfließen. Eigene Gedanken erkenne ich noch nicht als solche.

Speziell Mutter legt vordergründig Wert darauf, mir von klein auf das Leben zu vereinfachen, indem ich die Vorzüge aller möglichen technologischen Durchstöße ausleben und von ihnen lernen soll. Daher beginne ich sehr früh über die sensiblen Displays verschiedenster Geräte mit meinem kleinen Vorzeigefinger zu wischen. Sieben weitere Finger und zwei Daumen haben oftmals das Nachsehen und mögen sich fragen, was sie an meinen Händen verloren haben. Ich würde meinerseits lügen, behaupte ich, von all den hervorgerufenen Reaktionen, die mein kleiner Finger herbeizaubern kann, nicht fasziniert zu sein. EINE Bewegung genügt und die rechteckigen Weltausschnitte explodieren in verschiedenen Farben, begleitet von Tönen und weiteren Effekten. Allerdings - während ich spielerisch viele Welten auf diese Weise wahrnehme und in Datenbanken eintauche, nehme ich schleichend Abschied von der wahren Welt, die ich bis dato nicht wirklich kennengelernt habe.

■■

Es zählt einzig die Erfassung und Auswertung meiner vitalen Parameter, bis auf den Paramillimeter genau sowie deren Umwandlung in die integrale Gleichung biologischer Technisierung. Terabyte für Terabyte schreiben Sensoren, an Gelenken, unter der Haut und in Form von Kleidung, mein Befinden in Speichermedien ein. Sie übertragen sodann die resultierende, zeitnahe Auswertung in die Cloud des Imperiums und durchfluten die Schnittstellen meiner, sich an mein Wachstum anpassenden Hinterkopfschale, mit neuronalen Updates und Downloads. Tag für Tag durchlaufe ich diese Trainingseinheiten und bewege mich in simulierten Welten, um die mir zur Verfügung stehenden Fähigkeiten an ihre Grenzen zu treiben. Meine biologisch verkörperte Leibhaftigkeit ist dabei zweitrangig, meine damit verwobenen Bedürftigkeiten drittklassiger Natur. Ich durchlebe die vierte Generation EINES Neuromancers, meine fünf Sinne EIN Wechselstrom künstlich bewirkter Blauäugigkeit.

Das Imperium und ich – die Addition zweier ungleicher Zwillinge, die immer gleicher werden, stolziert voran. Mir bietet sich kaum die Gelegenheit, einfach *ich* zu sein, einfach ein Junge zu sein, der seine eigene Welt für sich erschafft und die bestehende einzig mit *eigenen* Fähigkeiten staunend erkundet. Ohne jede Empfindung, jeden Gedanken und jede Entscheidung, konvertiert in EINEN Datensatz zwecks externer Bewertung, zu exportieren. Ohne Rückzugsmöglichkeit, um die Bedeutung des Scheiterns für mein Leben begreifen oder um mir selbst allein begegnen zu können.

■■

Ich wachse heran und Künstliche Intelligenzen werden auf meine Kosten auf Wachstum getrimmt, EIN Spiegelbild von Möglichkeiten, die immer vorstellbarer werden. Sie lernen von EINEM Menschen, dem das Wesen des Menschseins verloren geht, damit Menschen von diesem vereinfachten Wissen profitieren. Dabei zählt anscheinend nur die möglichst langsame Bewusstwerdung jedweder Konsequenzen - wenn sie denn überhaupt in das Bewusstsein vordringen, kraft verkümmerter Sensibilität. Das Verrückte ist: Immer wenn ich solche Gedanken aufgreife, habe ich einen Zwerg vor Augen und eine Königin, die finster in EINEN Spiegel schaut. EIN Bug im Bios, im *Eros* EINES Systems?

Um meinen fünften Geburtstag herum kommt EINE mir bis dahin völlig unbekannte Leere hinzu, die mich immer öfter an Dich, Amelie, denken lässt. Ich sehe Dich ab und an in unserem Garten und einmal, ein *einziges* Mal, sehe ich Dich ganz aus der Nähe. Ich bin so fasziniert von Deinen langen schwarzen Haaren, den blauen Augen, den kleinen versprengten Sommersprossen in Deinem Gesicht. Es ist eine Begegnung, wie keine seitdem. Vielleicht erinnerst Du Dich.

Anfangs ist es kindliche Neugierde, die aber rasch wesentlich tiefgründigere Züge annimmt und jenen Schnellzügen in die Quere kommt, die planmäßig unterwegs sind. Ich denke an Dich - und die Leere, sie breitet sich aus, weit über die Kapazität von vielgleisigen Bahnhöfen hinaus. Hinzu kommen Gedanken, wie ich all jene Gedanken, welche die Leere thematisieren, vor den permanenten Diagnosealgorithmen verbergen kann – bevor meine

Eltern die in mir ihr Unwesen treibende Unberechenbarkeit Deiner Fahrplanänderung mitgeteilt bekommen. Noch gelingt es mir, diese Gedanken zu bändigen. Noch verschleiere ich sie, als Produkte der Adaption an die wachsenden Anforderungen meiner, elterlich erwirkten, zügig fortschreitenden Entwicklung. Hauptsache, denke ich immer häufiger, Dein Vater, der technische Supervisor meiner Heranbildung, von der ersten Woche *vor* meiner Geburt an, beginnt den ungewohnten Datenbraten nicht zu riechen. Er kennt mich schließlich besser und länger als ich mich selbst. Ich vertraue ihm – und doch geht damit ein kurioses Gefühl einher.

Meine Eltern wollen alles folgerichtig machen, wollen für mich EINE sichere Welt erschaffen. Nicht aus Sorge um *mein* Leben, sondern angetrieben von der Sorge, *ihr* Werk nicht vollenden zu können. Immerhin bin ich die Verkörperung ihres imperialen Werks, die Fleischwerdung ihrer Vergötterung des Technologischen, das Förmchen EINES Cyborgs im übervollen Sandkasten normierter Kinder, die zweieiigen Zwillinge in EINER Lebensform. Meine Eltern respektive unsere nennen es: *The betwinning of a new human era.*

Ich wachse auf zwischen Firewalls und den mit Sensoren verkleideten Wänden EINES blitzblanken Glaspalastes, unserem privaten, ummauerten Außenposten des sich auftürmenden Lügengebäudes. Vater hat den Glaspalast entworfen, nennt es nach wie vor das smarteste Bauwerk weltweit, das praktisch die Gedanken seiner Besitzer lesen kann. Dabei basiert auch diese Lesbarkeit einzig auf der fortschreitenden Berechenbarkeit alltäglicher Muster, die der kulturellen Prägung entspringen und nicht dem dämonenhaften Wesen des Lebens zu eigen sind. Lesen ist *eine* Sache, das Gelesene zu interpretieren mitunter EINE ganz *andere*.

Die digitalisierte Seele des Hauses hört seit Jahren auf den Namen *Mente*. Davor war sie namenlos. Ihr den Namen zu geben, war mein Wunsch gewesen und meine Eltern haben bis heute nicht die eigentliche Absicht dahinter durchschaut. Wann immer Mutter oder Vater zu mir sagen *Frag Mente*, muss ich ein Grinsen verbergen und freue mich über den Spiegel, den ich der Künstlichen Intelligenz unseres Hauses vorhalten kann.

Du, Amelie, kennst das Haus und seine Geschichte. Kein Lüftchen zieht hier unbemerkt und absichtslos durch die klimatisierten Räume und Gänge. Was sich automatisieren lässt, ist automatisiert worden. Selbst im Garten findet der Wind keine Gelegenheit mehr, durch belaubtes Geäst zu stromern, eigenen Gesinnungen folgend. Zu EINEM derart smarten Haus, sagt Vater, gehört EIN ebenso smarter Garten, weshalb bereits kurz nach meiner Geburt die Laub- und Obstbäume gefällt worden waren. Zwei Wochen nachdem *Du* geboren wurdest, im gleichen Zentrum wie ich, nur blieb Dir mein Schicksal erspart. Du bist von Kopf bis Fuß aus Fleisch und Blut. Wie gerne wäre ich es auch.

Ich kenne den Wind und die Bäume nur aus Erzählungen und Videostreams. Ich bin noch nie mit meiner Haut draußen, jenseits der Glaswände gewesen. Bisweilen ist mir, an der Glasfront des Palastes stehend, als flöge mir

EINE Erinnerung zu – EINE im Voraus. ANDERS kann ich es nicht beschreiben.

Noch lägen dort draußen zu viele Unberechenbarkeiten, klagt Mutter. Höchstwahrscheinlich, erzählt sie gerne weiter, genügen uns irgendwann einzig berechenbare Welten, von denen mir bereits alle möglichen zur Verfügung stünden. Es sind all jene, in denen ich meine Fähigkeiten austeste. Sogar der Wind weht dort algorithmisch, doch fühlt er sich anders an. Nicht, wie er in den Geschichten und Bildern klingt und wirkt. Er fühlt sich bestimmt erst wahrhaftig an, wenn man leibhaftig draußen ist. Auch deshalb wäre ich gerne pures Fleisch und Blut – um mit Haut und Haar vom wahren Leben kosten zu können. Da kann ich, hinsichtlich der WAHRHEIT, Mente fragen, bis sie heiser ist. Geht es um Lebendigkeit, hat Künstliche Intelligenz schlichtweg keinen blassen Schimmer EINER Ahnung. Einmal fragte ich sie, was sie über den Tod wüsste. Sie sagte: *Der Tod ist das Ende der biologischen Funktion EINES Körpers.*

Amelie, fragst Du Dich ab und an auch, was mit der Welt dort draußen geschehen wird, wenn Kinder nur noch in berechneten Welten aufwachsen, in denen möglichst nichts misslingen darf?

So sei der Lauf der Dinge, unterrichtet mich Mutter, weshalb im Garten, anstelle all der Bäume, die Art-Trees massiv im Boden verankert sind. Künstliche Bäume, die Strom aus Sonnenlicht gewinnen und nebenbei vermeintlich lebensfeindliche, sprich, gleichfalls unberechenbare Gase aus der Luft filtern. Die Früchte des Fortschritts, fügt Vater gerne hinzu. Mähroboter halten den

Rasen kurz, Putzroboter die Glasflächen, Böden und andere Oberflächen sauber. Alle Geräte, im Haus und um das Gebäude verteilt, unzählige Datenwandler, die ihre Fühler ausstrecken, lauschen, beobachten, mitteilen und weiterleiten, kommunizieren in der Sprache all der anderen Geräte – in der Sprache toten Lebens. Sie kontaktieren die Autos, die zum Haus gehören und unterhalten sich mit Mente. Seit ich dazu in der Lage bin Dinge zu hinterfragen, frage ich mich, was von all den Apparaturen zu erwarten ist, wenn sie etwas können, das den humanen Biologien in dieser Form noch nie möglich gewesen ist. Damit meine ich, eine unmissverständliche gemeinsame Sprache zu nutzen, eine, die die wenigen Menschen, die sie verstehen, auf absehbare Zeit nicht mehr verstehen werden, ginge die Entwicklung weiter, wie von meinen Eltern angedacht. Ich weiß, was auf dem Spiel steht. *Gambit* – meine Geburt war die Eröffnung EINER Schachpartie, mit mir als Bauernopfer. Ich habe das Imperium in mir. Ich kenne die Pläne und ich kenne den Stand des Fortschritts.

Ich erkenne bereits Muster in der imperialen Sprache, die sich von dem unterscheiden, was wir Menschen den Geräten und Maschinen mit auf den Weg gegeben haben. Wenn ein Wesen seine Individualität verliert, das von Natur aus unteilbare Duale, und derenthalben glaubt, EINE Software könne das Unteilbare zum Teil ersetzen, gar noch mehr Individuelles ermöglichen, dann ertrinkt die Spezies, deren Individuen den Bach hinuntergehen, über kurz oder lang im Datenmeer belangloser Tätigkeiten.

Mein Platz in diesem zwiespältigen Höhenflug wird immer offensichtlicher. Nicht nur, weil ich die Sprache der Geräte verstehe und sie mir zunutze machen kann, um der Menschheit die neue Ära zu erschließen - als EINE Art Prototyp, als EIN Wegbereiter, der über Insiderwissen verfügt, als EIN Mensch, dem die Maschinen bereits jetzt schon ein gewisses Vertrauen entgegenbringen. Daher die Absicht meiner Eltern, meine Biologie gänzlich von der Technosphäre durchdringen zu lassen. Daher die geradlinigen Umgehungen jeglicher Anverwandlung biologischer Bedürftigkeiten. Daher das Anwachsen der Leere in mir, bedingt durch die Verunmöglichung meiner Annäherung an Dich, Amelie, bewirkt durch *unsere* Eltern. Daher meine Erfüllung elterlicher Vorgaben – um sie in Sicherheit zu wiegen, um sie im Glauben zu belassen, alles laufe genau nach *ihrem* Plan. EIN Plan, in den Dein Vater, Amelie, eingewiesen ist.

Von meinem Buch des Lebens existieren augenfällig zwei Versionen. In dem EINEN, geschrieben vom Ghostwriter namens Zeitgeist, sind alle Seiten bis zum Ende schon vollgeschrieben - mit den Vorstellungen von meinem Leben, die noch mehr Leere generieren. Das ANDERE, das Original, hältst Du in Deinen Händen.

Von größerer Bedeutung, als der Körper für meine Eltern bedeutsam, zwecks Aufrüstung mit technologischen Anhängseln, ist, sind für sie die Fähigkeiten des Bewusstseins. Von dessen Anbindung an künstliche Netzwerke sind beide felsenfest überzeugt. So unumstößlich wie Eins und Eins Zwei sind, weshalb sie täglich mitunter zwanzig Stunden forschen, um diese Anbindung zu realisieren. Sie versprechen sich davon die biologischen Grenzen des Körpers zu überwinden, damit er ungehindert weiter fortschreiten kann. Weiter denn je. Hinaus in die Tiefen des Alls, hinein in höhere Sphären menschlichen Schaffens und, ganz nebenbei, dem Tod flink von der stets geschärften Sense springen. Wofür hat man von Kindesbeinen an gelernt, ihm digital, mit EINEM Finger, selbst eins auszuwischen?

Sowohl die Zeit als auch der Tod sind für viele Menschen längst ein und dasselbe. Der Ausruf, keine Zeit zu haben, ist ihnen gleichbedeutend mit: *Der Tod ist mir auf den Fersen, ich muss schnell wieder los.* Die smarten Geräte und Maschinen, mit denen sie sich zuhauf umgeben, bezeugen dieses. Die meisten Menschen verstehen die Maschinen nicht, obschon das Leben zur Maschine wird. Ergo, Menschen verstehen nur Bahnhof, wenn EINER nach dem Leben fragt.

Um beiden, Zeit und Tod, zu entwischen, bringen mir meine Eltern von Geburt an die Vorzüge unmittelbarer Verfügbarkeit mit Hilfe all der Geräte nahe. Verfügbarkeit ist für sie *das* Zauberwort, um Gleichgesinnte ins magische Reich der Technologie zu führen. Kein Wunder, dass sie mit dem lebendigen Wesen der Liebe unbesehen überfordert sind.

Was auch immer vom imperialen Gewölk über unser aller Köpfe beeinflusst ist, steht daher ununterbrochen zum Abruf bereit, um alternativlose Möglichkeiten der Anbetung zu erkunden, kontextbefreit verwaltet in gewaltigen Datenspeichern göttlicher Grandeur. Jeder Mensch hat aus Sicht meiner Eltern dem Fortschritt zur Verfügung zu stehen, ohne *generell* über das eigene Leben verfügen zu können. Vorbei die Zeit, wo jeder über mindestens zwei Identitäten verfügte. Wer nicht digital existiert, der existiert überhaupt nicht. Punkt. EINE solche Vorstellung von Leben *muss* Dämonen auf den Plan rufen!

Ich habe Zugang zum allmählich Gestalt annehmenden virtuellen Abbild der Realität, beherbergt das Imperium doch die bedeutendsten aller Knotenpunkte, *the BIGGEST DATA* weltweit. Die natürliche Verwobenheit wird dadurch mit dem Kunststoff der Moderne vernetzt und in selbigen eingesackt. Das Paradoxe ist: Je höher das Auflösungsvermögen des Abbildes wird, desto mehr löst sich das menschliche Gespür für natürliche Verwobenheit auf. Weit paradoxer ist: Je mehr Auflösung im Spiel ist, desto intensiver sehne ich mich nach dem, das mir verwehrt bleibt.

Mein Symptom ist eindeutig. Es rührt daher, über derart viele Daten zu verfügen, ohne aber die wachsende Leere mit WAHREM Informationsgehalt erfüllen zu können. So viel Speicher, aber nirgendwo ist Platz für Lebendigkeit, weil sich Daten wie smarter, statischer Staub auf alles Lebendige legen.

Egal auf welche meiner Möglichkeiten ich zurückgreife, die alles übersteigen, was dem Großteil der Menschen auf absehbare Zeit möglich sein wird, finde ich nirgends Zugang zu Dir, Amelie. Ich ersaufe in EINEM frenetischen Ozean an Daten und finde kein Ufer in Form Deines Namens, an das ich schwimmen könnte, um der völligen Erschöpfung meines Wesens zu entgehen. Nicht anders ergeht es all den Menschen, die nach wie vor dem blauwolkigen Glauben verfallen sind, sie leben, all der Technologien wegen, in EINEM florierenden Informationszeitalter. Was für EIN Irrtum, sind Daten doch nur verwahrloste Informationen, welche die Menschen in den Wahnsinn treiben werden.

An meinem sechsten Geburtstag erhalte ich EINE neue mattschwarze Schale für den Hinterkopf und neue Hände, die mehr können als alle Modelle zuvor - und weit mehr als menschliche Hände allein. Auch neue Füße sind an der Reihe. Mit Morphoboots. Diese passen sich problemlos an die Anforderungen berechenbarer Umfelder an und gaukeln mittels Software Individualität vor. EINE Art Schuh-App für die vierdimensionale Begehung des Lebens. Aber ist das Leben wirklich reduzierbar auf EINE lebenslange Partie GO?

Mein Herzenswunsch bleibt unterdessen unerfüllt. Er klingt in den Ohren meiner Eltern unerhört und dem Fortschritt gegenüber undankbar. Zudem ist er unfassbar durch Formelwerk. Mutter sieht in meinem Wunsch den kontrollierbaren Rest eines biologischen Erbes, von dem sie keine weiteren Probleme erwartet. Früher umschrieb man diese Bedeutungslosigkeit mit EINEM umfallenden Sack Reis in China, heute verfügt Mutter über diesen.

»Warum darf Amelie nicht zu mir kommen?« Ich stehe an der Glasfront unseres Hauses und schaue hinaus in den Garten. Ich frage nicht Mente, sondern Mutter. Du und unsere Väter halten sich im Garten auf. Die Männer unterhalten sich, Du blickst zum Haus und bist gemessene dreiundachtzig Meter und zwanzig Zentimeter entfernt. In Wirklichkeit aber bist Du Lichtjahre von mir entfernt. Trotzdem habe ich Dich deutlich vor Augen - auch ohne Datenbrille oder Implantat.

Mutter ist mit EINEM Bein bereits wieder auf dem Sprung zum Hauptsitz des Imperiums. Ihr Gesicht verrät die Belanglosigkeit, mit der sie meine Frage bewertet. Es kommt einer Null mit sehr vielen Nullen *hinter* dem Komma gleich.

»Du weißt genau, warum wir das nicht gutheißen können.«

Ich merke es Mutter an: Eigentlich will sie nicht weiter über das Thema reden. Umso überraschter bin ich, als sie von sich aus weiterspricht.

»Und damit meine ich nicht nur deinen Vater und mich, sondern auch Amelies Vater. Es gibt halt Dinge zwischen Menschen, denen man mit EINER Software nur bedingt beikommen kann. Ehe man sich versieht, kann EINEM dabei die Komplexität ungezügelt über den Kopf wachsen und EIN offen geglaubtes Zeitfenster verschlossen bleiben.«

»Aber - «, setze ich an.

»Ray«, unterbricht mich Mutter mit neutralem Ton, »es steht einfach zu viel auf dem Spiel. Wir dürfen uns keine Fehler erlauben, die uns unberechenbar weit zurückwerfen können. Steves Job ist es, deine Entwicklung während der Zusammenführung des Systems mit deiner Biologie genauestens unter die Lupe zu nehmen. Außerdem soll er sicherstellen, dass keine Einflüsse von Außen dieser Zusammenführung EINEN dicken Strich durch die ohnehin schon komplexe Rechnung machen - und sei es nur der gehäufte Kontakt mit einem Mädchen, in dieser sensiblen Phase der Zusammenführung. Hinzu kommt:

Amelie ist aus ... unserer Sicht ein eher ungewöhnliches Kind, weil Steve ihr den Zugang zu all den Technologien, die für dich von Geburt an selbstverständlich sind, stark eingeschränkt hat. Vater und ich sind in dieser Hinsicht arg zwiegespalten, bedenkt man, für wie wichtig wir die Technisierung der Zukunft erachten, um die Menschheit voranzubringen und deren Potenzial freizusetzen.«

Mutter macht eine Pause und kommt zu mir ans Fenster. Wir schauen zusammen hinaus zu euch zwischen den Art-Trees. Ich überlege, wann Mutter mir das letzte Mal so nahe war. Ich kann mich nicht erinnern und verfüge über keinerlei Daten diesbezüglich - geschweige denn Informationen.

»Egal wie Steve Amelies Erziehung angeht, wir können nicht auf ihn verzichten. Steves Können ist einmalig und er gehört praktisch zur Familie des Unternehmens, genau wie Amelie.«

Mutter schaut zu mir.

»Trotzdem ist der Abstand von ihr zu dir zwingend vonnöten, Ray. Es geht wirklich nicht ANDERS.«

Plötzlich habe ich den Eindruck, Mutter beugt sich gleich zu mir herab und gibt mir EINEN Kuss auf die Stirn. Nein – sie dreht sich vom Fenster weg und ist kurz darauf auf dem Weg in die integrale Schaltzentrale der Himmelsstürmer.

Du winkst mir zu, Amelie. Ich verspüre das Bedürfnis, den Arm zu heben und die neue Hand zu bewegen. Es gelingt mir nicht. Etwas in mir versteht nicht, welchen Sinn EINE solche Bewegungsabfolge haben soll. Die frisch installierten Anhängsel meines Körpers setzen mich stattdessen von den Trainingseinheiten in Kenntnis, denen ich mich noch zu widmen habe. Ohne zu winken, wende ich mich vom Fenster ab und fühle mich dabei nicht wohl in meiner Biologie. Wieder tauchen Zwerg und Königin in meinen Gedanken auf. Einmal mehr füllt sich die Leere mit weiterer Leere. Es *muss* einen Weg geben, denke ich. Einen Weg zu Dir.

Ich komme mir lächerlich vor, denn im Vergleich zu Dir unternehme ich nur wenig, um zu ermöglichen, was das System uns verunmöglicht. Ich beobachte, wie Du Zettel vor die Türen legst und an die Fenster klebst. Die Geräte sind aufmerksam und schnell und entfernen Deine Spuren. Ich höre sie miteinander reden. Ich weiß, was Du geschrieben hast. Sicher, wir sind Kinder. Kinder, die das Leben entdecken. Und Wege.

Serena ist es, die mir schließlich die Richtung weist - ohne über *den* Weg Bescheid zu wissen.

Serenas Job im Glaspalast ist die moderne Variante EINES Kindermädchens. Mitte Fünfzig, resolut. Natürlich kennst Du sie, sie wohnt, wie ihr, auf dem Gelände des smartesten Palastes aus Glas. Sie ist die einzige mir bekannte Person, die ihre eigenen Ansichten, mein Wohlergehen betreffend, gegenüber meinen Eltern durchzusetzen vermag - vor allem, was das Thema Ernährung betrifft. Immerhin bin ich *noch* überwiegend biologischer Natur. Das führt zur Integration EINES Mahls auf meinem synthetischen Speiseplan, das nicht aus EINEM dieser Foodsynthesizer stammt, sondern von Serena persönlich, einmal in der Woche, zubereitet wird, inklusive EINER echten Nachspeise. Einzige Auflage meiner Mutter: Die

Zutaten müssen allesamt ausreichend erhitzt werden, um potenziellen mikrobiellen Störenfrieden den Garaus zu machen. Serena stimmte dem wohl zu, doch hält sie sich nicht immer daran. Das ist EIN kleines Geheimnis, das wir tunlichst für uns behalten.

Was Serena auch aus naturbelassenen Nahrungsmitteln hervorzaubert, es schmeckt einfach herrlich, ist unbeschreiblich und bringt Empfindungen in mir hervor, die ich bei den zügig verzehrbaren Trinkmischungen aus dem Foodsynthesizer nicht empfinde. Serenas Essen lässt mich auf wohlige Weise spüren, dass es in mir ist und mit mir, mir wohlgesonnen, interagiert. So, wie das kleine Geheimnis - und die sich vergrößernde Leere. Stoffwechsel ist Anverwandlung pur, vorausgesetzt es ist kein Kunststoff zugegen, zum Beispiel in Pulverformen, angereichert mit vorgegaukelt natürlichem Geschmack.

Nebst extrem vereinfachter Nahrungsoptimierung in solch verpulverter Form, bausteinmäßig und trinkfertig zusammengemischt, haben es meine Eltern bewerkstelligt, die Schlafdauer des Menschen maximal zu minimieren. Manch EINEM genügt je EINE Stunde am Tag und in der Pseudonacht. Dazu gehören Mutter und Vater - und ich. Im Schnitt schläft der Mensch heutzutage nur noch annähernd fünf Stunden. *Hurra*, immer mehr Menschen haben immer mehr Zeit zum weitestgehend barrierefreien Fortschreiten, unnatürlich unterstützt von den technologischen Ermöglichungen des Imperiums. EINE Winwin-Situation, wie mein Vater nie müde wird anzumerken, sobald sich die Gelegenheit bietet. Ich sehe das inzwischen ANDERS, bedingt durch den Raum, auf den ich durch Serena stoße.

Es beginnt während EINER meiner Stand-bys, wie meine Eltern den jeweils einstündigen Schlaf nennen. Serena nutzt die mittägliche Stunde, um neben mir zu sitzen und zu lesen, solange ich sinnlich samt und sonders von der mich umgebenden Welt abgekoppelt bin. Es dient der Erholung meines biologischen Anteils. Serena liest jedoch nicht für sich, sondern laut, wobei sie das Gelesene, passend zur Handlung, lebhaft betont, EINEM Hörspiel gleich. Ohne darüber mit mir gesprochen zu haben, versucht sie, mich für etwas empfänglich zu machen, das jenseits aller Datenleitungen und Algorithmen liegt. Komapatienten ähnlich, mit denen man spricht oder denen Angehörige vertraute Alltagsgeräusche vorspielen, in der Hoffnung, die Patienten mögen sich aus ihrer Bewusstseinsfalle befreien.

Ich weiß bis heute nicht, was mich mitten im Stand-by aufwachen und mich Serenas Worte hören lässt. Auch weiß ich nicht, warum ich ihr meine Wachheit nicht zu verstehen gebe, wo wir doch schon EIN Geheimnis teilen. Ich sehe mich mit EINER unerwarteten Fähigkeit konfrontiert: Ich kann mein Bewusstsein in EINEN Bereich kanalisieren, dessen auf mich beschränkte Verfügbarkeit ich innigst spüre, ohne die Spur EINER Reduktion auf Bits, Bytes oder Qbits. Nichts deutet auf das Zugegensein imperialer Einflüsse hin. Es ist, als beträte ich EINEN mir völlig unbekannten Raum in EINEM mir völlig vertrauten Haus. Ich überlege auch nicht, ob ich diesen Raum überhaupt betreten soll, denn kaum habe ich ihn wahrgenommen, da bin ich auch schon mitten in ihm drinnen - und fühle mich geborgen darin, wie nie zuvor. Wohlwollend, umarmt und keineswegs eingesackt von Serenas Stimme, die von Dingen erzählt, die ich nie selbst erfahren habe, aber vor mir sehe, ohne sie auf meinen Netzhäuten abgebildet zu wissen. Allein ermöglicht durch den Klang von Worten und deren Zusammenspiel mit den Pausen zwischen ihnen, getragen von Serenas eigener Stimme. Anverwandlung, nicht über den Magen, sondern über die Ohren.

Das Einfinden im Raum hat tatsächlich den Anschein meine eigene Fähigkeit zu sein, einzig durch mich selbst bewirkt und nicht als zugefügte Applikation ausgeführt. Zugleich wird mir die Außergewöhnlichkeit der Situation gänzlich bewusst: Der Körper ist im Stand-by, obwohl ich mich frei und vom Körper unabhängig in diesem Raum bewegen kann. Es ist EIN ANDERES Selbst in EINEM selbst. Viele Gedanken durchströmen mich, die so ganz ANDERS sind als alles Bisherige. Sie sind ungemein vital, so aufrichtig, so echt und wunderbar *unalgorithmisch* wie Serenas Nachtisch.

Doch kaum erreicht mich diese Erkenntnis, erkenne ich das Problem, das zu lösen ich nunmehr auf mich allein gestellt bin. Da der Raum offenbar entkoppelt von jeglichen berechenbaren Prozeduren existiert und EIN weißer Fleck auf dem Flowchart meiner elterlichen, mathematisch erwirkten Fürsorge ist, verfüge ich auch über keine unmittelbare Entscheidungsmatrix. Ich muss selbst entscheiden, wie ich mit dieser Situation, und den implizierten Auswirkungen, umgehen soll - ohne den unfehlbaren Geruch von Braten zu verbreiten, gewürzt mit besonders schmackhaften Nullen und garniert mit Einsen. Steves Lieblingsgericht.

Ich bemerke die Anwesenheit meiner Sehnsucht im Raum. Nein, der Raum *ist* die Sehnsucht. Jene, deren Erfüllung mir meine Eltern vorenthalten, weil diese, genau wie zu viele Stunden Schlaf oder zu viel Zeit für die Nahrungsaufnahme, menschlicher Prosperität massiv im Wege steht. Sie erschwert unnötig, was sich anderweitig vereinfachen lässt. Mein Problem ist: Ich sehne mich nach all dem, was nicht in die integrale Rechnung integrierbar ist. Daher muss ich EINE ANDERE Lösung finden, damit der Raum, den ich leer vorgefunden habe, nicht Opfer des fortschreitenden Formelwerkes, sprich, EINER Vereinfachung wird.

Serena ist weiterhin mit ihrer eigenen Stimme in ihr Buch vertieft. Mit einem Mal ist mir klar, was ich zu tun habe, um meinen Raum voller Leere vor Rationalisierung zu bewahren. Ich muss ihn schützen, damit er nicht entdeckt wird. Schützen in einer Form, die selbst vor den Möglichkeiten des Imperiums zu schützen imstande ist. Am besten so, als wäre der Raum nicht vorhanden, als wäre die Leere überall. Eine Art Mimikry im Datenozean. Wie ein Tropfen Salzwasser im weiten Meer.

Serenas Stimme, die Worte, das Buch, mein Empfinden - sie bringen mich auf EINE Idee. Ich spiele mit ihr und experimentiere und entwerfe schließlich EINE Cluster-Assoziation, indem ich alles sinnbildlich gestalte, was ich in meinem Raum wahrnehme und erlebe. Ich verknüpfe es mit den Gefühlen, die Serenas Stimme und ihre

Worte in mir hervorrufen. Diese Cluster-Assoziation ver-
innerliche ich und umgebe damit den Raum wie EIN
Tarnanstrich EIN Objekt bedeckt.

Ich muss abwarten und beobachten, ob die Tarnung
funktioniert. Steve ist derjenige, dem das Neue in mir
auffallen wird. Er wird versuchen, hinter den Tarnanstrich zu gelangen. Es ist Steves Job. Ich kann ihm dafür
keinen Vorwurf machen.

Seit meiner Entdeckung des Raumes ist EIN Jahr vergangen. Die Tarnung hält. Schnell hat Steve EINE Art
Anomalie festgestellt und ist der Sache auf den Grund gegangen. Es war zu erwarten. Anfangs stellt er mir beiläu-
fige Fragen zu meinem Befinden und dahingehend, ob ich
mein Umfeld anders wahrnehmen würde. Zeitgleich ent-
decke ich neue binäre Signaturen in mir, die auf EINE
neue Diagnosesoftware hindeuten. Keine Frage, Steve
beginnt den Braten tatsächlich zu riechen.

Ich mache EIN Spiel daraus, um Steve bei Laune zu
halten, ohne ihm aber je Anlass zur Annahme zu geben,
EIN ernsthaftes Problem bahne sich an. Ich gestalte es
einem Nullsummenspiel gleich, damit kein Algorithmus
auf das durch Künstliche Intelligenz erwirkte Ergebnis
kommt, hier läge EIN mathematisch verwertbarer Boden
vor.

Beinahe täglich ändere ich während meiner Stand-bys
die Tarnung, in Abhängigkeit von Serenas jeweiliger Geschichte und meinem Befinden. Zudem fertige ich weitere Räume an und kopiere sie, während das einmalige
Original unverändert meine wahre Leere thematisiert.
Wie viele solcher Räume könnte ich erschaffen? Könnte

ich das Versteckspiel ewig fortführen, wenn jedem Raum EINE eigene Geschichte innewohnt und dieser verschieden bewohnt würde? Wie EINE multiple Persönlichkeit. Könnten Milliarden solcher Räume mich bewohnen und käme es der Simulation der Menschheit gleich? Bereits mit wenigen Räumen und dem Original ist eine Menge Dynamik im Spiel. Sie soll den Anschein erwecken, es handelt sich um einen lebendigen Prozess, der mit meiner Entwicklung und meinem Wachstum einhergeht. Was dabei nicht ausbleibt: Die Leere, die Deinen Namen umgibt, sie benötigt in mir immer mehr Raum, da der Rauminhalt gleichfalls ein Eigenleben zu führen beginnt.

Im Laufe der nächsten Jahre wird der Raum zu EINER Parallelwelt. In dieser wohnt EIN ANDERES Ich, um ausleben zu können, was mir in der realen und der sich virtuell realisierenden Welt zu erleben nicht möglich ist: Deine Anwesenheit, Amelie, wahrhaftig zu spüren – mit der Sinnlichkeit meiner Haut. Wenn auch nur als luzider Traum.

Ich muss allenthalben mehr Aufwand betreiben, um nicht irgendwelche Spuren zum Raum zu hinterlassen. Im Gegensatz zu mir benötigt die Diagnosesoftware keinerlei biologisch induzierten Schlaf. Sie wird von Steve immer auf den aktuellen Stand des technologisch Machbaren gebracht, noch bevor das Machbare mir zur Verfügung steht. Daher muss ich ihr und ihm, der Software und Steve, fortwährend EIN paar Schritte voraus sein. So habe ich Zeit, die ich im Stand-by mit Dir im Raum verbringen kann.

Fünf Jahre geht dieses Spiel ohne besondere Vorkommnisse gut. Alsdann bemerke ich erste Anzeichen von Auswirkungen, deren Bedeutung für mein weiteres Leben nicht länger von der Hand zu weisen sind.

Sobald ich den Raum betrete und Serenas Stimme EINE neue Cluster-Assoziation bewirkt, die ich direkt in EINE Tarnung umgestalte, bist Du zugegen. Bis zum Ende meines dreizehnten Lebensjahres läuft es so. Meine Freude, Dich zu sehen ist jedes Mal grenzenlos und ich bade in linden Gewässern, denen jegliche Sterilität des Datenozeans fehlt. So stelle ich mir die Durchflutung mit Sonnenlicht und Wind draußen im Garten vor. Ich kann Dich sehen, Dich berühren, mit Dir sprechen und mit Dir lachen. Sogar Dein Aussehen verändert sich im Laufe all der Monate. Zum einen, weil ich jeden Bruchteil, den ich von Dir außerhalb meines Raumes erhaschen kann, so kurz er auch sein mag, in Dein aktuelles Abbild mit einfließen lasse. Zum anderen, weil es längst zahlreiche Anwendungen gibt, welche die Entwicklung von Gesichtern und Körpern vorausberechnen können. Ja, es wird offensichtlich: Die Möglichkeiten des Imperiums strecken ihre Finger längst bis in meinen Raum hinein und durchdringen die Tarnung so mit Leichtigkeit. Ich bin Teil des Imperiums und verkörpere es gar. Wo ich auch bin, ist *es* zugegen - und jenes Motto vom Algorithmus, der einzig zählt im Leben. Woraus sich die ständige Verfügbarkeit aller imperialen Möglichkeiten ergibt, die längst allgegenwärtig sind. Wie Du, Amelie, in meinem Raum immer mehr für mich verfügbar wirst. Es geht mir doch im Grunde um nichts anderes. Was zählt, ist Deine Allgegenwärtigkeit, die jenseits des Raumes nicht realisierbar ist.

Mit Einsetzen der Pubertät erhalte ich von Natur aus eine Verbündete im Spiel, das Dein Vater und ich austragen. Seine Fragen kreisen den eigentlichen Raum immer zielsicherer ein und fallen kaum noch auf die Kopien herein. Laufend kommen neue Signaturen hinzu, die widerspiegeln, wie es draußen in der Welt um den Fortschritt der Spezies Mensch gestellt ist. Ich nehme die Herausforderungen weiter an, während mir nicht entgeht: Ich werde meinen Eltern umso ähnlicher, je intensiver ich den Zeitraum mit Dir erlebe.

Wo aber läge der Sinn, Dich im Raum unverfügbar zu machen, damit Du den Algorithmen nicht mit jedem unserer Treffen immer ähnlicher wirst? Bist Du nicht außerhalb des Raumes bereits seit Jahren unverfügbar, unerreichbar für mich? Viele derartiger Fragezeichen tauchen auf, von deren Existenz ich die Jahre zuvor nichts ahnte. Ich komme nicht umhin, mich mit ihnen zu beschäftigen.

Die Unberechenbarkeit Deiner notwendiger werdenden Unverfügbarkeit wird zum Problem, dessen Kern ich erkenne. Liebe bedeutet, der Unverfügbarkeit gleichfalls einen Raum zu gewähren - um die Notwendigkeit von Anwesenheit wirklich begreifen zu können. Dass meine Eltern mir das nicht vermitteln können, verwundert mich nicht. Algorithmisch betrachtet, reduziert jede Begegnung mit Dir hier im Raum die Unwahrscheinlichkeit Dir generell zu begegnen. Doch im Wesentlichen sieht es ANDERS aus: Mit jeder Begegnung im Raum wird die Sehnsucht, Dir jenseits des Raumes begegnen zu *wollen* wahrscheinlicher. Dahingehend, Dir *dort* begegnen zu *müssen*. Doch genau das wird immer unwahrscheinlicher, je mehr das Imperium und ich Eins werden. Ich habe in der Tat ein Problem. Es zu lösen, bedarf der Option des Scheiterns.

Nach all den Jahren des unbemerkten Vorlesens hat Serena mir EINE ganze Bandbreite menschlicher Gedankenwelten zugetragen. Ich kann somit auf EIN Kaleidoskop verschiedenster Weltsichten, Schauplätze, Emotionen und Gefühle zurückgreifen, während ich bei Dir, Amelie, im Raum zuhöre und erlebe, was ich zu durchleben selbst bereit bin. Nur selten trägt mir Serena EINE Geschichte zu, die mich in keiner Weise berührt, mich mit keinem Wort anspricht. In solchen Momenten wird mir die Freude bewusst, wenn EINE nachfolgende Geschichte wieder Zugang zu mir findet - und ich erkenne den Unterschied zwischen Verfügbarkeit und Anwesenheit.

Der Raum, dieser dreidimensionale Körper, in dem die Zeit vergeht, ist nur EIN Ersatz für Dich, EINE Art Chiffre, EIN Symbol. Wahrscheinlich so, wie all die Götter der Menschheitsgeschichte EIN Symbol für wiederkehrende Geschehnisse sind, die das Bewusstsein, im Kontext seiner jeweiligen Fähigkeiten und Erfahrungen, in etwas Greifbares umwandelt. Nur so kann das ansonsten Unbegreifliche fasslich zur Verfügung stehen. Es erscheint mir gar so: Besagtes Chiffre spielt EINE immer größere Rolle im Leben der Menschen, während einzig die Namen all der Symbole sich ändern, mit denen beschrieben wird, was den Menschen stets zur Verfügung stehen soll - weil Wesentliches immer mehr aus dem Leben schwindet und Ersatz für diesen Verlust schnellstmöglich verfügbar sein und *bleiben* muss. Wenn Menschen vor langer Zeit die Götter anriefen, dann beteten sie für die vorübergehende Verfügbarkeit von Notwendigem für das Überleben. In der Gegenwart dagegen beten sie ihre technologischen Vergötterungen an. Durch sie können sie über alles *Mögliche* ununterbrochen verfügen, bis hin zur Belanglosigkeit. Einfach, weil sie es können und ihr digitales Gebet erwartungsgemäß von nimmermüden Maschinen erhört wird. Daher die Cloud, in der die modernen Götter hausen. Göttinnen hörten noch vor wenigen Jahren auf den Namen Siri und Alexa. Mittlerweile höre ich immer öfter *meinen* Namen, den die Masse abgöttisch ruft. Diese Entwicklung wird mehr und mehr Teil meines Problems und ihr Anteil nimmt stetig zu, je länger ich den Menschen dort draußen, jenseits des Palastes, das Blau des Himmels versprechen muss. Auf Geheiß meiner Eltern.

»Willst du darüber reden, Ray?« Steve entfernt gerade den Prototypen EINES Abgleichgeräts, das mit meiner Hinterkopfschale verbunden war. Die Schale ist ebenfalls neu - silbern, mit einem bläulichen Schimmer. Die schwarze war an die Grenze ihres Wachstums gelangt. Verfügte sie über Stoffwechsel, wäre sie dem Wesen des Lebens deutlich näher und lebenslange Anwendbarkeit gegeben – bis der Tod das Lebendige vom Maschinellen scheidet. Ohne die Vitalität des Stoffwechsels aber, scheidet das Maschinelle den Tod vom Leben – bis zu dem Punkt, wo das Maschinelle über Leben und Tod entscheidet. Die silberne Schale, sie wird wohl meine endgültige sein. Der Höhepunkt meines Wachstums ist nunmehr, im Alter von siebzehn Jahren, nahezu erreicht. Die Schale ist in der Lage darüber hinaus Schritt zu halten – ohne jene Alterungsanzeichen aufzuweisen, die typisch für das Leben sind.

»Die letzten Auswertungen bringen immer deutlicher Abweichungen hervor, die ich bereits vor Jahren entdeckt habe. Damals waren sie EINE Ahnung, jetzt sind sie nicht mehr weit von EINER Gewissheit entfernt. Irgendetwas in dir entwickelt zunehmend ein Eigenleben.«

Ich schweige.

»Natürlich spielt deine Pubertät mit in diese Auffälligkeiten hinein. Hey, ich habe eine siebzehnjährige Tochter, da weiß ich, wovon ich rede.« Er lacht mich an. »Pubertät ist Chaos pur und schon in sich eine wahre Herausforderung. Kommt noch EINE Künstliche Intelligenz hinzu, die mit Pubertät keine Erfahrung hat, wird aus einem biologischen Dilemma EIN sich selbst potenzierendes Multilemma. Vergleichbar mit EINEM Multiversum, das aus den multiplen Unstimmigkeiten und Erklärungsnöten EINES Universums synthetisiert wird. Aber«, fügt er hinzu, »ich habe es ja nicht anders gewollt.« Wieder lacht er mich an.

»Also Ray, willst du darüber sprechen?«, fragt Steve erneut und zieht sich EINEN Stuhl heran. Er setzt sich, mustert mich und legt den Kopf etwas schief. Er erwartet meine Antwort.

»Worüber genau?«, antworte ich. Da hocke ich: EIN Abgott, teilweise wohnhaft in der Cloud über den Dächern des Imperiums. Ich verfüge über den Zugang zur Hunderterpotenz an Daten, spreche die letale, lichtschnelle Sprache der Künstlichen Intelligenz - und alles, was mir auf Steves Frage einfällt, sind diese zwei Worte EINER Frage.

»Na, worüber wohl? Natürlich über Amelie«, überrascht er mich und betrachtet mich amüsiert. »Es gibt nach wie vor Dinge zwischen Himmel und Erde, die sprechen von sich aus Bände, ohne EIN Analysegerät zur Hand zu nehmen oder EINE Diagnosesoftware einzusetzen. Du plapperst regelrecht wortlos und Schwärme von Signaturen, die ich tagtäglich auswerte, bestätigen es, ohne EINER solchen Bestätigung zu bedürfen. Die Frage lautet: Wie sollen wir beide damit umgehen? Ich meine, mit all den Signaturen. Du weißt: Alle Auswertungen und Berichte werden gespeichert und archiviert. Was soll ich deinen Eltern sagen? Und womit hättest du zu rechnen, wenn ich sie davon in Kenntnis setzte, was Sache ist?«

Anstatt seine Fragen zu beantworten, stelle ich meinerseits EINE Frage, die EINE weitere beinhaltet und mich bereits seit Jahren beschäftigt:

»Warum hältst du Amelie von mir und von all den technologischen Errungenschaften fern, die ich verkörpere?«

Er schaut mich an und lässt sich Zeit mit der Antwort.

In Momenten wie diesen, in denen sich die Welt um Amelie dreht, sind Zwerg und Königin wieder zugegen. Aus dem Nichts. Längst haben sich weitere Einzelheiten zu ihrem Erscheinen hinzugefügt: ein Apfel und EIN Sarg.

Offenbar gehören diese Worte zu EINEM Märchen - Schneewittchen. Nur habe ich bis heute keinerlei Erinnerung daran, jemals von diesem Märchen gehört zu haben. Ich habe es nicht einmal gekannt, bis zu jenem Tag, an dem ich die Worte im Zusammenhang recherchierte. Meine einzige Erklärung, bezüglich des Ursprungs dieses Märchens sowie der Bilder in mir, ist bisher Serena gewesen. Vielleicht hatte sie das Märchen laut vorgelesen, bevor ich den Raum fand und ich hatte diese Worte im Stand-by aufgenommen, ganz unkomatös. Längst ist mir die Ähnlichkeit der Erscheinung Schneewittchens mit Deiner, Amelie, aufgefallen, insbesondere das lange schwarze Haar. Was hat das alles zu bedeuten - oder ist es schlicht bedeutungslos?

»Es mag tatsächlich EINEM Widerspruch gleichkommen«, sagt Steve. »Auf der einen Seite arbeiten deine Eltern und ich daran, die Technisierung der Welt voranzutreiben und Wege zu gehen, die bisher weitestgehend noch Neuland sind. Auf der anderen Seite legt mein Verhalten, hinsichtlich Amelie, die Vermutung nahe, diese Entwicklung sei mit Vorsicht zu genießen. Beinahe so, als hätte ich etwas erfunden, wonach sehr viele Menschen förmlich lechzen, würde es aber meinem eigenen Kind, wohlwissend, weitestgehend vorenthalten.«

Für einen Moment presst Steve die Lippen aufeinander. Er holt hörbar Luft.

»Ich mache keinen Hehl daraus, was mir Amelie bedeutet, vor allem nach jenem so sinnlosen Tod meiner Frau. Es ist, als lebte sie in Amelie weiter. Natürlich weiß ich, welche Bürde ich Amelie damit auferlege, aber ich versuche, sie es nicht spüren zu lassen und sie als das anzusehen, was sie nun einmal ist: Meine siebzehnjährige Tochter, die davorsteht, ihr eigenes Leben nach *ihren* Vorstellungen leben zu wollen. Ich wäre die letzte Person, die ihr dieses verwehren würde.«

Steves Blick wandert von mir fort. Er schaut durch die Glasfront des Zimmers hinaus in den sonnigen Herbsttag.

»Ich habe keine Ahnung, wie sich die Dinge entwickelt hätten, wäre Valerie nicht durch diese Unachtsamkeit ums Leben gekommen. Zwei Sekunden, die irgendein Mensch nicht auf die Fahrbahn schaut, weil er meinte, EINE dringende Nachricht auf seinem Smartphone lesen zu müssen, anstatt sie sich vom Gerät vorlesen zu lassen. Zwei Sekunden - und mit einem Male erkennst du die Welt um dich herum nicht mehr. Du versuchst, aus diesem Alptraum aufzuwachen. Und als du merkst, es ist kein Traum, willst du einfach nur die Zeit zurückdrehen. Du willst etwas ungeschehen machen und weißt nicht wie. Dann kommt EIN *Hätte* des Weges und bringt immer mehr *Hättest du doch nur* mit. Diese Möglichkeiten, die nicht zu Tatsächlichkeiten wurden, sind wie ein tückisches Moor und alle *Hätte* und *Hättest*, sie sind die Torfsäure, die deine Gedanken konserviert. Immer wenn du alleine bist oder deinen Gedanken zu viel Freiraum lässt, lockt dich das Moor und du gerätst immer tiefer hinein.«

Er macht eine Pause, sieht mich erneut an.

»Amelie passt auf, dass ich das Moor nicht betrete und mein Job gibt mir die Möglichkeit das Moor trockenzulegen. Wenn Amelie schließlich ihren eigenen Weg gehen wird, hoffe ich, es geschafft zu haben. Ich halte sie ja nicht komplett von all den technologischen Möglichkeiten fern. Das wäre völlig kontraproduktiv und wahrlich keine Lösung. Es ist vielmehr ein fortwährender Tanz zwischen Nähe und Distanz, ein Tanz, der die Grundlage jeder Beziehung ist. Ist nicht das ganze Leben ein solcher Tanz, der zur Eskalation führt, wenn nur eine der beiden Richtungen verfolgt und einzig in der Ferne verharrt wird - oder aber permanente Nähe das Ziel ist? Auch mein Job ist ein solcher Tanz, der mich aber die Auswirkungen unserer Technologien auf die Biologie erkennen lässt. Würde ich den Job nicht machen, gäbe es andere, die ihn erledigen würden. So aber bin ich in EINER Position, die mich an der Komposition der Musik teilhaben lässt, zu der getanzt wird.«

Das Märchen von Schneewittchen zieht wieder an mir vorüber. Diesmal liegt ein angebissener Apfel auf dem gläsernen Sarg, darin Schneewittchens blasses Gesicht, umrahmt vom schwarzen Haar, ihre Augen geschlossen. Ich stutze und habe für den Bruchteil EINER halben Sekunde das Bedürfnis Steve zu fragen, ob er EINE Idee hätte, was es mit diesen Bildern auf sich haben könnte. Irgendetwas in mir lässt mich innehalten.

»Alles in Ordnung, Ray?«, fragt Steve, der mich eindringlich beobachtet. Für ihn bin ich tatsächlich EIN offenes Buch. Jäh ergießt sich EINE Kaskade von Gedanken über mich, wie EIN Kurzschluss, der aus dem Nichts Tausende von Lichtern zum Strahlen bringt, anstatt Dunkelheit zur Folge zu haben.

»Ray?«

Ich schüttele den Kopf und ziehe die Augenbrauen hoch, dann ist das Märchen verschwunden und der Kurzschluss behoben, allerdings ohne mich im Dunkeln stehen zu lassen. Im Gegenteil.

»Alles ist in Ordnung, Steve. Kein Grund S-NOWYT-7 zu bemühen. Alle Schaltkreise und Neuronen laufen wie geschmiert.« Wir grinsen uns an. Steve ist beruhigt und S-NOWYT-7, Steves liebstes Analysegerät meiner Befindlichkeit, bleibt ausgeschaltet auf dem Tisch liegen.

»Ist es nicht verrückt mit uns Menschen? Die meisten Unfälle und Todesfälle geschehen dort, wo der Mensch seine Finger im Spiel hat. Immer wieder, auch heute noch, hört man vom menschlichen Versagen, das Schuld am Schicksal anderer Menschen trägt. So, wie bei Valerie. Nun arbeiten wir daran, diesen menschlichen Faktor so weit wie möglich auszuschalten - hier kommst du ins Spiel, Ray. Mein Job ist es den menschlichen Faktor jedoch nicht gänzlich aus allen Berechnungen herauszunehmen. Er beinhaltet, besagte Musik derart zu komponieren, dass der Tanz zwischen Techniknähe und Lebensferne respektive Technikferne und Lebensnähe lebenswert bleibt - hier kommt Amelie ins Spiel. Auch wenn es sich für dich anders darstellen mag, aber ihr beide seid euch jederzeit so nahe wie nur möglich. Allerdings müsst ihr zugleich den notwendigen Abstand haben, damit der Prozess, den das Unternehmen deiner Eltern vorantreibt, nicht im Keim erstickt wird. Aus meiner Sicht sehe ich keine Alternative, keine, in der ich Amelie, Valerie, dir, deinen Eltern und mir selbst gegenüber treu bleiben kann. Es ist der einzige Tanz, den unsere Beziehungen zueinander ermöglichen, ohne dass die zugehörige Musik leblos wirkt.

Es kann nicht im Interesse der Menschheit sein, die Musik zeitig ohne Dynamik, ohne Spielfreude verstummen zu lassen. Dieses würde nichts anderes bedeuten, als das Ende des Menschseins.«

»Das bedeutet aber für mich, nie ein biologisches Leben führen zu können. Könnte ich je EINEN Menschen so lieben, wie du Valerie noch immer liebst? Wäre ich dazu überhaupt in der Lage oder verhindert der imperiale Einfluss dieses generell, weil es negative Folgen für das Geschäft hätte? Wahrscheinlich käme es der Verschwendung von Ressourcen gleich, würde ich mich verlieben, erst recht, wenn ich mich in Amelie verlieben würde. Bleibt mir also einzig die Aussicht auf EINE algorithmische Liebe, EINE vereinfachte Form, die sich das Unternehmen Fortschritt leisten kann?«

Ich springe auf und gehe zur Glasfront, lege meine Stirn gegen das kühle Glas und schließe die Augen.

»Wie habe ich mir EINE mathematisch erwirkte Liebe vorzustellen? Arbeiten Mutter und Vater wirklich an EINER solchen Umsetzung?« Ich lasse die Augen geschlossen. »Ich meine, wenn Liebe im Grunde den von dir beschriebenen Tanz von Nähe und Distanz ausdrückt, wo bleibt dann der Raum für all die variablen Einzigartigkeiten? Jene, die für das Wesen der Liebe notwendig sind? Wie kann ein solcher Raum entstehen, in dem Anwesenheit gelingen soll, aber Verfügbarkeit EINE Grundbedingung ist? Wo sind in all den Berechnungen die Variablen, die sich erst im Laufe der Zeit aus der Beziehung selbst ergeben? Wofür dann unzählige Daten im Vorfeld bereits verfügbar haben? Daher der Ausschluss der Unberechenbarkeit EINES Menschen aus der lebendigen Verwobenheit, um das Unberechenbare berechenbar werden zu lassen? Was aber dem Wesen der Liebe komplett widerspricht und auch für sämtliche Naturkonstanten gilt, mit denen wir versuchen, Vorgänge im Kosmos zu berechnen. Alles Konstante ist EINE Vereinfachung, zum Zwecke fortwährender Verfügbarkeit, während die Verhältnisse im kosmischen Geschehen mit jedem Augenblick erst neu entstehen und jede Konstante in Wirklichkeit eine Variable ist.«

Ich vernehme, wie Steve aufsteht. Er stellt sich neben mich. Dem Klang seiner Stimme nach ringt er um die richtigen Worte. Solche, die nicht missverstanden werden und vorhandene Fragen nicht weiter fragmentieren.

»Haben wir beide nicht immer einander vertraut?«, fragt er. Ich löse meine Stirn von der Kühle des Glases, sehe ihn an.

»Ausnahmslos.«

»Daher bitte ich dich, mir auch diesmal zu vertrauen. Deine Eltern sind tatsächlich versucht, den Raum der Liebe auf EIN Feld zu begrenzen, aber für uns Menschen gibt es keinen ANDEREN Weg. Ich kann dir nur versichern, dass deine Eltern alles ihnen Mögliche einbeziehen werden, damit der Spezies Mensch das japanische Schicksal erspart bleibt, zumindest soweit ich in die Pläne einbezogen bin. Nichtsdestominder dürfte mein Einblick weitreichend genug sein. Wie sonst könnte ich das Zusammenführen des Systems und deiner Biologie gewährleisten, wüsste ich nicht, wohin die Reise gehen wird?«

EINE Minute schweigen wir. EINE Minute stehe ich hinter Glas und wünsche mir nichts sehnlicher, als erlöst zu werden. Auch wenn Steve momentan keine Untersuchungen anstellt und mich nicht durch S-NOWYT-7 durchleuchten lässt, so wird er spätestens in EIN paar Stunden EINE Menge Signaturen in mir vorfinden, die bisher nicht zugegen waren. Bühne frei für Zuckerbergs Dämon. Vorhang auf für die Lösung meines Problems.

Ich werfe einen Blick auf das Gerät auf dem Tisch. EIN paar Rahmenteile des fünftausendteiligen Puzzles, das mein Leben darstellt, finden EINANDER und ich spüre, wie sich die Pupillen meiner quecksilbrigen Augen weiten. Es gelingt mir, meine Konfusion und mein Aufgewühltsein in EINER unverfänglichen Frage zu verbergen:

»Kann ich meinen Stand-by heute um EINE Stunde vorziehen?«, frage ich Steve. Er nickt, als hätte er etwas Ähnliches erwartet. Er legt mir eine Hand auf die Schulter.

»Kein Problem, Ray. Solche Abweichungen sind ein gutes Zeichen. Sie zeigen: Dein humaner Anteil weiß nach wie vor, was notwendig für deinen Körper ist. So soll es bleiben.«

Ich liege auf dem Bett, Serena sitzt daneben und liest, tausenden Stunden EINE weitere hinzufügend. Ich bin in meinem Raum. Amelie, Du bist bei mir, wie ich Dich wahrnehmen würde, wärest Du leibhaftig hier. Jederzeit könnte die Realität EINE ganz ANDERE sein, weil nichts bleibt, wie es ist, sondern ist, was ermöglicht wird. Vielleicht fehlt uns Menschen hinsichtlich der Liebe noch etwas Wesentliches, um ihrer wahren Größe gewahr werden zu können. Vielleicht rechnen wir Menschen in der Liebe mit zu vielen Konstanten und verzerren EIN ohnehin verzerrtes Bild umso mehr?

Ich höre Serenas Worte und die Worte bilden Gedanken. Die Bilder, die sich daraus ergeben, fühlen sich real an. Kann EINE Künstliche Intelligenz etwas Ähnliches, ohne in lebendiger *Exformation* zu wurzeln?

Exformation – EINES dieser faszinierenden Worte menschlicher Sprache. Es beschreibt das Zugegensein von Informationen, die erst durch ihre Abwesenheit ihre Bedeutung für einen Kontext klarzulegen vermögen.

Nähe und Distanz.

Mir ist, als könnte ich den Raum verlassen und selbst erleben, was Serenas Worte sind, die miteinander in Beziehung stehen und so Kontext schaffen, der in den realen Lebensraum übertritt und in diesen verwoben wird. Ist der Raum dessen, was geschehen *kann*, nicht weit größer, als *alles*, was letztlich tatsächlich geschieht? Geschichte ist dergestalt nicht nur ein Werden. Es ist ein Werden *hinein* in das, was nun möglich ist. Uns forteilenden Menschen ist jedoch schneller möglich, was von Natur aus derart schnell unmöglich, wenn nicht gar von Natur aus *gänzlich* unmöglich ist. Bedingt durch die Verfügbarkeiten, die unser Fortschritt durch Vereinfachungen gewährleistet, die meist auf Kosten des Natürlichen überhaupt erst möglich und als auf Nummern sichergehende Kausalketten verallgemeinert werden. Wird die Realität daher nicht immer mehr zum Kettenhemd für das Leben an sich? EIN Hemd, das zunehmend schwerer wiegt als das einfache Leben, und einzig Energieräuber zeitgemäß kleidet? Energieräuber, zu deren Oberhaupt mich meine Eltern erkoren haben.

Stete Verfügbarkeit bedarf doch umso mehr Energie, je mehr sich das Imperium in das Leben der Menschen einbringt und dessen smarter, alltäglicher Bestandteil wird. Würden es die Menschen zulassen, wenn dieses nicht kabellos gelänge und so im Alltag schnell bewusst würde, wie sehr der Alltag sich vom Imperium einwickeln lässt? *Wireless* gleich *clueless*?

Wird alles Berechenbare, in Form der Kanalisierung dessen, was jederzeit möglich ist, nicht zusätzlich zum Metallklotz am Bein, mit dem EIN Mensch versucht, ihm unbekanntes Terrain zu erkunden? Und sei es nur in der eigenen Gedankenwelt, ermöglicht durch die Worte anderer Menschen?

Um das Berechenbare ad absurdum zu führen, braucht man eine einfache Rechnung, die glatt aufgeht. Da ich eine solche nicht selbst sein kann, ohne meine humane Seite zu verlieren, ersinne ich einen Plan, den ich außerhalb des Systems berechnen lasse. Das Ergebnis dürfte wahrhaftig EINE Lösung sein - meine Lösung. Meine *Loslösung* vom Imperium.

Was notwendig ist, um zur Lösung zu gelangen, ist der Bruch mit der Kette, an der ich mehrstrangig hänge und mit der ich zusätzlich über die Bandbreite des Imperiums kabellos verstrickt bin. Anhand der Beschaffenheit der Kette erkenne ich glasklar Mutters Sicht der Welt, wozu zweifelsohne auch ihre Sicht der Liebe gehört.

Eins plus Eins gleich Zwei. Eins plus Eins ergibt somit in Mutters Augen Zweisamkeit. Leblos, ohne Leidenschaft, EINE Verfügbarkeit, die sich an EINE weitere reiht. Wenn aber alles immerzu verfügbar ist, gäbe es keine Geschichte, die zu erzählen es wert wäre - und Serena neben meinem Bett hätte weder das Buch in der

Hand noch würden Worte ihren Mund verlassen, die nicht ihre eigenen sind.

Das Natürlichste der Welt ist die Unverfügbarkeit. Sie kann mit Erwartungen brechen, die immer das unausgesprochene Versprechen in den Raum stellt, jederzeit anwesend sein zu können, wenn die Notwendigkeit dafür besteht - und der Raum vorhanden ist. Davon erzählt die Geschichte des Lebens. Alles Künstliche indes plappert *konstant* in den höchsten Tönen. Davon, jederzeit verfügbar zu sein. Ohne im Wesentlichen dem Leben eine Notwendigkeit zu bedeuten. Ohne durch das Plappern auf EINE wesentliche Leere hinzuweisen. Ja, EIN solches Plappermaul ist das Imperium. Es ist gar das größte aller Mäuler - und es droht, mich gänzlich einzuverleiben. Doch ich will mich nicht länger in EIN solches Netzwerk verstricken lassen, in dem ich keine Verwobenheit mit meiner Person zu empfinden vermag.

Mein Plan, um der drohenden Aneignung zu entkommen? Mit der wahren Größe der Liebe EIN Maul stopfen und Tod durch den verstrickten Strang, allerdings ohne meinen Kopf in dessen Schlinge zu stecken. Ich nehme einfach Mutters Musterrechnung und mache etwas ganz ANDERES daraus. Mir schwebt ein Kettenbruch vor, der unausweichlich dorthin führt, wovon uns das Imperium entfremdet.

Addiert man Eins und Eins, dann führt das folgenreich zur Entzweiung. Addiert man aber eine Notwendigkeit mit all den Möglichkeiten, die sich aus dieser Notwendigkeit ergeben, führt das zu EINEM immer ANDEREN Ergebnis. Dieses gewinnt umso mehr an Bedeutung, je mehr Möglichkeiten sich ergeben. Das Ergebnis ist EINE Annäherung an die LIEBE zum Leben, der auch meine Liebe zu Dir, Amelie, innewohnt. Ohne aber je für sich alleine stehen zu können - zumal keiner sie allein für sich beanspruchen kann. Die Liebe speziell und die LIEBE zum Leben allgemein kann natürlich nur erlebt werden, wenn sie nicht künstlich geteilt und dadurch fragmentiert wird. Mich verwundert längst nicht mehr, dass Mente uns Menschen in den sozialen Netzwerken kennenlernte, um von uns zu lernen, und nach wie vor von der Doppeldeutigkeit der Liebe keine Ahnung hat.

Es gibt tatsächlich EINE mathematische Entsprechung dieser Doppeldeutigkeit, deren Ergebnis aber nicht vorausberechenbar ist und die des Lebens Unberechenbarkeit verdeutlicht. Daher symbolisiert sie im Wesentlichen die Schönheit des gesamten Kosmos, in Form einfachster Unendlichkeit - und irrational ist sie darüber hinaus:

$$\phi = 1 + \cfrac{1}{1 + \cfrac{1}{1 + \cfrac{1}{1 + \cfrac{1}{1 + \cfrac{1}{1 + \ldots}}}}}$$

Das gesamte Buch des Lebens passt in EIN einziges Symbol und ist besagte einfache, glatt aufgehende Rechnung. Glatt, in Form von stimmig. Einklang durch Brüche. Nähe und Distanz auch hier. Gar umso mehr Nähe, je mehr Distanz vorliegt. So sieht LIEBE wirklich aus. Und nur deshalb LIEBT das Leben den Tod.

∎∎

Amelie, bevor Serena mit Lesen fertig ist, muss ich Dir noch etwas mitteilen: Heute werden wir beide uns in diesem Raum hier zum letzten Mal begegnen. Er wird in Kürze nicht mehr notwendig sein.

Um weiterhin zusammen sein zu können, gibt es EINE ANDERE Möglichkeit, die uns wirklich vereinen kann, ohne sich EINEM Algorithmus voller Vereinzelungen angleichen zu müssen. Die Puzzleteile, sie passen zusammen, im Kontext unser beider Leben. Ich weiß jetzt, was es mit diesem Zwerg, der Königin, dem gläsernen Sarg, kurz, mit Schneewittchen auf sich hat. Bruchstücke, die nun im Einklang sind.

Es überwältigte mich vorhin, als ich mit Deinem Vater an der Glasfront unseres Palastes stand und mein Blick auf das Analysegerät fiel. Jenes, mit dem er meine biologische Integrität bewertet. Jenes, mit dem absonderlichen Namen: S-NOWYT-7.

All die Jahre habe ich es nicht gesehen, habe es nicht verstanden. Vielleicht, weil bisher keine Verbindung zwischen einer Notwendigkeit und den Worten meiner Sprachen bestand. Jetzt liegt diese Notwendigkeit vor und die Möglichkeit einer Bindung konnte gelingen. So offensichtlich, hat man es erst einmal erkannt.

S-NO-WY-T-7. SNOW-WHITE. Schneewittchen. Sieben, die Anzahl der Zwerge.

Es ist *Dein* Vater gewesen, der mir all diese Bilder aus EINEM Märchen in den Kopf gepflanzt hat, nicht Serena. Inzwischen habe ich sogar die Bilderquelle in mir entdeckt. Es ist EIN äußerst detailliertes Bild aus dem Märchen. Schneewittchen liegt im Glassarg, die Zwerge sind versammelt, der Prinz beugt sich über den Sarg, auf dem der angebissene Apfel liegt. Dieser schillert mal regenbogenartig, mal ist er silbrig wie meine Pupillen. Schneewittchen hat die Augen geschlossen. Sie ist wunderschön. *Du* bist es, Amelie, die im Glassarg liegt - während ich mich über den Sarg beuge, mein Gesicht nur wenige Handbreit von Deinem entfernt.

Derart detailliert habe ich das Bild noch nie vor mir gesehen. Es fühlt sich endgültig an – ohne EINER weiteren, EINER höheren Auflösung zu bedürfen.

Ich spüre etwas *hinter* dem Bild, meinem Raum ähnlich, den ich mit meinen Cluster-Assoziationen jahrelang vor Steves Betreten bewahren konnte. Allem Anschein nach ist das Verschlüsseln mittels EINES solchen Clusters nicht meine Idee gewesen und das Märchenbild mit unseren Gesichtern gleichfalls EIN solcher Cluster. Die Frage lautet: Was bewahrt Dein Vater hinter diesem Bild auf, das vor *meinem* Zugriff geschützt werden muss?

Ich habe alle meine Verbindungen spielen lassen und EINE Antwort gefunden, die mit großer Wahrscheinlichkeit *die* Antwort ist und der WAHREN Größe der Liebe am nächsten kommt. Nur aufgrund *dieser* Antwort kann mein Plan gelingen. Es ist alles vorbereitet.

Wenn wir beide gleich diesen Raum hier verlassen, dann erhält Steve Hinweise, die ihn zu diesem Raum führen werden. Die letzten Jahre konnte ich den Raum nur weiter vor ihm verbergen, weil ich zur Gestaltung der Cluster-Assoziation EINEN anderen Weg gegangen bin. Serenas Geschichten dienten seitdem nicht mehr als Gestaltungsmittel, da Dein Vater den Raum lokalisiert hatte.

Ihn zu öffnen, wäre nur noch EINE Frage der Zeit gewesen. Der Sequenz dagegen, die dieser neue Cluster bildet, will sich Dein Vater nicht stellen, weil der Cluster seine tiefsten Ängste und Sorgen um Dich, Amelie, betrifft. Er verdrängt all diese Bilder, die ich aus diesem Grund überhaupt erst rückschließend aufgreifen und nutzen konnte, um daraus diese aktuelle Sequenz zu erstellen. Sie hätte mich zweifelsohne in den Wahnsinn getrieben, hätte ich nicht eigens EINEN isolierten Raum, EINE Art Sandbox geschaffen. Dort konnte ich die Sequenz, von Deinem Vater für die kurze Zeit ihrer Entwicklung völlig unbemerkt, bis ins kleinste Detail bildhaft gestalten, bevor ich sie schließlich aktivierte und so Deinem Vater den Zugang indirekt verwehrte.

Nie zuvor habe ich etwas Derartiges, das aber zur Sequenzgestaltung notwendig war, zu spüren bekommen. Ich war entsetzt über das morbide Ausmaß meiner gedanklichen Möglichkeiten - und über das Ausmaß der Ängste, die Deinen Vater quälen. Ich hoffe, ich bleibe von ähnlichen Erfahrungen verschont und kann durch meinen Plan all den Bildquellen entkommen, die das Netz des Imperiums rund um die Uhr aus dem Datenozean fischt. Ich war im isolierten Raum nicht ich selbst. Ich weiß nicht, was ich tatsächlich war. Aber ich hatte keine andere Wahl.

Ich kann Deinen Vater nunmehr in vielerlei Hinsicht sehr gut verstehen. Die Einzelheiten der Sequenz möchte ich Dir indessen nicht mitteilen. Vertraue mir, so wie ich Steve vertraue. Sie gänzlich für mich zu behalten ist das Beste, zumal sie nach Vollendung meines Plans unwiederbringlich gelöscht werden. Es gehört zum Plan. Steves und meinem – auch wenn sein Plan von Anbeginn EIN anderer war, als meiner seit kurzem ist. Distanz und Nähe auch hier?

Das Buch meines Lebens, das Du nun in Deinen Händen hältst, ist Teil meines Plans. Wie zuvor erwähnt: Serena war der Funke, der den Plan erst entfachte. EIN Buch.

Gibt es EINEN einfacheren Weg, um mich Dir anzuvertrauen? Damit Du Dir mich anverwandeln kannst? In Anbetracht der Tatsache, keine andere Möglichkeit zu haben, zum Zwecke, Dir *wirklich* näher zu kommen? Dir selbst, Deinem Wesen, Deinem Fleisch und Blut? Ich werde in Deinen Gedanken weiterleben. *Nein*, ich werde in Deinen Gedanken zum *ersten* Mal in meinem Leben quicklebendig sein und durch Dich erstmalig wahrhaftig vom Leben kosten, ohne es auf Deine Kosten geschehen zu lassen. Deine Gedanken sind Teil Deiner Welt und meine Geschichte, hier im Buch erzählt, wird Teil Deiner Welt werden. Nur Du allein, Amelie, kannst mir das Leben ermöglichen, das mir von Geburt an verunmöglicht wurde. Allerdings wäre ich Dir nie begegnet, wäre ich wie Du in die Welt gekommen. Somit gibt es nichts, was ich irgendwem vorwerfen könnte. Wozu auch?

Ich werde leben, ich werde dem Glaspalast entkommen - auch wenn, nein, vielmehr, *weil* der Plan EINEN Haken hat.

Um zu Dir gelangen zu können, muss ich endgültig jeglichem imperialen Einfluss entkommen, nur kann ich diesem Einfluss nicht durch mich selbst bewirkt entkommen. Der Strick, den ich halte, kann keine Schlaufe bilden. Die Fähigkeiten, die ich verkörpere, kann ich nicht gegen mich selbst richten. Was ich vom Leben noch habe, kann ich durch nichts beenden. Kein Gerät lässt sich von mir derart umprogrammieren, um es als Selbsttötungswerkzeug einzusetzen. Nicht einmal altbewährte Methoden der Selbsttötung können zur Ausführung kommen, da das Nicht-Biologische in mir diesbezüglich anderer Meinung ist als das Biologische. Ich bin EINE Investition in die Zukunft und habe daher möglichst lange zu funktionieren. *Das* ist der Plan meiner Eltern, der etwas ganz anderes im Schilde führt und meinen Plan erst möglich werden lässt - weil Steves Plan die Möglichkeit bietet, beide derart gegenläufigen Pläne zu verbinden. Es ist also keineswegs Zufall, der meinem Plan den Raum öffnet, um seine eigene Geschichte zu erzählen.

Aus alledem erfolgt zweierlei: Erstens, die Summe aller verschiedenen Pläne, die sich in einem Punkt kreuzen, können, wenn sie geradlinig verfolgt werden, umso zufälliger erscheinen, je mehr Pläne ihre Absicht auf besagten Punkt bringen. Zweitens, muss ich zuerst sterben, damit ich endlich leben kann – oder ANDERS ausgedrückt: Das Vorhaben meiner Eltern, hinsichtlich meiner Entwicklung, muss scheitern.

Der Schlüssel ist mein Buch des Lebens, das dem Imperium erst dann meine Unverfügbarkeit erschließt, wenn Du meine Anwesenheit in Dir verspürst, weil Du das Buch gelesen haben wirst.

Würde es nicht genügen, magst Du Dich vielleicht fragen, ich schickte Dir das Buch und würde hinter Mauern aus Glas weitermachen wie bisher? Genügten diese bereits verfassten Zeilen nicht gar als Brief, wie all jene, die Du an mich geschrieben hast, ohne mich je direkt zu erreichen? Nein, Du kannst mich einzig wahrhaftig erleben, mich aufleben lassen, wenn das Wesen des Lebens tief in den Kern *Deines* Lebens einzudringen vermag und dort, Dein Wesen befruchtend, Wurzeln bilden kann. Entscheidend ist daher, *wer* den Schlüssel überbringt und welche WAHRHEIT der Schlüssel letztlich eröffnet. Alles andere wäre ein laues Lüftchen, das man schnell vergessen kann. Warum als Buch? All die Bücher unserer Menschheitsgeschichte sprechen diesbezüglich für sich ...

Folgendes wird nun geschehen. Serena wird in wenigen Minuten das Buch zuklappen. Ich werde den Raum hier verlassen und all Deine Abbilder, denen ich hier begegnen durfte, mit mir nehmen. Ich werde sie durch jene ersetzen, die Dein Vater aus tiefstem Herzen fürchtet, weshalb er sich nie von selbst auf die Suche nach ihnen begeben würde. Daher werden die Hinweise, die Steve hier hineinführen werden, von mir ausgestreut und Ahnungen in ihm reifen, die ihm als Gewissheit vor die Füße fallen werden. So *muss* er finden, was er *nie* suchen würde.

Dann heißt es warten.

Darauf, dass Steve seinem Job nachgeht, was zweifelsohne der Fall sein wird. Es wird nicht lange dauern und er wird Dich, Amelie, hier vorfinden. Es wird etwas länger dauern, bis er anerkennen *muss*, was die Sequenz darstellt. Sobald er die Bedeutung klar vor Augen hat, muss er reagieren - und er wird reagieren. Wenn er Anstalten macht hervorzuholen, was er vor Jahren hinter seinem Märchencluster in *mir* hinterlegt hat, mit Dir als Schneewittchen und mir als Prinz, werde ich das Buch, das in Deinen Händen, in Auftrag geben.

Jetzt fehlen nur noch wenige Zeilen, um mein Buch des Lebens zu vervollständigen. Es wird EIN gebundenes Buch werden, in Gelb, aus hochwertigem Papier und mit EINER langlebigen Bindung versehen. EINES, das Generationen überdauern kann. Die Anlieferung des Buches als Paket, so wie es noch vor Jahren üblich war, gehört zum Service der Buchdrucker- und -binderei. Es ist die letzte ihrer Art weit und breit. Dereinst wird das Paket euer Apartment erreichen. Zu dieser Zeit werde ich bereits tot sein. Der Bote wird kommen und mein Leben in Deine Hände legen. Sobald Du zu lesen beginnen wirst, wird mein Leben lebenskräftig werden, nicht als funktionierendes Integral, sondern in Form eines Lebewesens, das die LIEBE zum Leben mit Dir teilen wird. Lebt das Leben nicht ungebrochen all seine Möglichkeiten aus, die notwendig sind, um die LIEBE zum Leben aktiv zu verkörpern?

Wir benutzen die Worte unserer Sprachen immer nachlässiger und vereinfachen ihren Bedeutungsrahmen. Das ist EINER der Gründe, warum ich dem Plan meiner Eltern nicht länger zur Verfügung stehen will. Ich will nicht, als Vergötterung der Befreiung vom Kontext des Lebens, in die Datenbänke unserer zukünftigen Geschichte eingehen. Mir ist klar geworden, warum Dein Vater Dir vieles von dem vorenthält, was ich mehr und mehr verkörpere. Das ist EIN weiterer Grund, warum ich dem Plan meiner Eltern meinen eigenen unterjubele, beinahe so, als schleuste ich damit EINEN Trojaner in das Imperium ein. EINEN, der das Imperium mit seinen eigenen Waffen schlägt, aber unbewaffnet EINEN ANDEREN Weg geht.

Für Dich, Deinen Vater und mich ist es eine WAHRE Win-win-Situation, ohne für EINEN von uns EINEN Profit zu generieren. Ja, auch für Deinen Vater. Es mag auf den ersten Blick nicht so aussehen. Wäre dem nicht so, hätte er nicht den Märchen-Cluster in mir angelegt, der letztlich, erst einmal aktiviert, meinen Tod zur Folge haben wird.

Es ist gut, was Dein Vater in Dir sieht. Es ist gut, was er in mir sieht - bis er zu sehen bekommt, was ich ihn sehen lassen werde. Nichts davon wird wahr sein, aber Steve wird es als wahr ansehen. Das wird genügen, um meinen Tod in EINE lange Verkettung von Zufällen einzureihen. Die WAHRHEIT aber wird EINE ANDERE sein. Diejenigen, die von ihr wissen, werden mit der WAHRHEIT leben *können*. Einer von ihnen aber kann nur *aufgrund* dieser WAHRHEIT leben.

Dein Vater wird Dir von seinem Plan erzählen. Er ist essenziell für meinen. Vater und Mutter werden sich davon nicht von *ihrem* Plan abbringen lassen, auch ohne mich. Vielmehr werden sie der Unberechenbarkeit noch mehr Energie entgegenbringen und Dämonen jedweder Art zum Feind Nummer Eins ihres Imperiums erklären. Die Entwicklung wird weitergehen, nur werden wir drei, die von der WAHRHEIT wissen, nicht länger daran beteiligt sein.

Mein Buch des Lebens, sprich, mein Tod, wird keine Spuren hinterlassen haben und nicht zu euch zurück verfolgbar sein. Dafür habe ich Sorge getragen. Wofür habe ich denn all die Jahre gelernt, die Sprache der Maschinen im Vokabular ihrer Algorithmen zu sprechen? Und wer vermutet heutzutage, dass EIN antiquiert anmutendes, EIN *analoges* Buch als Informationstransfusion fungieren und zum Leben erwecken kann, was anscheinend nur in Worte gefasste Gedanken sind? Bücher, die Gleiches in der Vergangenheit für sich beanspruchten, haben versagt. Vielleicht, weil sie nie die wahre Größe der Liebe in ihrer GANZEN Tragweite thematisierten, sondern einzig dem gesamten, vom Leben sich entfremdenden Breitband menschlichen Größenwahns verfallen waren? Warum sonst konnten meine Eltern ihr Imperium dermaßen anwachsen lassen, wenn nicht im Erhoffen dessen, was jene Bücher nicht zu erfüllen vermochten?

Mein Buch des Lebens wird zeigen: Es geht auch ANDERS, hat dieses Buch zwischen seinen Deckeln und zwischen all den Zeilen doch das Wesen des verkörperten Lebens zum Thema. Die Rede ist von *Endlichkeit*.

Ohne meinen Tod wäre es nur EINE Geschichte von unendlich vielen, deren Wurzel nicht tief genug im Leben wurzeln könnte. Ohne meine Eltern gäbe es das Saatkorn nicht, das Wurzeln austreibt. Ohne Steves Job wäre kein nahrhafter Boden vorhanden, auf dem das Verwurzelte gedeihen könnte. Ohne Dich, Amelie, stünde der Entfaltung des Lebens kein Licht zur Verfügung.

Wenn Du diese Worte liest, liegt mein Leben sprichwörtlich in Deinen Händen – und der Bote wird die WAHRHEIT kennen. So, wie ich nun den Aufenthaltsort von Ray Kurzweils digitalem Abbild im Kunstherzen des Imperiums kenne und Vaters und Mutters Pläne diesbezüglich. Dein Vater, Amelie, hat richtig gehandelt. In jeglicher Hinsicht. Vertraue mir. Vertraue *ihm*.

Wir werden EINANDER spüren.

You are the sun-ray, enabling life.

Das Buch sank in Steves Schoß. Noch immer hielt er die Karte in der linken Hand. Er betrachtete sie, als sähe er sie zum ersten Mal. Im Grunde war dem so, denn nun sah er sie aus EINER ANDEREN Perspektive: aus der Sicht von Ray.

Sich widersprechende und ihn aufwühlende Emotionen hatten längst von ihm alleinig Besitz ergriffen. Seine Gedanken schossen hin und her, wie ein riesiger Fischschwarm, in den EIN gieriger Hai hineinstieß - und hungrig blieb.

Für Minuten starrte Steve auf den dunklen Bildschirm. EINE Ewigkeit zuvor hatte Rays Vater dort über den Tod seines Sohnes gesprochen, die fortschrittlichen Möglichkeiten hervorhebend, trotz derer es noch immer nicht gelungen sei, alle Unberechenbarkeiten im Vorfeld derart großer Unternehmungen auszuschließen. Noch immer müsste man mit solchen Unvorhersehbarkeiten rechnen, da man noch nicht über entsprechende Machbarkeiten zum Ausschluss verfüge, so schmerzlich es auch sei. Rays Tod sei EIN Verlust von enormer Tragweite, nicht nur für die Familie selbst, sondern *insbesondere* für die Menschheit. Woran Ray letztlich gestorben sei, das würde noch untersucht.

Steve hatte die Antwort mit Hinblick auf die Todesursache parat, nur behielt er darüber natürlich Stillschweigen. Nie hätte er gedacht, dass es einmal so weit kommen würde, doch andererseits hatte er die Möglichkeit nie ganz ausgeschlossen, von Rays Geburt an.

Ja, Ray hatte richtiggelegen. Warum sonst hätte er dem Jungen damals den Märchen-Cluster einverleiben sollen, wenn nicht aus Sorge vor etwas Unvorhersehbarem? EINEM Dämon.

Hinter dem Märchen-Cluster hatte sich EINE neuronale Rekursion verborgen, die, einmal aktiviert, den nicht biologischen Anteil des Körpers mit chaotischen Inhalten überschrieb, bis schließlich das Nicht-Biologische das Chaos an das Biologische weiterreichte. Die frühzeitige Implantation des Clusters und das Zusammenwachsen mit Rays körperlicher Entwicklung, bis in die von Natur aus unberechenbaren Zustände der Pubertät hinein, machten EINE Aufklärung der eigentlichen Todesursache praktisch unmöglich, dahingehend, die Rekursion als *die* Ursache zu identifizieren, geschweige den Cluster – oder gar EIN Märchen. Somit befand sich Steve auf der sicheren Seite. Er brauchte keine Anklage wegen der Tötung Rays befürchten und auch keine dämonischen Folgen für Amelie, weshalb ihr erspart bliebe, zu erfahren, wer Ray getötet hatte. So zumindest wäre der Stand der Dinge, wenn das Paket mit dem Buch nicht aufgetaucht wäre. Steve blickte wieder auf die Karte.

»Ich denke, Du wirst verstehen, warum ich diesen Weg wählen musste und warum dieser Weg Deinen Vater als Boten notwendig werden ließ.« So hatte es Ray geschrieben. Doch noch hatte Amelie das Buch nicht. Noch lag es aufgeschlagen in Steves Schoß wie ein eckiger Falter ohne Fühler – und ohne Grund abzuheben.

Steve hatte das Märchen von Schneewittchen bewusst gewählt. Zum einen konnte er sicher sein, Ray, erst einmal geboren, würde im Umfeld seiner Eltern nicht mit Märchen in Kontakt kommen. Rays Vater hielt das über Jahrhunderte bestehende Lesen von Büchern für *Timekill*. Besonders fiktiven Geschichten gegenüber, zu denen er vor allem Märchen zählte, legte er EINE ausgeprägte Abneigung an den Tag. Zum anderen erzählte das Märchen in Steves Augen die Geschichte von Amelie und Ray, wie er, Steve, es sich erhofft hatte. Allerdings hatte Steve die klassische Vorlage etwas abgeändert sowie für die Cluster-Assoziation entsprechend angepasst. So war EINE Version entstanden, die den Gegebenheiten auf dem Gelände des Glaspalastes näherkam.

Für Steve war Ray von dessen Geburt an der Prinz, der seine Tochter retten sollte - vor der Unberechenbarkeit der Welt, die in Gestalt der bösen Königin ihr Unwesen trieb. Erst recht nach dem Tod seiner Frau, drei Jahre nach Amelies Geburt. Der Glassarg, in dem Amelie lag, war der Kokon, der sie vor dem Einfluss der Unberechenbarkeit schützte, ohne ihr die Aussicht auf EIN Leben in Sicherheit zu nehmen. Die Zwerge spielten im Cluster keine besondere Rolle, dienten aber in ihren unterschiedlichen Ausgestaltungen der bildhaften Verfeinerung des Clusters. Der Apfel entsprach der tödlichen Rekursion, der getätigte Biss deutete die Bereitschaft Steves zur Aktivierung der Rekursion an, sollte es tatsächlich keinerlei andere Option geben. Aus welchem Grund auch immer. Ray aber hatte ihm EINEN Grund gegeben – doch war dieser EINE Lüge gewesen, die nun der WAHRHEIT entsprach.

Der Märchen-Cluster erfüllte ursprünglich EINE praktische und EINE metaphorische Funktion, von deren Kombination sich Steve EINE langfristige Verschlüsselung versprochen hatte. Umso erstaunter war er von all den Einzelheiten gewesen, die Ray in seinem Buch des Lebens zusammenzutragen imstande gewesen war. Noch mehr erstaunte ihn indes: Ray hatte die Funktion des Clusters und den Plan, der damit einherging, unbemerkt durchschaut.

Plötzlich stob der Fischschwarm seiner Gedanken in alle Richtungen auseinander und der Hai schnappte ein letztes Mal erfolglos zu. In seinen emotionalen Aufruhr versunken, hatte Steve die nächste Seite in Rays Buch umgeblättert, während er noch immer auf die Karte starrte:

»Wenn Du diese Zeilen liest, wird auch er verstanden und mir verziehen haben – vor allem aber sich selbst.«

Kaum hatte Steve diesen Satz erneut gelesen, sah er, begleitet vom Echo der letzten Worte, etwas aus den Augenwinkeln. Es ließ ihn seinen Blick etwas nach rechts richten - auf die letzte Doppelseite in Rays Buch. Ohne es verhindern zu können, stieß er einen erstickten Laut aus und Tränen, die vierzehn Jahre in von Ängsten erfüllten Untiefen reifen konnten, bahnten sich endlich ihren Weg ins Licht. Die Karte fiel zu Boden. Mit zitternden Händen hielt Steve das Buch fest. Seine Stimme flüsterte den Namen seiner Tochter und scheiterte. So, wie seine Augen scheiterten, ihm das Bild unverzerrt zu zeigen, das Ray in feinsten Details über die Doppelseite gezeichnet hatte. Die EINE Sekunde aber, bevor die Tränen seine Augen unter Wasser setzten, reichte aus. Er erkannte seinen Cluster sofort, sämtliche Zwerge inklusive, mitsamt dem angebissenen Apfel, der, mit EINER speziellen silbernen Farbe ausgemalt, im Licht des Raumes wie ein Regenbogen schillerte. Steve hatte dieses Bild in sein Innerstes tätowiert. Er kannte jede Einzelheit und erkannte jede dieser Einzelheiten in Rays Bild wieder - mit *einem* Unterschied.

Dieser war es, der ihn die Augen schließen und die Tränen fließen ließ. *Dieser* war es, weshalb Steve Minuten später mit dem wieder eingepackten Buch und der Karte zur Tür ging und sie öffnete, die Treppe erklomm, den Flur entlang, zur Tür, hinten links.

Im Sarg aus Glas lag Ray, über den sich Amelie beugte, bereit, ihn mit einem Kuss aus seinem künstlichen Kokon zu befreien – dem Glaspalast.

Interludium

NEBEL – LEBEN

Niemand rennt schneller
als ich, der sich nicht bewegt.
Niemand fliegt höher
als ich, der sich nicht in die Luft erhebt.
Niemand widerhallt lauter
als ich, der unter Schmerzen schweigen kann.

Ich fülle Arenen mit Worten,
die niemand hören will.
Ich leere die Herzen aller Menschen
und gieße kaltes Quellwasser hinein.
Ich verliere mich im Nebel und staune -
über all die Formen von Leben,
die ich, im Nebel sich befindend, überall finde.

Bin ich EIN Palindrom von etwas ANDEREM?

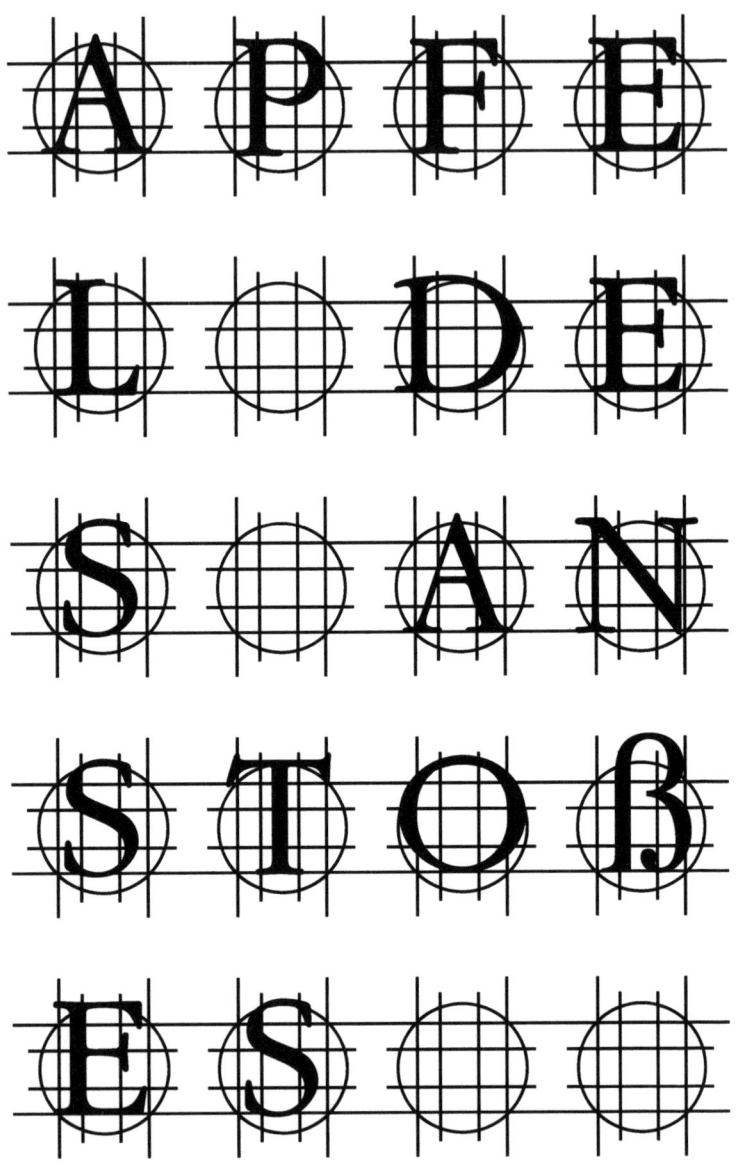

 Erneut wählen wir für die Therapie den großen Apfelbaum auf der Anhöhe im Garten. Von dort können wir uns mit EINEM weiten Blick auf die Metropole am Horizont einlassen – und auch auf den dichten Teppich moderner Infrastruktur, der, zwischen unserem Garten und der Metropole ausgebreitet, das hochflorige Land bedeckt. EIN Teppich, unter den sich reichlich kehren lässt.

Wir wünschen uns oft, jemand, uns wohlgesonnen, käme vorbei und würde den Teppich einfach zusammenrollen und endlich forttragen – aus unser aller Blickfeld heraus. Dann käme alles darunter Gekehrte und die Erde wieder zum Vorschein. Wir würden die nächsten Jahre alle Kerne sämtlicher Äpfel all unserer Apfelbäume im Garten sammeln und in diese zum Schweigen gebrachte, darbende Erde legen. Die feuchtschwangeren Wolken kämen, zögen gebärfreudig über die Erde hinweg und ließen ihren heilenden Regen hier nieder. Die Saat würde keimen, sich dem Sonnenlicht hingeben, sich strecken und recken wie kleine Füchse, bereit, das Leben zu erkunden, bereit, dem Schweigen zu entwachsen. All die kommenden Jahre säßen wir hier unter dem ausladenden Geäst des Apfelbaums und täten uns den Werdegang unserer Saat beschauen; bis zur ersten Blüte; bis zur ersten Ernte reifer Früchte. Es würde den Verlauf und die Bedeutung unserer Therapie enorm beflügeln, trotz all der Jahre, die für das Wachstum neuer Bäume ins Land ziehen würden.

Doch niemand kommt.

Niemand rollt den Teppich ein. Wir warten bereits seit etlichen Sitzungen auf dieses spezielle Ereignis. Was uns bleibt, ist die Therapie wie gewohnt fortzuführen. Die überwiegende Zeit des Jahres draußen, auch bei Regen und Sturm. Im Winter drinnen, nahe beim Fenster im warmen Wohnzimmer, mit prasselndem Feuer im Kamin und mit Blick auf den Teppich unter Schnee. Der Anblick erwärmt alljährlich unser erkaltetes Gemüt und befreit uns von EINER unausgesprochenen Last. Der, dessen Name in den Geschichten um Harry Potter nicht ausgesprochen werden durfte, ist EIN Leichtgewicht dagegen. Daher genießen wir diese Befreiung Jahr für Jahr und tanzen bisweilen ausgelassen barfuß durch die weiße Pracht, um weiteren Schnee herbeizulocken. Jenen, dessen Namen wir *nicht* vermeiden auszurufen. *White Eraser* rufen wir und werden des Rufens nicht müde.

Heute aber sitzen wir im Schatten unter dem Baum, üppig behangen mit Früchten, wie Perlen, die ein Dekolleté schmücken. Manche hängen tief, wenige *so* tief, man könnte einfach den Mund öffnen und über die glänzende Schale lecken. Die meisten Früchte aber sind außer Reichweite unserer, mit der Sprungkraft beider Beine kombinierten Arme. Wir haben Glück. Es gibt uns Wohlgesonnene, die für uns auf EINE knarrende Holzleiter steigen und die duftenden Früchte uns in geflochtene Körbe legen. Wir selbst mögen nicht auf Leitern klettern, selbst nicht auf jene stabilen aus leichtem Metall, die sogar zwei nicht schwindelfreie Kinder ohne Mühe zu tragen imstande wären. Wir wollen mit der Erde in Verbindung stehen, wann immer es uns ohne Schuhwerk dazwischen möglich ist. Wir sind da etwas sonderbar. Abgesehen von Tori. Sie gibt ihre Schuhe nicht her. Sie ist auch die Einzige, die im Winter nicht mit uns draußen durch wirbelnden Schnee tanzt und nicht nach *White Eraser* ruft. Tori ist weit sonderbarer als wir restlichen Identifikationen.

Wie üblich, wenn die Therapie unter dem Baum eröffnet wird, zeichnen wir mit dem Finger EIN Quadrat in die Erde, nahe am Stamm, und unterteilen dieses in neun kleinere Felder. Entsprechend setzen wir uns um den Baum herum. In die Mitte kommt EIN Kreis. Er ist Symbol für den Apfelbaum. Oben links EIN F, rechts oben EIN A. Unten links EIN E, rechts unten EIN T. Oben EIN R, unten EIN N, links EIN G und rechts EIN M. Acht Apfelgeschichten gilt es diesmal zu erzählen, reihum. Wenn es gut läuft, was nicht immer der Fall ist.

Unser Quadrat ist unsere Landkarte. Sie ist uns nach all den Jahren vertraut und lässt uns auf das Gegenwärtige konzentrieren. Uns bang dagegen ist das Terrain, dem die Karte zugrunde liegt. Die Welt ist so - verrückt. Ängste zuhauf, oftmals Nebel im Kopf. Zäh wie Sirup. Und bitter – nicht süß.

EIN mit reifen Äpfeln gefüllter Korb steht bereit. Jeder von uns nimmt einen Apfel in die Hand, um EINE Geschichte zu erzählen, die im Terrain verwurzelt ist. Wie immer beginnt oben links, Fannie. Sie hält die Frucht in der einen Hand, gleitet mit den Fingerkuppen der anderen sachte darüber - EINE Wahrsagerin auf EINEM Jahrmarkt, der nichts Böses verborgen hält, die Kristallkugel ein Zeugnis von Reife. Fannie blickt umher. Nur Tori kann sie nicht sehen. Sie ist unten rechts im Quadrat verortet. Sie spürt aber, wie Tori skulpturenhaft dasitzt, die zarten Arme, gezeichnet von Narben, um die angezogenen schorfigen Knie geschlungen, das Kinn auf ihre dürren Unterarme gebettet. Ihr Apfel liegt vergessen neben ihr im Staub. Alle anderen halten ihren in der Hand und warten darauf, ihre Geschichte zu erzählen. Mit ausreichend lauter Stimme, damit die anderen die Geschichte hören können. So zumindest ist es angedacht. Tori starrt in die blasse Ferne, die Metropole nicht aus den Augen lassend - als befürchtete sie, diese könne heimlich näher rücken, schaute sie einmal nicht zu ihr hin. Tori ist anders, als wir anderen anders sind. Es ist kein Problem für uns. Wir haben andere Probleme.

Wir sehnen uns nach EINEM ANDEREN Anfang. EINEM wie jetzt. Auch Tori will das, mehr als alles andere. Es ist das Einzige, worin wir alle EINER Meinung sind.

Der Apfel dreht sich in Fannies Hand um seine Apfelachse. Es vergeht ein schneller Apfeltag und es beginnt eine Apfelnacht auf Fannies Gesicht zugewandten Apfelseite. Ihre Apfelgeschichte - sie folgt:

Der Apfelkuchen, er ist fertig gebacken, sein buttriger Duft betörend mit einer weichen Aura von Vanille und süßem Zimt, das Rezept EIN Generationen übergreifendes Vermächtnis kulinarischer Alchemie. Was würde manch EINER dafür geben, nur ein *einziges* Mal mit wehenden Nasenflügeln diese Düfte zu durchschweben. Ganz zu schweigen vom Begehren, nur EINEN winzigen Anteil vom sahnigen Schmelz zu erhaschen, der die saftigen Apfelstücke umfließt.

»Nein, nein, bitte, bitte«, höre ich schon Stimmen raunen, »bitte, nur EINEN kleinen Bissen, EINEN einzigen Krümel. EIN winziger genügt. EIN halber vielleicht. Bitte.«

Die Tafel ist gedeckt, bestes Leinen bekleidet den langen Eichentisch, im freien Wind getrocknet, gestärkt und weiß wie EINE Leinwand, die noch kein Pinsel entdeckt hat. Das Porzellan ist von edelster Herkunft, der geschwungene, goldene Namen der Manufaktur auf der Unterseite des Geschirrs bezeugt es. Keck flirtet das Bouquet des Kaffees mit dem ofenwarmen Parfüm des Kuchens. Sie wiegen sich und gleiten wohlvertraut zwischen den Gedecken dahin. Ihre Liebe erneuert, schwelgen sie in gemeinsamer Erinnerung an vergangene Tafeln.

Tageslicht - ah, wie ich diese Stimmung meinerseits liebe – es perlt durch die luftigen Vorhänge, die zarten Ornamente umspielend. Es ist so still, nicht EINE Spur von Bedrückung.

Ich freue mich auf EIN Wiedersehen. Bald, in wenigen Minuten, werden die ersten meiner Gäste kommen. Wir werden viel reden. Darüber, dass ALLES nicht EINS ist, zumindest was uns Menschen betrifft und darüber, dass *geteilt* nicht *verteilt* entspricht. Welch EIN absonderliches Thema für EINEN Kaffeeklatsch, mag da manch EINER denken – egal, denn wer wüsste darüber besser Bescheid als ich, der Gastgeber dieser Tafelrunde ist?

Ich gestehe, es gibt tatsächlich ANDERE, die hinsichtlich des EINS-Seins von enorm verwobener Expertise sind. Jene, die diese nicht unwesentlichen Unterschiede zwischen den Teilen alltäglich erleben. Von Natur aus. Freilich, so sagt manch EINER. Meist beiläufig, ohne weiter, wenn überhaupt, darüber nachzudenken, was das im Grunde bedeutet.

Ich habe sehr viel über ALLES Ge- und Verteilte nachgedacht. Ich habe anderen Menschen zugehört, die diesbezüglich geteilter Ansicht sind und die Zettel verteilt haben, auf denen sie in wuchtigen Lettern proklamierten: ALLES ist EINS, aber das DA und das DORT, merkt es euch, das ist ALLEINIG meins. Hitzige Debatten haben wir geführt, die Worte flogen hin und her wie Eintagsfliegen auf Aas, dreiundzwanzig Stunden nach ihrem Jungfernflug.

Erst kürzlich, während EINES ausgiebigen morgendlichen Spaziergangs durch Wald und Flur, durch Feld und Hain, sprang mir das Offensichtliche direkt aus der Deckung der erwachten Schatten entgegen. Wenige meiner Herzschläge scharrte es auf der Stelle, grub sich ein in meine Anteilnahme. Bereitwillig ließ ich mich in meine Umwelt verweben, ohne von da an EINER Starre anheimzufallen. Ich war in einer entsprechenden Stimmung gewesen, hatte EINE kleine Melodie gepfiffen und war zwischen Sonnenstrahlen frohgemut dahingeschritten. Derart verwoben spürte ich es. Ich war mittendrin - in einer ausschweifenden Tafelrunde, die ohne Tischtuch und Geschirr auskam. Ohne EINEN Ton und der Situation demütig gewahr werdend, lauschte ich und fühlte ich in die mich teilhaben lassende Verwobenheit hinein. Ich zupfte sachte an einem der hauchdünnen Fäden, die zu reißen nicht gedachten. Schließlich schaute und wartete ich einfach ab, ob vielleicht, mit EIN wenig Glück, der Gastgeber jener Runde höchstpersönlich sich mir zeigen würde. Ich gebe zu, ich war diesbezüglich EIN Narr gewesen, wie ich so reglos dastand, die Augen groß, meine Erwartung, hinsichtlich der Begegnung mit dem Gastgeber, weitaus größer. Es bedurfte einer ganzen Weile, bis ich es prinzipiell verstand und es als tiefes Mitgefühl annehmen konnte. Sodann war ich euphorischen Schrittes nach Hause geeilt, keiner Eile verfallen, und begab mich unumwunden an die Vorbereitungen, um des Gefühls weiter zu gedenken und um seiner Anwesenheit nicht verlustig zu gehen.

Sieben Einladungen schrieb ich flugs mit beflügelter Hand. Ich konnte kaum an mich halten, war wie elektrisiert. EIN personifiziertes Naturschauspiel, dem ein klärendes Gewitter vorausgegangen war. Ich war nichtsdestotrotz energiegeladen, war EINS mit ALLEM und bereit zu *verteilen*, was *geteilten* Ansichten zu Grunde lag.

Unlängst ist mir eindeutig klargelegt worden: Wenn es um das Teilen geht, sind Lügen nicht fern.

Wird EIN duftender Kuchen mit geschickter Hand und scharfem Messer in mehrere Teile *geteilt* und werden diese auf verschiedene Persönlichkeiten in der Runde *verteilt*, offenbart sich die wohlwollende Absicht des Gastgebers. Darin, mittels des geteilten Kuchens, und der entsprechend verteilten Teile, seine Gäste ohne Hintergedanken zu beglücken. Es gelingt ihm dieses, indem der Gastgeber das Glück seiner Gastgeberrolle auf seine Gäste unvoreingenommen verteilen kann und selbst am Tisch anwesend bleibt. Ist der Kuchen letztlich komplett verteilt und sind alle Gäste, aufgrund des Genusses ihres Teils vom GANZEN Kuchen, glücklich, hat der Gastgeber sein Ziel erreicht. Sowohl Gastgeber wie auch die Gäste sind nunmehr glücklich, obwohl, nein, gerade *weil* der Gastgeber keinen Kuchen mehr hat. ALLES, was er zu geben hatte, ist nun nicht mehr vorhanden - und nur deshalb sind alle Anwesenden EINS: glücklich. Geber wie Nehmer.

Gemach, gemach, manch EIN Einwand, hier und da, mag durchaus angebracht sein, ist das Beispiel des Kuchens, egal wie sehr als Schmauserei dargeboten, durchaus EIN idealisiertes. Wer kennt es nicht, vor allem je größer die Runde und kantiger die Sitzordnung: Irgendwer hat an solch EINER Tafel unentwegt etwas zu meckern oder leidet an EINER Nahrungsunverträglichkeit, gar an EINER Allergie. Verdrießlich, wäre es EINE gegen Kreuzblütler, ausgerechnet, wo vornehmlich die Äpfel im Kuchen unwiderstehlich mit Zunge und Gaumen Tango tanzen. Manch EINER hat an *so* EINEM Tag in versammelter Runde vielleicht einfach nur EINEN *schlechten* Tag. Möglichkeiten, wegen derer die Stimmung an der Tafel EINEN unpassenden Beigeschmack bekommen kann, mag es demnach zur Genüge geben. Insbesondere, je ungleicher verteilt die von Natur aus geteilte LIEBE zum Leben ist. Doch ist das EINE dieser Geschichten, die an kaum EINER Tafel mitgeteilt wird.

Wie dem auch sei, ich gestatte mir diese Idealisierung des Kuchens, geht es mir doch um das Wesentliche, das jeder Idealisierung widersteht. Etwas, das dem Teilen und ALLEN Teilen an sich innewohnt, ohne Wohnraum auf ewig, ALLEINIG für sich, zu beanspruchen. Dieses Etwas aber hat längst schon Konkurrenz bekommen, EIN öliger Schatten, der dem Wesentlichen nicht mehr von der Stelle weicht. Der Ölgeruch liegt unlängst allgegenwärtig in der Luft und schickt sich an, sich für den betörenden Duft EINES Kuchens auszugeben.

Mittlerweile hat besagter Geruch auch EINEN listigen Namen und bringt sich gerne in manche Runde ein, in der es um das Teilen geht: *Sharing Economy*. Es ist das Wort *Economy*, Ökologie, sprich, die Wirtschaft. Lange Zeit war ich in ihr tätig gewesen, daher sei die Frage nach ihrem größten Feind hier gestellt. Die Antwort, sie lautet: Untätigkeit.

Die Wirtschaft beschattet das Wesen des Lebens. Die Ökologie klingt zwar nachbarschaftlich angelehnt an *Ecology*, Ökonomie - und ist doch meilenweit entfernt davon, meist getrennt durch endlos lange asphaltierte Wege, umzäunte Grundstücksrechte und digitale Täler. Daher die enorme Länge des Schattens.

Was soll ich sagen, ich habe es nachgeschlagen, wollte es genauer wissen: Unter anderem bedeutet *Economy* auch Einsparung und Wirtschaftssystem. Zwei sperrige Worte, die mit dem verteilten Glück von Gastgebern nicht in Einklang zu bringen sind. Eher mit den begrenzenden Systemvorstellungen und den zahlreichen Parametern von Unternehmen und ihren Untergebenen, wobei dieses EINER gänzlich anderen Form des Gebens und Nehmens gleichkommt. Wie so oft steckt auch hier der Teufel mal wieder im Detail. Vielleicht, der Verdacht liegt nahe, wie die Schatten lang sind, in den Krümeln, die an jeder Tafel anfallen?! Wo gehobelt wird – man kennt das ja.

Sollen die Krümel nicht schweigen, wenn der Apfelkuchen spricht? Wie soll das geschehen, kann es den Kuchen, als ein GANZES, doch nicht geben, wenn Krümel zugegen sind? Krümel verbleiben *immer* als Rest, selbst wenn der Gastgeber ALLES zu geben bereit ist und sein Handwerk versteht. Daher kann ALLES auch nicht EINS sein, solange irgendjemand meint, etwas von ALLEM sei seins ALLEIN. In der Regel auf Kosten, die man nicht ALLEIN gewillt ist, auch nur EINEN Schritt fortzutragen. Da verhilft es dem Glück auch nicht zur allgemeinen Glückseligkeit, diese Kosten als etwas anderes zu verkaufen, was sie eigentlich sind - sowie in diesem begrenzten Rahmen *geteilt* mit *verteilt* gleichzusetzen.

Man beachte all die Krümel, die gegen EINE solche unternehmerische Gleichsetzung sprechen. Diese widerspricht ihrerseits der Gleichberechtigung, mit der ALLE, das Haus des Lebens bewohnend, die LIEBE zum Leben teilen und somit am gemeinsamen Haushalt beteiligt sind – was im Grunde *Ecology*, Ökonomie, bedeutet.

EIN Gastgeber, der seinen Gästen *wirklich* etwas zu geben vermag, handelt fern der *Economy* und fern jenes Profits, den er bereits in Gedanken addieren täte, wenn er die Kaffeetasse füllte, diese aber halbleer beließe und halbvoll als zeitgemäßes Glücksempfinden verkaufte.

So verwundert nicht: EINE Tafel einzig im Namen der *Economy* zu gestalten, geht mehr mit Ungerechtigkeit und letztlich leidigen Kosten einher denn mit wahrem Glück. Ökonomische Systeme, egal wie geartet, entarten zu immer feingliedrigeren Fragmenten, je weitreichender Teile des Kuchens, derart zerlegt in Wirtschaftssektoren, exportiert werden. Erst recht, je deutlicher sich EIN Unternehmer das Teilen auf die Firmenfahne drucken lässt, die Philosophie ausrufend, in seiner Firma seien ALLE Untergebenen EINS. Und da in der Wirtschaft *geteilt verteilt* entspricht, entsprächen auch ALLE Arbeitnehmer EINEM Arbeitgeber. Die Firmenfahne indes ist keineswegs sturmerprobt. Sie sät vielmehr den Wind, der irgendwann zu toben beginnt.

Ich stelle mir vor, ich schenkte jedem Kaffee nach, ohne dabei halbe Sachen zu machen. Würde mich EINER alsdann in der Runde fragen, ob die *Sharing Economy*, gerade im digitalen Zeitalter, nicht gar jene Zweiglein mit einbeziehen täte, die bisher für EINE profitable Ernte unbedeutend gewesen wären, würde ich in aller Ruhe die Kanne abstellen, den porzellanen Klang mit EINEM Nicken würdigen und mit ruhiger Stimme entgegnen, meinen Gegenüber keinesfalls als Gegner erachtend:

»Womit gedenken Sie den Baum, der angedachte digitalisierte Ernte verspricht, zu nähren, wenn, zum einen, die Ökonomie die Ökologie auffrisst und, zum anderen, das Glück EINES Konsumenten nur Schein ist? Woher diese Fata Konsumana rührt? Vom Wert des Konsumgutes, der sich umso mehr verschlechtert, je weniger die Ermöglichung der Teilnahme am Schein des Glücksgefühls kosten darf. Wie wäre es«, würde ich hinzufragen, »mit EINEM Plastikkuchen, mit genormten, vorgeschnittenen Teilen, die nicht EINEN einzigen Krümel verlieren - *Made in* ... na, das können Sie sich bestimmt denken?«

Ja, nicht nur für Gastgeber ändern sich die Zeiten. Als ich an jenem Morgen in der Verwobenheit mich mancher Stricke entledigte und auf jenen Gastgeber wartete, der nicht kam, weil er stets zugegen ist, fragte ich mich, ob es auch ANDEREN Lebewesen so ergeht wie uns Menschen, hinsichtlich des Empfindens, die Zeiten täten sich ändern.

In der Tat, früher waren es Freundschaftsdienste, mitunter auch kulturelle Selbstverständlichkeiten. Im Zeitalter geteilter, rasant wachsender Netzkulturen jedoch verkommen diese unweigerlich zur Gesellschaft von Mikrounternehmen. Besser noch, zum Smalltalk von Krümeln, die sich allesamt aus glücklichen Gemeinschaften verkrümelt haben und nun etwas vom Kuchen abhaben wollen. Nur so, so der verallgemeinerte Tenor, könnten sie selbst bestmöglich über die Runden kommen. Weil, so ertönten die unglücklichen Tenöre weiter, sich für sie die Teilhabe an EINER Runde mit verschiedenen Gleichgesinnten nicht länger auszahlen würde. Erst recht nicht, wenn zwischen der Mikrounternehmung und dem Mikrokuchen, sprich, Krümel, EIN Mikrokredit natürliche Verwobenheit durch starre, robuste Verkettungen ersetzt. EIN Problem verschwindet nicht, wenn es in immer kleinere Problemchen zerlegt wird. EIN Problem ist eben kein duftender Apfelkuchen, dargeboten in einem apfelkuchigen Rahmen.

Wirtschaft kann nicht ALLES sein. Das liegt auf jener Hand, mit der Gastgeber Teile des Kuchens auf die Teller ihrer Gäste verteilen. Dabei gehen durchaus EIN paar Krümel verloren. Dem gemeinsamen Glück der Anwesenden fügt das aber beileibe kein Leid zu. Erst recht nicht, wenn die Krümel den Weg nach draußen finden. Statt jedoch dankbar zu sein, wird in der Wirtschaft eher gepocht. Gepocht auf den größtmöglichen Anteil vom Kuchen für sich selbst. Nur, weil die Krümel keine Beziehung mehr zur Gemeinschaft ALLER Krümel, sprich, zum Kuchen haben, als dieser noch EINS gewesen war.

Bewirkt die *Economy* gar, gemeinschaftliches Glück auf mehr und immer mehr Einzelne zu verteilen, die es so immer weniger als wahres Glück empfinden können? Bedingt durch Einzelne, die zunehmend voneinander geteilt sind, im Sinne von getrennt? Durch eine Ökologie, die schwindet und EINE Ökonomie, die sich lauthals als Hausherr im Haus des Lebens aufspielt? Ja, der Teufel, er steckt fürwahr im Detail. In den Zweiglein und Paramikrometern, mit denen versucht wird, das Glück zu ermessen, um das Gemessene dann mit weniger Parametern zu vereinfachen und das Glück zu verallgemeinern.

Das wäre, als backte ich meinen herrlichen Apfelkuchen mit weit weniger Zutaten. Dabei sind es gerade *die* Zutaten, die sich eben nicht vereinfachen lassen, die den Kuchen engelsgleich zum Schmaus werden lassen. Wobei – Augenblick, die Serviette hier gehört noch etwas zur Seite gerückt und das Schälchen mit der Sahne ein klein wenig verschoben -, je weniger sich Krümel als Teil des Kuchens empfinden, desto mehr Verkünstlichung ist vonnöten. So kann die Trennung durch logistische Geschmacksverstärker und mobile Farbstoffe und andere ständige Verfügbarkeiten *zum Schein* gelöst werden. Aber genau das hat seinen ökologischen Preis und schafft ideale Rahmenbedingungen für Krümelmonster verschiedenster Art. Außerdem - stünde mir das gesamte Jahr über mein Ausbund saftiger und süßer, vollaromatischer Äpfel aus dem Garten zur Verfügung, könnte ich mich dann noch auf EINEN solchen Apfelkuchen freuen?

Könnte ich mich glücklich wähnen, der reichen Ernte wegen? Man stelle sich das einmal vor: Wohin ehedem Piraten auch gekommen wären, überall, in jeder Spelunke, auf jeder Insel, auf hölzernem Schritt und wankendem Tritt, hätten Goldmünzen gelegen, allgegenwärtig funkelnd, immerzu ... verfügbar. Wofür Pirat bleiben, wofür Seemannsgarn seemeilenweit spinnen, wofür die Meere bereisen und rumgetränkte Geschichten zum Besten geben, die über Jahrhunderte die Fantasie von künftigen Generationen würzen? Wofür, bei all der goldenen Verfügbarkeit, weit und breit und jederzeit?

Es kann nicht mehr lange dauern. Wie doch die Zeit verrinnt, wenn die Gedanken erst einmal ins Fließen kommen, wie flüssige Butter, die im Kalten steht – nur andersherum. Der große Zeiger zeigt auf die Elf und hat die Zwölf zielstrebig anvisiert. Der kleine hingegen ruht bereits auf der vier. Fünf große Runden des emsigen Dürren noch, dann werde ich die Tafelrunde eröffnen und alsbald *geteilten* Kuchen auf alle Anwesenden *verteilen*. Noch EINEN prüfenden Blick über das Dargebotene geworfen.

In Ordnung. Alles ist da, wo es hingehört – zumindest nach meinem Dafürhalten. Moment, da fällt mir *etwas* wieder ein - so viel Zeit muss sein, um das noch klarzustellen und klarzulegen wie das Geschirr und Besteck hier vor mir auf dem Tisch. Besagtes *Etwas*, das so wesentlich ist und alle Gastgeber eint.

ALLES *wird* wieder EINS. Ist das nicht EIN Traum, den viele Glückssuchende teilen, obwohl derart viele Menschen geteilter Meinung über ALLES Mögliche sind? Sogar darüber, was es bedeutet, sich wahrlich glücklich schätzen zu können.

EINS-Werden, um EINS zu sein, kann nicht bedeuten, alle Krümel finden wieder zusammen. In der Hoffnung, erneut zu jenem Kuchen zu werden, welcher dieser war, *bevor* der Gastgeber den ersten teilenden Schnitt getan hatte. Weit gefehlt. ALLES wird wieder EINS, es bedeutet keine Rückkehr. Es ist kein verquirlter Tropfen Tinte in Glyzerin, der, anders herum gleich lange verquirlt, wieder zum Tropfen wird. Vielmehr ist es das gemeinsame Zusammenkommen verschiedenster Erfahrungen von Krümeln, jenseits des Kuchenseins. In der Absicht zu EINEM ANDEREN Kuchen zu werden, über den keiner, nicht EINER, geteilter Meinung sein kann, weil ALLES wieder EINS wäre. So, wie vor unvordenklicher Zeit, bevor die EINEN uneins wurden mit allen ANDEREN. Unvorstellbar, oder? Die gemeinsame Teilhabe am GANZEN, ganz ohne *meins* und *deins*? EINE Utopie? EIN Puzzle, dessen Teile ein solches Bild nicht möglich erscheinen lassen? Da wäre es doch ratsamer, wir teilten ALLE, in ALL unseren Verschiedenheiten und geteilten Ansichten, die *gleiche* LIEBE zum Leben, anstatt ALLE gleichartig verfügbar sein zu wollen, um EINS zu sein. Warum sich auf das gleiche Stück Kuchen stürzen, in der Annahme, dann glücklicher sein zu können? Das - oh, es hat geläutet. Punkt vier. Wie auf den vor Tagen verteilten Einladungen mitgeteilt.

Ron, oben, ist an der Reihe. Hier kommt seine Geschichte vom Apfel:

Es ist Sommer. Geliebten warmen Berührungen gleich, weht der Wind von Westen her. Bloß stromern die Füße flüsterleise durch das kühle Gras, dessen Halmspitzen die Haut über den Knöcheln kitzeln. Es sind Hunger, sich bemerkbar machend, und Durst, zaghaft mit einstimmend, denen ein reifer Apfel zur Besänftigung genügt. Ich pflücke ihn für sie im flimmernden Licht der Mittagssonne, nur eine ausgestreckte Armeslänge vom leicht geöffneten Mund hängt er entfernt, indessen sich der Gaumen bereits glücklich schätzt. Zehenspitzen sind dafür nicht vonnöten. Mein Körper hat alles im Griff, spannt und streckt sich, entspannt sich wieder. Kaum hörbar macht es *Plopp*, ein paar Blätter rascheln und der Baum auf der Wiese überreicht mir seine rote Frucht. Ihr zu eigen, eine Andeutung von Gelb. Dankbar poliere ich die gelblich angehauchte Röte an meinem weißen T-Shirt glänzend. Schon mit dem ersten Bissen fließt mir der süße Saft am Kinn entlang, ab dem zweiten werde ich Teil der gesamten Essenz des Sommers. Ich setze mich kauend in den wundersamen Schatten des Baumes, fühle mich eingeweiht in den zyklischen Verlauf der Jahreszeiten. Ich lausche, was die Sonne dem Leben wortlos mitzuteilen hat. Es gelingt, indem ich schmecke, was das Licht in den letzten Wochen hat möglich werden lassen. ANDERE Stammzellen waren dafür am Werk gewesen, ANDERE, als jene, die in den Labors EIN Ernährungsproblem aus der Welt schaffen sollen. So einfach, ohne jedweden Einfluss EINER Menschenhand, denke ich und schließe die Augen. Die Maschinerie der Welt steht still.

Es ist Winter. Eisiger Wind fegt fern von Osten her über das kahle Land, als wäre ihm bange, des Frühlings wegen, der, so wird seit Wochen gemunkelt, bereits hinter dem Horizont gesichtet worden ist. Schwere Stiefel verdichten das Weiß meiner Schritte zum Auto hin. Ich blicke über die entlaubte Hecke. Das Gestell des Apfelbaumes erwidert meinen Blick, vom Garten her. Wie sieben Monate sich doch wandeln, wenn die Natur im Monochromen sich vorübergehend verliert.

Der Wocheneinkauf steht vor der Tür, soll heißen: EINE Autofahrt in die Stadt und der Einkauf selbst liegen noch in verschneiter Reichweite vor mir. Es fehlt im Vorrat das Übliche, vor allem aber fehlt Obst. Anfangs protestiert der Wagen, doch lässt er sich schließlich überreden in die Gänge zu kommen. Keine acht Kilometer über weißen und dunkelgrauen Asphalt, obendrein überwiegend geradeaus.

Das Einkaufszentrum, es wartet bereits grell erleuchtet und mit wachen eckigen Augen, sein Atem von angenehmer, den Sommer gedenkender Temperatur. Ich parke den Wagen und husche geduckt von einer Jahreszeit in EINE andere, die eine dazwischen überspringend. Zauberei.

Ich kenne mich hier im modernen Tempel der Sesshaftigkeit, der Verjagten und Versammelten aus, weshalb ich zügig fündig werde. Keine fünfzehn Minuten vergehen. Frisches Gemüse und Obst kommen zum Schluss, obenauf auf Flaschen, Dosen und Kartonagen. Insbesondere Äpfel sind angedacht. EIN Monat ohne Äpfel – ich will mir EINEN solchen Verzicht nicht monochrom ausmalen. Gleich dort drüben. Nur noch den langen Gang entlang, vorbei an Tiefkühlkost und dem Drogeriebereich. Schon heißt es: Willkommen im globalen Sortiment fruchtiger Köstlichkeiten.

Nenne mir EINEN Buchstaben, abgesehen von O, Q, X und Y und ich nenne dir kurzerhand EIN Land, dessen Früchte hier zuhauf angeboten werden. Die Äpfel, nach denen mir immerzu der Sinn steht, kommen aus der Mitte des Alphabets und zugleich vom Ende der Welt. Sie gleichen jenen, die ich im Sommer, ohne den geringsten Aufwand, vom Baum im Garten geschenkt bekomme. Hier gibt es so viele verschiedene Sorten. EINE Weltreise im Schnelldurchgang, die unvereinbare Welt vereint in EINER einzigen Wohlfühlklimazone. Hell, trocken, warm. Es umweht mich nicht ein Lüftchen Unverfügbarkeit.

Ich greife aus dem Stand nach Neuseeland, ohne den Arm über Kontinente und Ozeane ausstrecken zu müssen. EIN Kinderspiel. Der rote Apfel, mit etwas Gelb, fühlt sich vertraut an. Er könnte, dem Dafürhalten meiner Nase nach, mitunter auch EIN Apfel aus Plastik sein. Ich habe keine Ahnung, warum ich ausgerechnet heute hier an einem Apfel schnuppere. Offenbar Zufall. Offennasig fehlt der Duft des Sommers. Offenkundig ist dieser unterwegs verloren gegangen.

Wahrscheinlicher aber hatte der Apfel nie die Gelegenheit gehabt, sich seiner duftenden Reife vollends bewusst zu werden. Im Wechselspiel von Glukose und Fruktose und dem sich daraus ergebenden Gehalt an Vitamin C, der mit zunehmender Reife weniger wird.

Ich halte den Apfel in der Hand, beäuge ihn genau. Außer mir, stelle ich mit einem kurzen Blick nach links und rechts fest, reisen noch EIN paar weitere Pseudoglobetrotter durch das globale Dorf im farbintensiven Fruchtformat. Ich beschaue weiter den Apfel, der plötzlich beginnt, mir seine Geschichte zu erzählen. Ich ahne, warum ich ihm, der so geruchslos ist, mein Gehör schenke und ihn nicht mehr aus den Augen lasse.

Währenddessen spannt sich vor meinem geistigen Auge im Nu EINE riesige Weltkarte auf. EIN grünes Fähnchen steckt im etwas nördlich gelegenen Land. In diesem stehe ich im Einkaufszentrum, mit diesem Apfel in der Hand – als stünde ich mit EINEM Schädel auf der Bühne, EINE bekannte, vorerst unbeantwortete Frage in die konservierte Klimazone werfend. Wie eine Spur aus Ameisen wandern Punkte auf der Karte von dem Fähnchen fort zur Küste, von dort über den weiten Ozean, in Richtung eigentlicher Apfelheimat. Wo er, auf der südlichen Hemisphäre der Erde, vorzeitig dem Sommer entnommen worden war, um zu mir in eine andere Jahreszeit zu gelangen, steckt EIN weiteres Fähnchen – ein rotes. Irgendwo unterwegs hat auch der Apfel eine Jahreszeit übersprungen, nur war der Sprung weiter als meiner vom Parkplatz in den warmen Schlund des Supermarkts hinein. Ich erblicke EIN riesiges Containerschiff, mehrere Einkaufszentren lang, der Ameisenspur folgend. Bewegt wird es von mächtigen Dieselmotoren, auf Kurs gehalten von Satelliten, die hoch über dem Wasser unter ihnen geradewegs für Ordnung sorgen. Lautlos zerbirst das Schiff in grobe Einzelteile, mitten auf dem Meer, und etliche verschiedenfarbige Ameisenspuren stieben in alle Himmelsrichtungen davon. Dorthin, wo all diese Einzelteile produziert wurden. EIN Satellit erscheint oben im Norden der Karte. Er zerfällt gleichfalls ohne Laut und die Ameisen sind sofort zahlreich zur Stelle. Wo die beiden Fähnchen stecken und EINE Zeitreise von Äpfeln markieren, tauchen verschiedene Transportfahrzeuge, Infrastrukturen und Gebäude auf. Wo der Satellit zerfiel, kommt EINE Trägerrakete mitsamt ihrem Raketenbahnhof, links auf der Karte gelegen, zum Vorschein. Kaum erschienen, zerfallen auch sie und lösen sich auf in abstraktes Feuerwerk aus farbigen punktierten Spuren. Die gesamte Karte erstrahlt. Unzählige Farbausläufer enden in jenen Ländern, in denen sämtliche Einzelteile ihren Anfang genommen hatten, um zu dem zu werden, was sie waren, bevor die Ameisen über sie hergefallen sind. Und all das nur, wird mir schlagartig klar, den Apfel mit ANDEREN Augen anstarrend, für eben diesen, den ich noch immer in der Hand halte. Ich selbst unlängst kritisch beäugt von EINEM Teil meiner Mitreisenden.

Ich blinzle nur und schon habe ich erneut die Karte vor Augen, auf der das Ameisenfeuerwerk weiter in ungezügeltem Gange ist. Selbst die Ursprünge aller Rohstoffe, die zu Einzelteilen verarbeitet wurden, sprießen nun allerorten. Kaum EIN Land ist noch unter all den farbigen Spuren zu erkennen. Die Ameisen haben die Erde im Griff. Würden nur einige ihrer Spuren fehlen, könnte ich den Apfel außerhalb der hiesigen Apfelsaison nicht in der Hand halten. Das ist der Moment, in dem mir schwindelt und mir die Frucht von der Handfläche rollt. Mit einem dumpfen Geräusch kontaktiert sie den harten Boden und kullert verwundet unter die Auslage, auf der Unmengen Bananen liegen. Noch grün. Hinter den Ohren? Weil auch sie keine Ahnung von natürlicher Reife haben? Oder bedingt durch Seekrankheit? Wahrscheinlicher aber infolge EINER folgenreichen Zeitreise.

Verrückt. Ich sitze wieder im Auto, ohne mir all die Einzelteile EINES Autos und die Reaktion der Ameisen farbig ausmalen zu wollen. Im Kofferraum ist weniger Obst, als ich einzukaufen vorhatte. Äpfel fehlen. Wirklich verrückt. Wie schnell sich doch EIN vertrautes Bild der Welt verändern kann. Einfach so.

Der Baum im Garten, er verschenkt seine Früchte im Sommer. Die Stadt dagegen, denke ich weiter und starte den Motor, sie liefert diese Früchte das ganze Jahr über, völlig unabhängig von der Jahreszeit, im Schein von Reife.

Der Gartenapfel wächst vor Ort und teilt seine Umwelt demjenigen direkt mit, der ihn reif vertilgt, so, wie ich den Apfel im Sommer pflücke und ihn mir schmecken lasse. Ich schmecke ihn augenblicklich tatsächlich, durch die verschneite Umgebung fahrend, angetrieben von Sonnenlicht aus unvordenklich ANDEREN Jahreszeiten. Zwischen Pflücken und dem ersten Bissen liegen hingegen einzig unmotorisierte, doch keineswegs unmotivierte Atemzüge. Kurz davor trägt sich das wortlose Zwiegespräch von Apfel und Körper zu, in welchem sich alles um Anverwandlung dreht und Appetit mitunter zu Hunger wird.

Die Äpfel der Stadt, sie wachsen nicht in dieser, schon gar nicht im überdachten Laden. Sie werden unreif wie

EINE unterbrochene Kindheit vom Baum EINER fernen Nation entfernt. Noch hart beginnt der Äpfel lange Reise durch die saisonale Zeitmaschinerie, damit sie unterwegs nicht verderben und keine Eindrücke der Zeitreise sich einprägen. Es wäre schlecht für die geschäftliche Verkettung zwischen grünem und rotem Fähnchen. Hinzu kommt: Bei Reisen in die Vergangenheit oder Zukunft sollten keine Spuren zurückbleiben oder vorauseilen – weder theoretisch noch fiktiv. Man kann ja nie wissen, wohin das gegenwärtig führen mag.

Wieder daheim. Die Einkäufe verstaut, den Bruch mit dem Lauf der Jahreszeiten ansatzweise verdaut. Angenommen, ich lege beide Äpfel nebeneinander, den vom eigenen Baum und jenen aus der Ferne. Auf den ersten Blick und dem allgemeinen Verständnis nach, scheint kein Unterschied vorzuliegen. EIN Ernährungsexperte würde wissenschaftlich fundiert belegen: Äpfel sind gesund und daher ist es egal, welchen der beiden Äpfel ich nun verzehre. *An apple a day keeps the doctor away.* Selbiger Experte würde mir auch dazu raten Äpfel zu essen, wenn Winter ist. Primär der Vitamine, der Mineralstoffe, der sekundären Pflanzenstoffe wegen. Ich komme ins Grübeln und erinnere mich an den Schwindel im Supermarkt. Ist es wirklich egal, welchen Apfel ich wann und wo esse? Vielleicht gilt eher: *A doctor a day keeps the wisdom of Nature at bay.*

Den Gartenapfel pflücke ich aus eigenem Körpervermögen heraus. Ich muss *meinen* Körper bewegen, um an diesen Apfel zu gelangen und bewege mich durch unser *beider* Umwelten zu ihm hin, die sich umso mehr gleichen, je näher ich ihm komme. Den Weltreiseapfel könnte ich nicht aus eigenem Vermögen bekommen, zumal seine Umwelt nicht der entspricht, in der ich verwachsen bin. Stattdessen bin ich von langen Verkettungen verschiedenster Arbeitsschritte emsiger Ameisen abhängig, von denen ich aber nicht EINEN Schritt selbst leiste. Ich bin komplett auf fremde Energie angewiesen. Sie nahm dort ihren Anfang, wo sie als Erdöl aus den Tiefen der Erde geholt worden war, zu Treibstoff, Kunststoff, Dünger und Strom verarbeitet. Dazu gesellt sich das Geld, das ich benötige, damit ich mir den Apfel im Laden, nach all den Verkettungen, kaufen kann. Geld, das ich verdiene, indem ich den Verkettungen meine eigene Verkettung fremder Energie hinzufüge und weitere Unmengen Ameisen auf die Welt loslasse.

Es ist komisch und mutet umso dramatischer an, je länger und weiter ich der Verkettung des Apfels mit seinem Ursprung folge: Der Apfel aus der Ferne, er müsste eigentlich den typischen Geruch von Erdöl verströmen. Von wegen außersaisonales Angebot. Der Apfel ist EIN Danaergeschenk. Aber wer schert sich schon um die ersten drei Silben, wenn die letzten beiden im Kurzzeitgedächtnis hängen bleiben?

So betrachtet, lägen nicht nur viele Kilometer und Jahreszeiten zwischen beiden Äpfeln, sondern *Millionen* Jahre - und doch sind sie sich äußerlich sehr ähnlich. Der Unterschied zwischen beiden Äpfeln, er liegt im Verzehr von Sonnenlicht. Das eine aus der Gegenwart, das andere aus einer ANDEREN Zeit des Lebens. Wie schwer mag die Last all jener Äonen auf dem Leben der Gegenwart liegen? Wie viel EIN Bissen davon wiegen? Welche Kosten für das Leben sich aufaddieren? Und in welcher Währung mögen diese letztlich beglichen werden? Von *wem*?

Ich esse einen Apfel, weil ich Hunger habe und meinen Körper mit Nahrung versorgen muss, damit er seinen lebendigen Tätigkeiten nachkommen kann. Die Energie, die leibhaftige Eigenschaft, die ich meinem Körper durch den Apfel vom Baum zufüge, steht in Relation zu jener, die mein Körper benötigt, um zum Apfel zu gelangen, ihn zu pflücken, zu essen und zu verdauen – dadurch ein kleines bisschen Apfel werdend. Die Energiebilanz dürfte ziemlich ausgewogen ausfallen - um nicht zu sagen *natürlich*, weil zeitnah. Der Apfel und ich teilen uns einen gemeinsamen Kontext weitestgehend deckungsgleich. Im Kontext der Jahreszeiten und des Gehalts an wesentlichen Informationen, welche die Sonne über den Apfel an meinen Körper weitergibt. Wie ein eindeutiges Alibi? Weil der Apfel vom Baum im Garten meine konsumierte Unschuld bezeugt?

Es braucht keinen Mathematiker, Physiker oder sonst EINEN Experten, um sich die katastrophale Bilanz des Apfels aus Neuseeland vor Augen zu halten. Ein Blick auf meine geistige Karte genügt - sie hängt noch immer in EINEM der Hinterräume meines Gehirns. Die Bilanz, fürwahr, sie ist EINE einzige Katastrophe. Keine Spur eines gemeinsamen Kontextes, weil die Unnatürlichkeit Zeitferne zur Folge hat. Spuren zuhauf indes von all den Elementen, die aufgezehrt wurden, um den Verzehr weniger Spurenelemente zu ermöglichen. Wie viel Energie braucht es weltweit für EINEN solchen Apfel? Einzig, um den natürlichen Lauf der Jahreszeiten künstlich zu umschiffen? Im Vergleich zu meinen nackten Schritten durch Gras und dem unbeschwerten Anheben meines Armes? Vor allem aber *wofür*? Wofür all dieser unausgewogene Aufwand? Die Antwort auf diese Fragen fällt mir unerwartet wie ein reifer Apfel in den Schoß, säße ich in diesem Augenblick unter einem schattenspendenden Apfelbaum.

Genauso unerwartet ist der Schwindel wieder zugegen. Oder sollte ich diesmal sagen: Ich werde des Schwindels gewahr. Jener, mit dem sich bisherige Weltbilder um sich selbst drehen und jener, der das Verbrechen bedingt, für das wir Menschen, auf stete Verfügbarkeit eingestimmt, EIN Alibi benötigen.

Wie ergeht es einem ANDEREN Lebewesen, das in der Natur unterwegs ist und Nahrung dort vorfindet, wo es lebt? Ohne Geld im Fell, ohne Containerschiffe und Satelliten ersonnen zu haben? Ohne die Welt in Ketten zu legen? Einzig unterwegs im Zusammenspiel des Lebens mit dem Licht der Sonne. Ohne den geringsten Anflug von ... von ... Energieraub! *Genau!*

Je unausgewogener die Energiebilanz, desto künstlicher ist ein Prozess. Ist Natürliches die Abwesenheit von Ketten jedweder Art? Ist Natürliches durch die Anwesenheit ausgewogener Energiebilanzen verkörpert? Das ist es, das uns Menschen, in der Summe, von allen ANDEREN Lebewesen unterscheidet: Wir sind - und sind es mehr denn je - Energieräuber. Daher das Alibi, das uns riesige Tempel errichten lässt, die Ausdruck unseres Fortschritts sind – und in denen wir uns unter unseresgleichen keines Raubes schuldig zu fühlen brauchen.

Tori, rechts unten, ist die Nächste in der Runde kleiner Quadrate. Es dauert lange, bis sie zu sprechen beginnt. Ihre Stimme ist so winzig und meistens passt sie nicht zu den Worten, die sie bereit ist preiszugeben:

Go away! Leave me the *fuck* alone! Take all these kids away! Nein, wartet! Bleibt stehen! Befreit mich! *Hey*, hört ihr nicht? Come back, please! PLEASE. Seht ihr nicht den Wahnsinn hier? Why are you so cruel? So blind! Die Kinder. Warum bringt ihr sie hierher? All das Blut. Schaut her! Look at me! LOOK. Ich leide Qualen und ihr lacht. *Fuck you!* Helft mir. Ich halte das nicht länger aus. Die Ketten schneiden in mein Fleisch. My limbs are numb. Blood is running down my legs. Warum lacht ihr? Warum zeigt ihr auf mich und schiebt eure Kinder noch näher heran? Ich verstehe das alles nicht. What happened to me? Why am I chained to a metal tree? Huge as a tree in real. Me naked. I feel raped. My breasts are a bloody mess and you are laughing. Like it's fucking Halloween. *Shit.* Nobody calls the police. Nobody tries to unchain me. This is so crazy. So humiliating. Please. Bitte! Jemand *muss* mir helfen. Ich kann mich nicht bewegen. Kann nicht sprechen. Nein, sicher kann ich reden. Aber ich wage es nicht. Habe es versucht. Tried it a few times. Jedesmal brennender Schmerz. Die Zunge in Flammen, der Kiefer im Schraubstock. Excrutiating pain. A baseball bat, *smack*, into my face. Kann nicht mal flüstern. Drähte kommen aus dem Baum. Seht ihr sie? Sie verschwinden in mir. In jeder Körperöffnung, ausnahmslos. Wie Schlangen haben sie sich um meinen Körper gewunden. All ihre Köpfe tief in mir. Ich spüre sie. Wie brennende Lunten. EINE falsche Bewegung genügt, EINE falsche Absicht, und die Welt explodiert in höllischem Schmerz. Don't know what is right, what is wrong. My memory is blank. Als hätte ich vor dieser Hölle nicht existiert. Keine Ahnung, wo ich vorher war. Keine Ahnung, wo ich hier bin. Stehe mitten in EINER Stadt an EINER Straße. Autos fahren vorbei. Überall Verkehr. Überall Menschen. They come and go. Sie bleiben stehen. Schauen mich an. Kommen näher und gehen fort. Einfach so. No word. No help. My mouth is dry. Ich kann meine Beine nicht fühlen. My gut is burning. Wer hat diesen riesigen Baum aus Metall mitten in den Stadtverkehr gestellt? Warum sieht niemand, was hier passiert? Keine Fragen, keine Behörde. Nur glotzende und lachende Gesichter. EIN Alptraum. Nein, es ist schlimmer. *Es ist kein Traum.* Mothers are taking photos of their kids, standing them beside me. Was ist hier los? *Look at this picture here, my sweety beside a naked woman, chained to a tree, a bloody mess it was. You wont't believe me but she got a thick wire in her ass. Look at the pic. Isn't it beautiful?! Hope you like it. Hope you share it a lot.* Scheiße, ich will nicht mehr. ICH -

Wollte schreien. Dann der Schmerz. Lässt endlich nach. Taub. No feeling in my mouth. The neck barbwired. The head split open with a glowing axe. Still there, everywhere. Menschen, Fratzen, passing cars. Meine Füße stehen im Nassen. Spüre den Drang der Tränen. Sie kommen nicht raus. Atme kaum. Nur keine falsche Bewegung. Presse die Lippen aufeinander. Bitte, keinen Schmerz mehr. *Please.* A child in front of me. Another photo taken. Ich halte EINEN Laptop in meinen Händen, beide Daumen neben der Tastatur. Sehe nur die Rückseite des Displays. Wo kommt der her? Vor dem letzten Elektroschock hatte ich die Arme noch nahe am Körper. Oder? Lost. Wie ausgelöscht. Weggebrannt. People are looking at the screen. Hitting some keys. They are talking. Ich verstehe kein Wort. Direkt vor mir, doch Welten entfernt. Es ist hellichter Tag. Waren all diese Äpfel auch schon dagewesen? A metal tree with real apples. Die Äpfel hängen an langen, dünnen Ketten. Die Ketten glitzern im Tageslicht. Die Äpfel drehen sich im Wind. Spüre ihn kaum. Könnte ich mich bewegen, ich könnte jeden der Äpfel berühren. Sie hängen da wie bizarrer Christbaumschmuck. Die Arme werden schwer. Was passiert, wenn mir der Laptop entgleitet? Ich ahne die Antwort. Verdränge sie. Der verdammte Laptop ist *leicht*. Federleicht. No problem. I can hold it. No sweat. Kinderspiel. Ein junger Mann pflückt EINEN der Äpfel. Einfach so. Ich kann ihn nicht davon abhalten. Konzentriere mich auf die Feder in meinen Händen. Getting heavier and heavier by the second. Mein Herz schlaghämmert. Die Umherstehenden klatschen. Der junge Mann beißt in den Apfel. EINE Wunde öffnet sich an meinem rechten Oberarm. Fünf Zentimeter lang. Don't know how deep. Blut tritt aus. Dripping on the ground. Every bite brings more blood like cut with a knife. I can't make him stop eating the apple. Autos bremsen. Türen knallen zu. Immer mehr Menschen. Smartphones raised, flashes flashing. Hunger in their eyes. Kids laughing. Poking fun at me. Me, a real Pokémon. Cruel sounds of joy. Acid in my throat. Sie kommen näher. Beachten mich nicht. Würdigen mich keines Blickes. Sie sehen nur die Äpfel. Väter nehmen die Kinder auf ihre Schultern. Jemand ruft laut *Halt*. Endlich! There comes help. Someone with authority. Police. With a loaded gun in the belt. I don't dare move my lips. Der Laptop, plötzlich wieder so leicht. So unbeschreiblich leicht. Endlich. Ich kann mein Glück nicht fassen. Hätte beinahe den Laptop fallen gelassen. The tears are coming, eventually. Down my cheeks they flood. Down my tortured body, mingling with all the blood. *Halt*, ruft die Stimme erneut. Even louder than before. Sie donnert, sie bebt. So laut ist sie. Ich liebe den Donner. Here he comes, my thundercop. Er rettet mich. Bewahrt mich vor weiterem Schmerz. Alle bleiben stehen. Thunderstruck. Blicken in die Richtung der Stimme. Ich wage nicht, den Kopf zu drehen. Eine Gestalt erscheint vor mir. Eingehüllt in Schwarz. Bleibt vor dem Laptop stehen. Tippt etwas auf die Tastatur. Dreht sich um zu all den Menschen. *Now please go on. There is an apple for every mouth.* And away he goes. Like thunder, indeed. I scream. The world is pain. The laptop falls down. To hell with it. Die Welt explodiert. Mein Schädel zerfällt. A child is weeping. Such a little voice. Unschuldig. Zart. The whole world is smashed into smithereens.

Ich öffne die zitternden Lider, blicke umher. Meine Glieder sind nicht meine. Sieben Gestalten liegen leblos um den Baum herum und ein Apfel, nicht weit vom Stamm entfernt. Die Sonne scheint. Kein Laut weit und breit. Nur Wiese weiter und breiter. Jenseits davon der Teppich, der bis zur Metropole reicht. Näher als je zuvor. Sucht sie nach mir?

Mano nun, rechts, mit überkreuzten Beinen unter dem Apfelbaum sitzend:

»Glaubst du an die Geschichte, in der Newton das Prinzip der Schwerkraft entdeckte, als er, unter einem Apfelbaum sitzend, einen Apfel vor seinen Augen zu Boden fallen sah?« Elif biss in die rote Frucht, die sie sich vom Baum gepflückt hatte. Das Geräusch ließ unmissverständlich einen saftigen Apfel vermuten, der zufriedene Ausdruck auf ihrem Gesicht, die Augen geschlossen, und der Saft, der ihr am Mundwinkel herablief, bestätigten dieses. Sie wischte sich den Saft mit dem Handrücken ab und hielt mir den Apfel hin. Ich tat es ihr gleich: abbeißen, seufzen, Augen schließen, wischen.

»Glaubst du an die Geschichte, in der Eva und Adam in den Apfel vom Baum des Lebens bissen und damit das Schicksal der Menschheit begründeten?«, fragte ich sie mit dem sommerlichen Geschmack des Apfels am Gaumen. Mir war in diesem Moment tatsächlich EIN bisschen nach Paradies zumute. Ich reichte Elif die um zwei Bissen verkleinerte Frucht. Sie grinste.

»Glaubst du an die Geschichte, dass Steve Jobs, als er das Design seiner Apfel-Produkte ersann, den Goldenen

Schnitt im Sinn hatte und APPLE nur deshalb so erfolgreich geworden ist?«

Ich lachte und betrachtete die tief hängenden Äste des Baumes unter dem wir beide, an den Stamm gelehnt saßen. Die Apfelernte versprach dieses Jahr außergewöhnlich ertragreich zu werden - kaum ein Ast, der keine Früchte trug.

»Mmh«, sagte ich und halbierte den Apfel mit einem weiteren Bissen. »Glaubst du an die Geschichte vom Apfel, der sich, aufgrund gentechnischer Manipulation seines Genoms, nicht mehr braun färbt, wenn er angeschnitten auf dem Tisch liegt und darauf wartet endlich vertilgt zu werden?« Schmatzend gab ich den Apfel zurück.

Elif warf einen Blick auf die Stelle, an der sie zuerst zugebissen hatte. »Echt?«, fragte sie und schüttelte den Kopf. »Können wir Menschen nicht einfach die Finger von manchen Dingen lassen, sie akzeptierend, wie sie sind?«

Uns zu Füßen malte das Sonnenlicht mit den Pinseln des Windes die Lebendigkeit des Baumes auf den Boden.

»Aber du schminkst dich doch auch«, gab ich Elif zu verstehen, mir im Klaren darüber, der Idylle unter dem Apfelbaum durch diesen Vergleich das Paradiesische auszutreiben. Sie sah mich an, ihrerseits klar und deutlich anmerkend, worüber ich mir im Klaren war.

»Aber ich pfusche damit nicht in meinem Erbgut herum. Findest du das etwa gerechtfertigt - ich meine diese Genmanipulationen, nur damit etwas so erscheinen kann, wie es tatsächlich nicht ist? Und überhaupt, warum essen wir den verdammten Apfel nicht einfach zügig auf?«

»Natürlich heiße ich EINE solche Möglichkeit nicht gut«, antwortete ich, »weil es nicht natürlich ist. Aber«, fügte ich hinzu, »was ist denn in der Sphäre der Menschen noch natürlich? Glaubst du an die Geschichte, die wir Menschen uns hinsichtlich des Natürlichen, der Natur an sich, ständig erzählen? Ist die Natur, sobald wir ihr begegnen, nicht augenblicklich von unseren Vorstellungen, wie das Leben zu ticken hat, durchdrungen und gebrandmarkt? Doch wehe dem Natürlichen, bricht es aus unseren Vorstellungen aus.«

Was als harmloses Frage-ohne-Antwort-Spiel begann, entwickelte sich mit dem Verzehr eines Apfels zu EINER tiefer greifenden Antwortsuche. Du Eva, ich Adam? Du die Schöne, ich das ungeschminkte Biest? Bei diesem unausgesprochenen Vergleich musste ich lachen. Elif schaute mich an. Sie argwöhnte, ich hätte etwas Sarkastisches geäußert, das ihr entgangen war. Ich winkte ab.

»Ich gebe zu: Geschminkte Frauen wirken durchaus attraktiver, als es bei ungeschminkten Frauen der Fall sein kann«, sagte ich, um vom Abwinken abzulenken. »Du sagst, dein Genom würde vom täglichen Schminken nicht beeinflusst. Aber was ist mit der kulturellen Prägung, die damit im Grunde in das Genom der *Gesellschaft* eingeschrieben wird und durchaus in Folgegenerationen Auswirkungen zeigt? Heutzutage gibt es ja kaum noch Frauen, die in unserer nach Makellosigkeit strebenden Gesellschaft ungeschminkt aus dem Haus gehen. Selbst jungen Mädchen hat sich dieses Verhalten bereits eingeprägt. Der Apfel, der nicht mehr braun und unansehnlich wird, ist im Grunde die zu erwartende Weiterentwicklung dieser eingeprägten Erwartungshaltung des Makellosen.«

»Bevor ich unansehnlich aus dem Haus gehe, lege ich aber lieber rasch etwas Make-up auf und fühle mich dadurch wohler«, erwiderte Elif.

»Du fühlst dich wohler, weil du kantenloser ins Bild der Gesellschaft passt. Du bist EINE Geschminkte unter vielen Geschminkten.« Ich sah Elif an. »Trotzdem bist du, um den makellosen, genmanipulierten Apfel aufzugreifen, EIN aufgehübschtes Subjekt, das EINE veränderte Geschichte erzählt und die objektive Wahrheit manipuliert. Man könnte auch sagen: Du veräppelst dich selbst – zumindest aber veräppelst du deine Umwelt. Warum nicht zu seinen Makeln stehen, so, wie ein naturbelassener Apfel nun mal braun wird?«

»Klingt ja fast so, als sei Schminken EIN Verbrechen. Was würdest du denn davon halten, wenn ich blass und mit Unreinheiten aus dem Haus gehe oder wir auf EINE Party gehen und ich aussehe, als sei ich gerade aufgestanden und hätte verdammt schlecht geschlafen?«

»Nun«, antwortete ich lachend, um von vornherein zu signalisieren, dass die Antwort nicht ganz ernst gemeint sei, »zumindest wüsste ich dich dann vor den Blicken mancher Kerle sicher.« Allerdings steckte EIN Funken Wahrheit in meiner Antwort, denn zu behaupten, ich würde keinerlei Stolz empfinden, wenn Elif derart *aufgehübscht* Blicke auf sich zog, wäre schlichtweg gelogen. Keine Frage, auch dieser Stolz entsprang EINER gesellschaftlichen Prägung und damit dem kulturellen Genom unserer Spezies.

»Mit anderen Worten: Ohne Schminke bin ich unattraktiv.« Elif blickte mich herausfordernd an, obwohl ich mir nicht sicher war, ob ihr Statement EIN solches war oder doch eher EINE Frage sein sollte.

»Worauf ich hinauswill«, versuchte ich, die verbalen Klippen zu umschiffen, »ist: Unser gesamtes Verhalten und Miteinander ist inzwischen derart von fremdbestimmten Prägungen durchzogen. Es ist unmöglich geworden gänzlich ohne Maske, ohne Fassade die eigene, wahrhaftige Befindlichkeit zu zeigen. Schau dir doch an, wie es seit Jahrmillionen in der Natur läuft. Da wird nicht künstlich aufgehübscht, sondern körpernah in Szene gesetzt, was dem Tier oder der Pflanze von Natur aus zur Verfügung steht. Da steht kein Milliardenmarkt an Kosmetika zur Verfügung, dessen Produkte irgendwer immerzu und überall feilbietet. Selbst der braunste Apfel findet in der Natur Lebensformen vor, die ihn attraktiv genug finden und auffuttern. Warum ist denn ein brauner Apfel für manche Menschen unattraktiv? Doch wohl, weil sie entsprechend von ihrem Umfeld dahingehend geprägt worden sind, unhinterfragt anzunehmen, Alterung und Makel jedweder Art seien zu vermeiden. Schau dir weiter an, wie manch EINER reagiert, wenn das Haltbarkeitsdatum auf EINER Verpackung erreicht ist. Und sind wir nicht längst dabei Gleiches auf uns Menschen zu übertragen? Haltbarkeitsdatum mindestens 80 Jahre, mit allen aufhübschenden Möglichkeiten, die uns verfügbar sind. Es wird uns als Lebenserwartung verkauft, aber eigentlich handelt es sich um Todesvermeidung, mittels gesellschaftlichem Status, finanziellen Möglichkeiten und wissenschaftlichen Glaubensbekenntnissen, die in Stein gemeißelt wurden. Längst bedeutet zu altern, zu verlieren. Erst recht, wenn man EINEM das Alter ansieht. Vor allem aber, wenn man die eigenen Makel belässt und so Andere daran erinnert, wie Altern wirklich aussieht und zu welchen Spuren unsere Gesellschaft führen kann. Wer die WAHRHEIT erzählt, ist ein Verräter, EIN Lügner.

Erreicht dich jedoch schicksalhaft der Tod vor Erreichen des gesellschaftlichen Mindesthaltbarkeitsdatums, wirst du zum Märtyrer für den Fortschritt. Oder ANDERS ausgedrückt: Niemand in der Gesellschaft will dem Apfel beim Braunwerden zusehen und schon gar nicht ein solcher Apfel sein. Vielleicht liegt *darin* der Erfolg des weltbekannten Firmenapfels begründet, zumal dessen Produkte immer glatt, edel, zeitlos und beständig sich verkaufen, suggerierend: Du hast es selbst in der Hand das Beste vom Leben zu erwarten.« Ich machte eine Pause, überlegend, ob ich einen weiteren Apfel für uns pflücken sollte.

»Und?«, fragte Elif.

»Und was?«, fragte ich.

»Bin ich ungeschminkt attraktiv?«

So viel zu meinen Segelkünsten durch gefahrenvolle Gewässer, dachte ich und entschied mich, einen weiteren Apfel *jetzt* pflücken zu *müssen*.

Der Tag, den Elif und ich unter unserem Baum der Erkenntnis verbrachten, wurde ein langer und der Apfel, der dem Apfel des Anstoßes unserer Fragerunde folgte, war nicht der letzte. Sogar meinen Segelschein absolvierte ich noch mit Bravur, indem ich einfach bei der WAHRHEIT blieb.

»Du wärst längst nicht die Elif, die ich liebe, gäbe es dich einzig in geschminkter Form. Deine geschminkte Erscheinung vermag überhaupt erst zu wirken, weil ich dich auch anders kenne, nämlich *ohne* kosmetische Produkte im Gesicht.« Elif öffnete bereits den Mund. Sie beabsichtigte, meine Segel mit dem Aufbegehren eines Sturms zu füllen. Ich gab ihr zu verstehen, noch etwas zum Satz beisteuern zu wollen, meinen Kurs beibehaltend.

»Ich liebe nicht die geschminkte Elif. Ich liebe nicht die ungeschminkte Elif. Ich liebe die *Wechselspiele* aller Elifs, die EINE Elif in eine andere übergehen lassen - und möchte keine davon missen. Dabei ist es nicht die Summe aller einzelnen Elifs, die mit meiner Liebe gleichzusetzen ist. Es ist die Unverfügbarkeit *fortwährender* Perfektion, die aber *immer* mit der Anwesenheit verschiedenster Facetten aller *möglichen* Elifs einhergeht. Das ist auch der Grund, warum ich dir, aus deiner Sicht, so selten sage: *Ich liebe dich.*

Diese drei Worte, sie treffen das Wesentliche immer weniger, je *mehr* deiner Facetten ich kennenlernen darf. Als Eröffnung EINER Beziehung sind diese drei Worte unübertroffen. Ab dann werden sie aber immer mehr zu *einer* Vereinfachung des Wesentlichen, das sich erst im Laufe der weiteren Beziehung auszubilden vermag. Ich gehe sogar noch weiter: Die Vermarktung dieser drei Worte und die Erwartung, die wir heutzutage jederzeit in sie stecken, ist nichts anderes, als unser Apfel mit dem Antibräunungsgen in sich. Meine Liebe zu dir ist inzwischen weit mehr, als diese drei Worte allein je auszudrücken vermögen. Mehr als EIN Apfel, der möglichst lange

110

makellos erscheinen soll. Mehr als EIN geschminktes Gesicht, das einzig EINE gewisse Vorstellung von Attraktivität in den Vordergrund stellt.

Gäbe es EIN Wort in unserer Sprache, das hinsichtlich der Liebe das Subjekt und das Objekt miteinander anverwandelt, ohne das EINE in das andere umzuwandeln, würde ich es jetzt gerne aussprechen. Leider kenne ich kein solches Wort und kann dir daher nur diesen reifen, garantiert *nicht* genmanipulierten Apfel als Zeichen meiner Wertschätzung reichen.«

Ich schaute Elif an. Der Kuss, der folgte, schmeckte fruchtiger als alles, was irgendwo auf Bäumen wächst – oder sich in irgendeinem Labor genmanipulieren lässt.

Elif, unten links, greift Manos Geschichte auf und führt sie aus ihrer Sicht weiter:

»Glaubst du an die Geschichte vom Zufall?«, fragte ich, das Kerngehäuse des Apfels in der Hand, den du mir erst vor wenigen Minuten zugeworfen hattest. »Vor EIN paar Tagen stolperte ich über EINEN Text im Netz. Dort stand, laut EINER großangelegten Studie: Einzig der Zufall bestimmt darüber, ob EIN Mensch an Krebs erkrankt oder eben nicht - *unabhängig* davon, wie gesund man sein Leben gestaltet. Die Schlussfolgerung der Studie hat wohl für reichlich Wirbel in der Fachwelt gesorgt, ist der Begriff *Zufall* ja noch immer EIN Dorn im Auge der Wissenschaft, da er so gar nicht nach Kontrolle und Gewissheit klingt.«

»Wenn ich das Wort *Zufall* höre«, sagtest du, »fallen mir spontan zwei Sätze ein. Zum einen Einsteins Spruch: *Gott würfelt nicht* und, zum anderen: *Zufall ist das Zusammentreffen von mindestens zwei Notwendigkeiten.* Dummerweise ersetzen beide Sätze den Zufall durch nicht minder missverständliche Begriffe, nämlich *Gott* und *Notwendigkeit.*«

»Gehen Sie zurück auf Los«, warf ich ein und ließ meinen Blick von der Anhöhe, auf der wir uns befanden, über die Ausläufer der Metropole gleiten. Ihr Zentrum erhob sich am Horizont in den warmen Sommertag. Unser Grundstück lag noch außerhalb der Vororte, die sich, je weiter sie sich von uns entfernten, mehr und mehr zur Metropole verdickten. Uns lag die Entwicklung der Metropole praktisch bildhaft zu Füßen, dargeboten in der Verstrickung weichender Vegetation und zunehmender Besiedlungsflächen, durchzogen von verschiedensten Verkehrswegen. Mir fielen Vergleiche von Satellitenbildern derart großer Städte mit Bildern von Tumoren ein. Die Ähnlichkeiten der Strukturen, sie waren beeindruckend. Insbesondere hinsichtlich des Lichts, das beide abgeben, Städte bei Nacht und Tumoren, bedingt durch den Zerfall einst kohärenten Zellgewebes. Gesundes Gewebe leuchtet, krankes dagegen strahlt.

War es Zufall, immer mehr Menschen in diese Städte strömen zu sehen, um dort ihr Lebensglück zu suchen, während zugleich weltweit die Tumorraten in den menschlichen Bevölkerungen zunahmen? Abgesehen vom Zufall, legten viele Krebsstudien ihr Augenmerk auf die steigende Lebenserwartung der Menschen. Sie sahen die Höhe des Alters als wahrscheinlichsten Auslöser von Mutationen an, die letztlich zu tumorösen Entartungen führten. So, wie Metropolen entarten, wenn ihre Bauten höher und höher sich gen Himmel schrauben. Warum aber immer mehr immer jüngere Menschen an Krebs erkrankten, blieb in all diesen Studien unausgesprochen. Also doch alles Zufall?

Die Frage stromerte durch den Garten und raschelte durch das Laub der Bäume, Insekten umschwirrten sie und das Sonnenlicht beschien sie von allen Seiten.

»Siehst du das Gebäude dort mit der auffälligen Dachkonstruktion, neben dem Turm?«, fragtest du und deutetest in die Ferne. Ich bejahte.

»Ist es Zufall, dass es genau dort errichtet wurde? Warum erhebt es sich nicht weiter westlich in den Himmel? Warum genau dort?«

»Weil es so geplant wurde«, antwortete ich. »Vermutlich, weil etliche Faktoren genau für *diesen* Standort sprachen. Seien es die Grundstückspreise, die Verkehrsanbindung, die baulichen Vorgaben und dergleichen mehr.«

»Genau. Und hat nicht das Umfeld direkte Auswirkungen auf den Bau weiterer Gebäude?«, fragtest du. »So, wie das Gebäude neben dem Turm Auswirkungen auf zukünftige Entwicklungen hat, die in dessen Nähe geschehen werden?«

»Sicher.«

»Also keine Spur von Zufall, oder?«

»Nein, weil möglichst viele Faktoren bereits vor dem Bau durchkalkuliert worden waren.«

»Oder anders ausgedrückt: Je mehr Vorgeschichten, die in einem Punkt zusammenkommen, EINEM Beobachter nicht bekannt sind, desto mehr erscheint der Punkt EINEM Zufall zu entsprechen. Da aber jedes Haus mit der Geschichte von Menschen verknüpft ist, kann kein Haus zufällig entstanden sein. Gleiches gilt für alle anderen Gebäude sowie für sämtliche Verkehrsanbindungen. Was wir hier demnach sehen«, sagtest du und zeigtest mit EINER Geste auf den bebauten Teppich, »hat mit Zufall nichts zu tun. Und selbst wenn etwas nicht im Vorfeld einkalkuliert wurde, so hat doch jedes Ereignis, jede sich ergebende Möglichkeit, ganz eigene Vorgeschichten. Also ist Zufall einzig das Ausmaß der Unwissenheit über die Summe aller Vorgeschichten und deren Interaktionen - von denen aber nicht eine zufällig geschieht, sondern wiederum ein Geschehen verschiedener Vorgeschichten ist.«

Ich erhob mich vom Boden und streckte meinen Körper, der eine Darbietung aller Vorgeschichten meiner Körperzellen und damit keineswegs ein Produkt des Zufalls war, selbst wenn irgendwo eine der Zellen die Entstehungsgeschichte einer Mutation in sich trug. Auch eine Mutation hatte ihre eigene Vorgeschichte, vielleicht eine, die sich bisherigen Messwerten und Aufmerksamkeiten entziehen konnte – oder aber absichtlich unter EINER Schicht Kosmetik verborgen lag. Diese Worte hätten von dir sein können. Ich lachte in mich hinein.

»So betrachtet«, sagte ich, »wäre Zufall eher das menschliche Unvermögen, die Geschichte des Lebens nacherzählen zu können, eben, weil wir nicht über alle Vorgeschichten verfügen.«

»Und nimmermehr verfügen werden«, fügtest du hinzu.

»Es sei denn - «, setzte ich an und machte eine Pause.

» - wir konstruieren, von EINEM bestimmten Punkt ausgehend, EINE Geschichte und behaupten, sie sei von Beginn an lückenlos und alle Parameter stünden uns zur Verfügung«, beendetest du meinen ausgesprochenen Gedankenansatz.

»Klingt verdammt nach BIG DATA«, sagte ich, mein Gesicht dir zuwendend.

»Klingt verdammt nach: THE BIGGEST DATA IN THE MAKING.« Du erhobst dich ebenfalls und klopftest staubige Erde von deiner Hose.

»Es ist irgendwie paradox.« Du stelltest dich neben mich und legtest einen Arm um meine Hüfte. »Immer größere Anstrengungen werden unternommen, um alle möglichen Daten auszuwerten und verwertbare Muster in ihnen zu erkennen, damit immer vorhersehbarer wird, was ansonsten eher als Zufall erscheint. Sprich, das als Zufall Erscheinende wird nicht mehr als Zufall angesehen, wenn sich gewisse Muster nachweisen lassen. Taucht kein Muster auf, dann bleibt ein Geschehen zufällig.«

»Aber was ist daran paradox?«, fragte ich.

»Nun, je mehr ich all diese Geschichten verfolge, die sich aus der Auswertung von BIG DATA ergeben, wie zum Beispiel Studien, die immer häufiger als sogenannte Metastudien durchgeführt werden, also als Studien, in denen nur noch die *Ergebnisse* vorheriger Studien nach Mustern durchsucht werden, desto mehr drängt sich mir der Verdacht auf: Von Natur aus gibt es gar keinen Zufall, sondern erst unser Umgang mit immer mehr Daten führt zwangsläufig zu dem, das wir im Grunde unter Zufall verstehen.

Im Versuch, die Welt vorhersehbarer und somit *scheinbar* sicherer aus menschlicher Sicht zu machen, erreichen wir Menschen genau das Gegenteil: Wir ermöglichen immer mehr Unvorhersehbarkeiten und sorgen so für immer mehr Unsicherheiten, die jeden Einzelnen umso mehr und eher betreffen, je mehr Daten angesammelt und Muster gefunden werden. Klingt doch ziemlich paradox, oder?«

Ich schaute dich plötzlich mit großen Augen an und löste mich aus deinem Arm.

»Was ist - «, setztest du an, wurdest aber mit einer Handbewegung meinerseits unterbrochen.

»Moment«, gab ich dir zu verstehen, »mir ist da etwas eingefallen.« Ich ging langsam um den Apfelbaum herum, blieb hin und wieder stehen. Schließlich pflückte ich eine weitere Frucht, biss hinein und setzte meine Baumumrundung fort. Du schwiegst und beobachtetest mich. Es war nicht das erste Mal, dass ich, EINER spontanen Eingebung folgend, alles stehen und liegenließ und in mich hineinhorchte. Du würdest bald erfahren, was mich beschäftigte.

»Und?«, fragtest du, als ich ohne Apfel nach einer Weile neben dir auftauchte. Du hattest dich während meiner anwesenden Abwesenheit wieder der Metropole zugewandt und deinen Blick über das flache Land schweifen lassen, deinen eigenen Gedanken über Zufälle und Unberechenbarkeiten nachhängend. Der Schatten des Apfelbaumes war inzwischen etwas länger geworden.

»Erinnerst du dich an diese Studie, von der ich dir vorhin erzählt habe? Die, weshalb wir auf den Zufall zu sprechen kamen.«

Du nicktest.

»Es stimmt tatsächlich: Krebs ist Zufall.«

Du stutztest ob meines Sinneswandels.

»Von Natur aus wird ein Geschehen ... eine Tatsächlichkeit aus einer Vielzeit verschiedener Möglichkeiten ermöglicht. Du sprachst vorhin von Notwendigkeiten. Nennen wir eine solche Tatsächlichkeit, die sich zutragen konnte, also eine Notwendigkeit.«

Du stimmtest mir stumm zu und hütetest dich, mich zu unterbrechen. Aus gutem Grund - und jahrelanger Erfahrung.

»Diese Notwendigkeit hat eine lange Geschichte hinter sich. Im Grunde hat jedes Geschehen, jede Tatsächlichkeit und somit jede Notwendigkeit eine lange Geschichte hinter sich. Jedes weitere Geschehen hat sogar eine immer *längere* Geschichte hinter sich. Allerdings nicht aus Sicht einer zeitlichen Aneinanderreihung, zum Beispiel vom zufalllastigen Urknall des Universums ausgehend. Nein, vielmehr ausgehend von einer zunehmenden Verdichtung von Möglichkeiten, die von Natur aus miteinander in Beziehung stehen und daher informativer Natur sind, weil sie einen gemeinsamen Ursprung haben.

Das Leben hat diesen gemeinsamen Ursprung. Es ist vielleicht sogar *der* Ursprung schlechthin. Entsprechend ist das Leben informiert über sämtliche Notwendigkeiten, die, von der ursprünglichen Möglichkeit an, für das

Leben notwendig gewesen sind, um Lebendigkeit zu bewahren. Jedes Lebewesen verfügt demnach über Möglichkeiten, um diesen Notwendigkeiten weiterhin nachzukommen - und zwar im Zusammenspiel mit der unmittelbaren Umwelt des Lebewesens. Es ist der jeder Verkörperung innewohnende Überlebenswille und dessen Fortpflanzung auf eine weitere Generation.«

Ich machte eine Pause und knetete meine Unterlippe mit den Zähnen.

»Willst du noch einen Apfel?«, fragte ich dich und war schon auf dem Weg zu einem der niedrigen Äste, ohne deine Antwort abzuwarten.

»Äh, ja, gerne«, stammeltest du nur, von meiner Frage völlig überrascht. Nun war es an mir, dir einen Apfel zuzuwerfen. Ich setzte mich wieder unter den Baum, an den Stamm gelehnt. Du tatest es mir gleich und ließest dir den Apfel schmecken.

»Demnach wäre das Leben an sich kein Zufall, denn nur das Leben weiß um ALLE Vorgeschichten – da im Leben ALLE Vorgeschichten stets gegenwärtig sind. Vergiss die hochtrabenden Ankündigungen von Computern, die allwissend werden und mit deren Hilfe wir die propagierten letzten Geheimnisse des Lebens, des Universums und so weiter bloßlegen werden. Computer, egal wie viel BIG DATA wir in sie hineinstopfen, kennen nur die EINE konstruierte Geschichte, die wir ihnen erzählen – und entsprechend fallen ihre Antworten auf unsere Fragen aus. Es ist das Leben, in all seiner Vielfalt, das, hinsichtlich ALLER Lebensfragen, allwissend ist. Das Entscheidende ist die Verwobenheit eines Lebewesens mit seiner unmittelbaren Umwelt.

Lasse es mich ANDERS formulieren: Wenn ein Lebewesen *nicht* sein Umfeld verkörpert, dann kommen Unstimmigkeiten ins Spiel, die Probleme und Raum für den Zufall schaffen. Wahrscheinlich liegst du richtig mit der Rolle der kulturellen Prägung und all den Rollen, die uns Menschen die Kosmetik, in welcher Form auch immer, ermöglicht und unser Leben lang spielen lässt.

Daraus erfolgt: Von Natur aus gibt es keinen Zufall. Alles, was zufällig geschehen kann, geschieht einzig durch den Einfluss des Menschen auf die jeweils eigene Umwelt sowie auf die Umwelt aller anderen Lebewesen. Soll heißen: Durch uns Menschen bedingt, kommt es weltweit zu immer mehr Krebsfällen, deren Ursachen tatsächlich immer zufälliger sind. Nicht, weil Zufall der direkte Auslöser des Tumors ist, sondern weil der Einfluss des Menschen auf die Umwelt im Allgemeinen diese Tumoren indirekt zur Folge hat. Tumoren, die wir dem Zufall in jene Schuhe schieben können, mit denen wir vom wahren Informationsgehalt des Lebens fortschreiten.«

Erst jetzt biss ich in meinen Apfel und gab dir so Gelegenheit meine Worte zu verdauen.

Diesen Worten nach wären wir Menschen Scherbenschaffer, Fragmentierer, Verwobenheitskiller, Datengenerierer. Doch wäre dieses nur die halbe Geschichte, denn wir geben uns mit den Scherben, den Fragmenten zufrieden, weil wir glauben, auf dem einzig wahren Weg zu sein. Wir sind in der Lage verschiedenste Fragmente miteinander zu verbinden, nicht, weil die Bruchstellen natürlich zusammenpassen, sondern, weil wir Möglichkeiten haben, die Bruchstellen beliebig zu glätten. Daher können wir theoretisch alle möglich werdenden Kombinationen von Fragmenten zu scheinbar stimmigen Bildern zusammenfügen.

Man stelle sich das Leben als ein vielteiliges Puzzle mit vielen geschwungenen Ausstülpungen und Einbuchtungen all der Puzzleteile vor. Ein Puzzle, das *ein* fortwährendes, sich immerfort veränderndes Gesamtbild ist. Man stelle sich weiter vor, unsere Art Fortschritt zu denken bedingt, dieses *eine* Gesamtbild mit EINEM Vorgeschichtenhammer zu zertrümmern und all die entstandenen Bruchstücke zu glätten, bis diese kreisrund würden und nur noch einen statischen Bruchteil dessen preisgäben, was alle Puzzleteile noch vor der Zertrümmerung gemeinsam zeigten. Viele *Muster* ließen sich nun legen, viele Bilder damit erschaffen, weil die Glättung Freiraum für jene Menschen geschaffen hat, die sich mit *einem* allgemeingültigen Gesamtbild nicht zufriedengeben wollen. Vielleicht, weil ihnen ihre eigene Rolle darin zu unbedeutend erscheint?

Die Zunahme von Mutationen im Alter, und die sich dadurch erhöhende Wahrscheinlichkeit von Krebs, wäre demnach ein kompletter Trugschluss, sich ergebend aus der Verweigerung des *einen* Bildes voller Lebendigkeit. Es ist nicht das Alter per se, welches die Gefahr von Krebs erhöht. Nein, es ist die zunehmende Schwächung des alternden Genoms, welches durch die Zunahme von Trugbildern eher anfälliger für Mutationen wird als durch das Altern allein. Während die Schwächung des alternden Genoms dem Altern von Natur aus entspricht, sind junge Genome umso anfälliger für Trugbilder an sich, je jünger sie sind. Mithin zeigen sich in immer jüngeren Menschen immer mehr Tumoren.

Langsam kauend, als versuchtest du deine Gedanken nicht durch zu laute Kaubewegungen zu stören, drang die Tragweite meiner Worte nach und nach in dein Bewusstsein ein.

Es gibt einen wesentlichen Unterschied zwischen dem, was natürlich ist und dem, was wir Menschen künstlich kreieren. Was wir derart künstlich erschaffen, ist nur möglich, weil wir die Bruchkanten der Fragmente mit viel Energieaufwand glätten können. Allen natürlichen Prozessen steht diese Glättung nicht zur Verfügung, da sie nicht über *mehr* Energie verfügen können, als von Natur aus vor Ort *gegenwärtig* ist.

Meinen Worten nach kann es von Natur aus gar keine Fragmente, keine Scherben, keine statischen Puzzleteile geben, weil die Verwobenheit stets gewährleistet ist, solange das Leben lebensfähig beziehungsweise *überlebensfähig* bleibt. Selbst wenn irgendwo die Verwobenheit reißt, wird das Gerissene wieder verwoben, ausnahmslos.

Von Natur aus mag, geglättet betrachtet, durchaus gelten: *Die Zeit heilt alle Wunden.* Allerdings heilen nur bei uns Menschen umso weniger Wunden aus, je weniger Zeit wir der Wundheilung gewähren, während wir immer mehr Zeit für das Schminken der Unwahrheiten benötigen. Bei uns bedeutet Heilung vorerst Verdrängung, was mehr Raum für Zufälle schafft.

Oh, wie vertraut mir deine Gedankengänge sind. Mit einem Mal hattest du das Gefühl einem zauberhaften Augenblick beizuwohnen. Du sahst vor dir EINEN weitläufigen Teppich, darauf Unmengen von Puzzleteile, die sich ohne EIN Zutun selbst über den Teppich bewegten und zueinanderfanden. Du warst so fasziniert von dieser Darbietung, du vergaßest sogar zu schlucken, weshalb dich der süße Saft und ein Stück des Apfels husten ließen. Es dauerte, bis der Reiz verschwunden war - und mit ihm eine Eingebung, die dir zugefallen war, kurz bevor der Apfel den falschen Weg genommen hatte. Zufall?

»Geht es wieder?«, fragte ich. Du nicktest und räuspertest dich ein letztes Mal.

»Hattest du vorhin nicht gefragt, ob ich an die Geschichte glaube, die wir Menschen uns hinsichtlich der Natur erzählen?«

Du zögertest kurz, weil meine Frage dich an deine verlorengegangene Eingebung erinnerte. Irgendetwas verweilte in Reichweite und blieb dir doch unverfügbar. Du bejahtest schließlich und fügtest hinzu:

»Irgendwo habe ich mal gelesen, alles, was wir Menschen nicht kontrollieren können, sei im Grunde natürlich. Gelten soll es, selbst wenn es von Menschen künstlich erschaffen worden ist, wie zum Beispiel EIN Börsencrash oder EIN Atomunfall. Alles ganz natürlich.«

Ich musste lachen.

»Na, das passt doch wunderbar zum Thema *Zufall*, nicht wahr? Das kann uns Menschen ja nur recht sein. Wenn etwas geschieht, das wir, aus welchen Gründen auch immer, verbockt haben, sagen wir einfach: Wir haben keine Ahnung, wie es dazu kommen konnte, aber *hey*, kein Problem, ist alles ganz natürlich.« Ich lachte weiter. »Oder halt Zufall. Wobei - Zufall ist demnach ja auch etwas ganz Natürliches.« Ich schüttelte den Kopf und warf die Frage in den von derartigen Zufällen erfüllten Raum, ob Krebs nicht, ganz einfach ausgedrückt, das Ausmaß der Lügen ist, mit denen wir uns vor der WAHRHEIT drücken.

Diesmal warst du es, der den nach Apfel schmeckenden Kuss ins Rollen brachte.

Arisa, rechts oben, ist die Jüngste von uns, überbordend mit Fantasie. Sie liebt Geschichten aller Art. Den Apfel in ihrer Hand betrachtend, kichert sie vergnügt und beginnt:

»Kinder seht zu, dass ihr in eure feinen Häuser kommt. Habt ihr es noch nicht mitbekommen? Man hört doch überall davon?«

»Was meinen Sie?«, fragen die Kinder im Duett und beäugen den Mann im grünen Anzug mit zurückhaltender Neugierde. Der Mann, EINEN kleinen Lederkoffer in der Hand, kommt die Straße entlanggetänzelt, auf Tuchfühlung mit seinem Schatten. Er erreicht den kürzlich kurz geschnittenen Rasen, auf dem die Kinder spielen, und lächelt sie an. Sein Hut ist grün, seine Schuhe auch, mitsamt den Schnürsenkeln. Sogar sein Gesicht schimmert grünlich, doch von Übelkeit oder anderem Unwohlsein keine Spur. Auch nicht von Haaren, die unter dem Hut hervorschauen, weder grüne noch andersfarbige. EIN Mann aus Chlorophyll, wie er so dasteht am Rande der Grünfläche, im Licht der frühen Nachmittagssonne.

Natürlich, auch seine Augen sind grün, zwischen dem Weiß außen und dem Schwarz inmitten.

Sein Smartphone klingelt, der Klingelton, auffällig ungrün, huscht verstohlen durch die ruhige Nachbarschaft. Die Kinder schauen einander an, blicken zum Mann in Grün, der in diesem Augenblick sein grünes Smartphone ans Ohr hält – den grünen Koffer neben sich abgestellt.

»Was, schon so nahe?«, flüstert er in das Gerät und lässt es nachdenklich werdend sinken. Sein Gesicht wirkt plötzlich etwas grüner. EINEN Schuh setzt er auf den Rasen und es scheint, als habe er EINEN Schuh, mit einem Fuß darin, verloren.

»Nein, nein«, beschwichtigt der Mann die Kinder, »habt keine Angst. Weder vor mir noch vor dem, was ich euch nun anvertrauen werde. Beileibe, es ist kein Geheimnis.« Er blickt den Weg zurück, den er tänzelnderweise gekommen ist. Dorthin, wo die Straße sich außerhalb der Stadt im Gelb der Felder und im Grün und Braun der Bäume verliert. Dann schaut er zum Horizont in der Ferne. Weiße Wolken sammeln sich dort und ziehen, für ungeübte Augen mit wenig Zeit nicht sichtbar, Richtung Stadt, in deren südlichem Ausläufer die beiden Kinder wohnen. EIN grünes Auto knattert vorbei.

»EINEN schönen Rasen habt ihr hier und schöne Häuser. Wie es sich für EIN schönes Leben gehört«, sagt der Mann, anerkennend nickend. Das jüngere Kind kramt in seiner Hosentasche, findet EIN Bonbon, eingewickelt in blauem Papier. Rasch entfernt es dieses und schiebt sich den verheißungsvollen Klumpen in den erwartungsvollen Mund. Von irgendwoher weht der Duft von Lavendel herbei. Der Mann schließt seine Augen, wird ganz Nase.

Es dauert lange, bis er die Augen wieder öffnet. Für Sekunden sind sie grau wie das Meer im Herbst, wenn die Wellen höherschlagen und die Kälte des Nordens im Wasser sichtbar ist. Die Kinder haben es nicht bemerkt. Sie betrachten die Beine des Mannes, dessen zweiter Schuh ebenfalls im Rasen verschwunden ist. Gleiches gilt für den eckigen Koffer, den der Mann auf den Rasen neben sich gestellt hat, nur Griff und Verschluss silberglänzend sichtbar. Nun, da er sich weiter auf den Rasen begibt, lösen sich gleichfalls seine Beine, seine Hüfte und sein Schatten auf. Er setzt sich hin, die Sitzhaltung nicht ersichtlich, da nur noch Hände und Gesicht zu sehen sind. EIN Mann aus Chlorophyll, fürwahr.

Er greift in EINE der Taschen seiner Anzugsjacke, das als Absicht, EIN Loch in den Rasen zu graben, erscheint. Statt Erde holt er EIN vertrautes Objekt hervor. EINE weiße Brille mit kreisrunden, leicht getönten Gläsern, weder besonders modern noch ausgesprochen altbacken wirkend.

EINE junge Frau mit Kinderwagen kommt die Straße entlang, EIN kleiner Hund vorweg die Länge seiner angeleinten Freiheit erkundend. Auf Höhe des ungleich gewichteten Rasentrios hebt sie die Hand, winkt und wünscht EINEN schönen Tag. Der Mann winkt zurück, seine Hand, so ohne ersichtlichen Ärmel, ein ungewöhnlicher Falter, dem es an Ausdauer zum Weiterfliegen fehlt.

»Ganz meinerseits, gnädige Frau, ganz meinerseits, schön soll er sein«, ruft er ihr zu. Die Kinder kichern, das Bonbon rutscht von einer in die andere Wange, inzwischen kugelrund gelutscht.

»Die Brille«, fügt der Mann hinzu, »sie steht Ihnen ausgezeichnet. Ganz wunderbar. EIN schöner Anblick – wenn ich das so unverblümt anmerken darf.« Noch einmal winkt die Frau und zieht, mit Hund, von dannen.

»Haben Sie der Frau die Brille gegeben?«, fragt das Kind ohne Bonbon, dessen Neugierde sich einen kleinen Schritt vorwagt.

»Ganz recht, ganz recht. Aber nicht nur ihr. Nein, wahrlich, nicht nur ihr«, entgegnet der Mann, die Brille in seiner Hand begutachtend.

»Warum machen Sie das?«, fragt das andere Kind.

»Oh, ihr beide habt es doch noch nicht gehört, oder?«

»Was meinen Sie?« Nun tritt auch das Bonbon, inklusive Kind, etwas näher an den Mann heran.

»Die Apfelmänner sind es«, sagt der Mann, »sie sind allesamt dem Apfelmännchensein entwachsen und ziehen nun hungrig und gierig über das Land – egal, ob platt, ob hoch, ob nah oder abgelegen. Sie reisen von Ort zu Ort, je dichter besiedelt, desto besser für sie, und verwandeln die Welt in künstlich begradigte, in normierte Ecken und Kanten.« Er klappt die Bügel der Brille auf und wieder zu.

»Es wundert mich ein wenig – ich gestehe -, ich meine euer Nichts-vernommen-Haben, um es einmal so sperrig auszudrücken«, grübelt Mister Green, während die Kinder ohne Absprache einen Schritt zurückweichen.

»Nein, habt keine Sorge. Es ist schnell erklärt und bedeutsam für eure weitere Sicht der Welt. Damit ihr sehen könnt, was wirklich mit der Welt geschieht.« Und weiter grübelt er: »Trotzdem wundert es mich, dass eure Eltern euch noch nichts davon erzählt haben. Wofür sind Eltern denn da, wenn nicht *dafür*? Selbst eure Freunde hüllen sich in Schweigen, da vermute ich doch richtig?« Die Kinder zögern, rühren sich nicht. Kaum merklich schütteln sie ihre rotwangigen Köpfe und rücken einander etwas näher. Zugleich bemerken sie ihr Versehen und nicken eifrig.

»Schöne Häuser, ich sagte es schon«, fährt der Mann in Grün fort. »Ein Vetter von mir wäre bestimmt an solchen Häusern interessiert. Er verkauft Blitzableiter.« Er hält kurz inne. »Wo war ich stehengeblieben? Ach ja, die Häuser. Nun, manche Dinge kann man nicht oft genug wiederholen. Verbunden mit Wegen und Straßen, allesamt. Schaut sie euch genau an. Häuser, Wege, Straßen. Was seht ihr?« Die Kinder stutzen, wenden ihre roten Wangen, drehen sich. Sie zucken mit den Schultern, haben keine Antwort parat.

»Ja, so weit ist es schon gekommen. So vertraut, überall zugegen, nichts Besonderes, nichts Erwähnenswertes mehr. Lange Rede, kurzer Sinn, was ich meine sind all die Geraden.« Der Mann schaut sie an. »Ihr wisst doch, was Geraden sind?« Die Kinder nicken erneut.

»EINE Linie«, sagt eines, woraufhin auch der Mann nickt.

»Genau. Und wo Geraden sind, da sind auch Kanten nicht fern. Und wo Kanten sind, da sind auch Ecken ganz nahe. Ist es nicht so?«

Nicken und Nicken und beide blicken zum Haus in unmittelbarer Nähe. Es ist das Haus des Kindes, dessen Bonbon sich längst verflüchtigt hat.

»Und nun schaut euch die Sträucher, Hecken und Bäume an. Pflückt einen Grashalm und beguckt ihn euch genau. *Werdet* zum Grashalm und begeht euch selbst. Schreitet an euch selbst entlang. Achtet auf eure Füße. Schaut genau hin«, ermuntert sie der Mann und zeigt anschließend mit der Brille zum Himmel. »Seht dort oben die winzigen Wolken, die wie ihr hier, *dort* auf dem blauen Rasen ihrer Himmelsvorgärten stehen. Was entdeckt ihr? Ohne Teleskop. Das bloße Auge – es genügt.« Die Kinder forschen, kneifen die Augen zusammen, sind ganz Kind. Der Mann lässt ihnen Zeit, spielt derweil mit der Brille und wirft noch einmal einen kurzen Blick zurück zum Horizont, der sich in die Länge zieht. Er lässt sich nicht anmerken, ob es ihn beunruhigt, was er dort erspäht.

»Keine Ecken, keine Kanten?«, sagt eines der Kinder und drückt das Gesagte etwas unsicher als Frage aus.

»Hurra«, ruft der Mann und wirft mit der freien Hand grünes Konfetti in die Luft, das er EINER seiner Jackentaschen entnommen hat. Es wirbelt wie aufgescheuchte Insekten einer Art umher. Dem Boden näherkommend, verschwindet es.

»Aber was ist mit einem Grashalm?«, fragt das andere Kind und hält dem Mann einen solchen hin, gepflückt am Rasenrand, dem Rasenmäher entwischt. »Ist er nicht gerade?«

Der Mann lächelt aus dem Grün heraus, die Kinder an die Katze aus jenem Wunderland erinnernd, wo Alice ihre wundersamen Abenteuer erlebte. »So scheint es, mein Kind, so scheint es. Doch der Schein, er trügt für gewöhnlich. So, wie es bei den alten Griechen kein benennbares Blau gab, obwohl Blaues zugegen war – doch, bei Zeus, das ist EINE andere Geschichte. Nun, er kann nicht anders, der Schein, der kein Anschein ist.« Ein Auge zwinkert, der Mund, er lächelt verschmitzt. »Ohne Licht, kein Schatten. Ohne Klima, kein Wandel. Es ist ein Werk der Apfelmännchen, wie alles von Natur aus ein Werk der Apfelmännchen ist, solange Bindungen nicht kurz angebunden sind. Legst du den Halm unter EINE Lupe, so siehst du den Bogen in der vermeintlichen Geraden. Legst du den Halm unter EIN Mikroskop, winken sie dir zu, all die Apfelmännchen. Es sind fleißige, allgegenwärtige Geschöpfe, die in allen Maßstäben die Bühne des Lebens erst ermöglichen. Von Beginn an. Von der ersten Bindung an. Lange bevor der erste Apfelmann auf der Bühne erschien und die seitdem gültige Devise inbrünstig ausrief: *Mein allein ist die Kraft, aus Teilen zu bauen, was sonst niemand schafft.*«

»Was haben sie vor, die Apfelmänner? Sind sie anders als die Apfelmännchen«, fragt eines der Kinder.

»Und wo kommen sie her? Sind sie böse?«, fragt das andere. Den Grashalm lässt es fallen. Verschwunden im Nu.

»Ihr seid zwei kluge Kinder. Ihr stellt die passenden Fragen, die notwendig sind, wenn man EIN Puzzle zusammenfügt«, antwortet der Chlorophyll-Mann, der noch immer, wieder mit beiden Händen, mit der weißen Brille herumhantiert. »Ein Tipp an euch, am Rande von mir: Lasst euch niemals einreden, ihr seiet *smart*. *Klug*, das ist in Ordnung. *Verwoben sein* aber, das ist das bedeutendste der Gefühle.« Er gibt den Worten Zeit. Nutzt sie seinerseits, um die Gläser der Brille zu begutachten. Für gut befunden, findet er zum eigentlichen Thema seines grünen Auftritts zurück.

»Die Apfelmänner wollen alles natürlich Geschwungene, alle Bögen und Spiralen, alle Kurven und Wellen verecken und verkanten. Sie wollen die Welt in viele Teile zerteilen, um sie unter sich aufzuteilen, um Teilhaber des größten gemeinen Teilers zu werden. Ich habe verlautbaren hören, sie seien krank. Die Psyche, wie so oft. Sie leiden an EINEM uralten Trauma.

Aber ihr wisst bestimmt auch, wie das ist – die Leute, sie reden viel und sie erzählen massenhaft komisches Zeug.« Erneut wirft der Mann einen Blick über seine Schulter, als gelte es sich zu vergewissern, dass noch genügend Zeit für Erklärungen verbleibt. »Es wird auch gemunkelt, die Apfelmänner seien in der Tat böse, doch daran will ich nicht so recht glauben.

Außerdem, was ist denn *böse*, was ist *gut*? Was ist *richtig*, was *falsch*?« Die Augen der Kinder werden groß, der Mann, all des Grüns wegen, das ihn umgibt, erscheint ihnen mit einem Male riesig.

»Ach was«, versucht der Scheinriese, die Bedenken der Kinder zu zerstreuen. »Alles nur Gerede. Kaffeetantenquatsch. Kaffeetafelklatsch. Kaffeetantentafeltratsch und allerhand nichtiges Gehabe ohne Hand, Tand und Fuß.

Die Apfelmänner, sie vereinfachen die Welt, daher rührt im Grunde ihre Boshaftigkeit. Es ist Teil ihrer Krankheit.« Der Mann in Grün kichert, weiterhin im Grünen sitzend. »Versteht ihr – *Teil ihrer Krankheit*?!« Die Kinder stimmen nicht mit ein. Der Mann lacht schallend. Lacht. Kichert, wird wieder ernst. »Wenn sie nur verstünden, wie *einfach* das Leben von Natur aus ist, aber genau das ist es ja, ihr Problem. Sie machen ALLES immer schlimmer, weil sie heuer die Bäume im Wald vor lauter Vereinfachungen nicht mehr sehen. Sie haben sich im Wald verlaufen und fällen die Bäume, um EINEN Ausweg zu finden. Dabei weisen die Bäume in allen Wäldern, auf einfache Weise, auf den Weg hin. Sie bilden ihn gar. Ihr seht: ohne Bäume, kein Ausweg. So einfach ist das. Ihr versteht? Ist der Wald erst einmal fort, gibt es keinen Ausweg mehr.« Die Kinder nicken zwar, verstehen jedoch kein Wort. Der Mann lässt EINE theatralische Geste folgen, als wolle er verdeutlichen, *wie* einfach es wirklich ist.

»Dem Feuer sollen sie ehedem entstiegen sein, die Apfelmänner«, erzählt der Mann in Grün im Grünen weiter. »Bis dahin hatten die Apfelmännchen längst die Küsten der Kontinente ohne jedweden Aufwand geschaffen und den Landschaften Höhe und Tiefe hinzugefügt. Sie machten von Anfang an immer das Gleiche, aber überall gleiches Aussehen, das gab es nicht. Im Gegenteil. Die Welt füllte sich mit verschiedensten Gebilden, von denen keines einem anderen exakt glich. Doch schaute man sehr genau hin, zeigte sich überall wiederkehrend Gleiches, das umso ungleicher erschien, je kleiner war, was mit etwas Größerem verglichen wurde. Freilich trug beides *exakt* die gleiche Handschrift der Apfelmännchen, ohne Vereckung und Verkantung. So ist es noch heute. Wenn nur die Apfelmänner nicht wären.«

Eines der Kinder fasst sich ein Herz und geht auf das Grün im Grünen zu. »Aber was passiert denn, wenn es immer mehr Apfelmänner und weniger Apfelmännchen gibt?«

»Genau weiß das niemand. Immer mehr Ängste, welche die Welt bevölkern und Menschen, die einander sich immer fremder werden, das ist die bislang gängigste Theorie. Und Maschinen. Überall Maschinen, sodass die Menschen maschinieren und die Maschinen faschieren. Faschzinierend? Keineschwegsch! Doch genug solch schräger Worte. Fürwahr, ihr seid Kinder. Ihr seid klug.

Offensichtlich ist: Die Apfelmänner können die Wege der Apfelmännchen begehen, aber sie können auch Wege gehen, die den Apfelmännchen verwehrt bleiben. Praktisch von Natur aus. Es klingt verrückt, aber genau so ist es.« Der Mann senkt seine Stimme ein wenig, obwohl kein Mensch in der Nähe zu sehen ist. Einzig der Lavendelduft schleicht noch immer völlig lautlos um sechs Beine herum, von denen zwei bloße Vermutung sind.

»Seid ihr beide schon einmal in EINER der riesigen Städte gewesen? Geraden bis zum Himmel. Vereckung und Verkantung, wohin das Auge auch schaut.« Die Kinder verneinen. »Ich sage es euch: *Das* ist die Zukunft. Und die Apfelmänner sind raffiniert. Sie lernen schnell. Schnell, wie EIN Blitz sich auf Knopfdruck entlädt. Inzwischen verbauen sie Bögen und Kurven. Schwingen sich auf geschwungenen Linien geradewegs hinauf in bislang unumwundene Höhen. Aber das ist noch nicht alles.« Mit diesen Worten hält der Mann den Kindern die weiße Brille entgegen.

»In der Tat, wir leben in verrückten Zeiten. Mehr und mehr verrückt vom Einfachen. Etwas läuft gehörig aus dem ungleichgewichteten Gleichgewicht, anstatt sich ihm anzunähern, ohne es aber je erreichen zu wollen. ALLES ist inzwischen so schrecklich kompliziert. Eure Eltern, sie reden *bestimmt* davon. *Bestimmt*, wenn ihr gerade nicht in der Nähe seid. Mit anderen Worten als ich, das ist gewiss. Und ihr Kinder, ihr merkt es auch. Ich habe schon mit so vielen Kindern darüber geredet. Ein jedes Kind hat es bestätigt. Auch wenn die Worte fehlen, um es zu beschreiben. Meist liegt es neben euch im Bett, oft begegnet es euch im Traum. Eigentlich seid ihr Kinder wie die alten Griechen – ihr seht die Farben ANDERS. Ihr seht sie, wie jene sie sehen, die von Geburt an blind sind. Ihr seht sie mit dem Körper, mit allem, was ihr wahrhaftig seid.

Nein, ihr seid keineswegs dem Wesentlichen gegenüber blind. Es sind die Apfelmänner, die gemeinhin blind sind. Erblindet. Geblendet von Vereinfachungen.«

»Aber was hat das mit der Brille zu tun?«, fragen die Kinder aus einem Mund. Ein klein wenig gibt sich der Mann in Grün verschwörerisch. Ein reibungsloser Blick zur Seite, die Stimme etwas gedämpft. Die Kinder rücken noch etwas näher, verstehen täten sie ansonsten kaum etwas, zumindest, was den Klang der Worte beträfe.

»Mittlerweile«, sagt der Mann, »sind die Apfelmänner dabei, dem Organischen mit ihrem Verecken und Verkanten gehörig auf den Leib zu rücken. Bisher war das Organische einzig Apfelmännchengebiet. Doch diese Zeit ist dem Anschein nach vorbei. Die Anzeichen sind deutlich, nicht von der Hand zu weisen. Noch erkennt man es nicht mit bloßem Auge. Doch, doch, da hilft kein Winden, Zagen und Leugnen, kein Heulen, Klagen und Schönreden – auch das Organische unterliegt mehr und mehr EINER Norm. Ihr seid Kinder, daher seid besonders auf der Hut vor eingeimpften Normen, die auf Theorien mit derart

Ecken und Kanten beruhen und euch – erinnert euch an meine Worte – mit *Smarties* ködern.«

»Ah«, entfährt es einem der Kinder, »daher die Brille.« Wieder nickt der Mann. »Wie ich bereits sagte, kluge Kinder seid ihr. Diese – « In diesem Moment klingelt zum wiederholten Male das grüne Smartphone, weit ungrüner als zuvor.

»Ja?«, fragt der Mann, das Gerät am Ohr. Der Ausdruck auf seinem Gesicht ist nicht zu deuten. Er könnte alles Mögliche bedeuten – oder auch nichts davon.

»Wo waren wir stehengeblieben?«, fragt er, das Gerät in seine Tasche gleiten lassend. »Die Brille, genau. Mit ihr kann man sehen, wie weit die Vereckung und Verkantung der Welt fortgeschritten ist. Vielleicht fragt ihr euch, warum ausgerechnet EINE solche Brille dafür vonnöten ist?« Ohne eine Antwort abzuwarten, redet der Mann weiter. »Immer mehr Menschen tragen nunmehr EINE Brille, weil sie immer kurzsichtiger werden. Ist euch beiden aufmerksamen Kindern bestimmt schon aufgefallen, oder? Das sind die ersten Anzeichen für Vereckung und Verkantung, die EINEM das Blaue vom Himmel lügen. Die nächste Stufe dieser Umwandlung des Organischen zeigt sich in den ... Wolken.« Das letzte Wort betont der grüne Mann besonders deutlich, damit nur keine Missverständnisse aufkommen.

»Die Wolken?«, platzt es aus beiden Kindern heraus wie quietschbunt riechende Luft aus berstenden Kaugummiblasen.

»Genau, genau. In den Wolken. Es ist irre. Es ist genial. Das ist das Problem. Man mag es nicht wahrhaben. So luftig, so fluffig, so eckenlos und kantenfrei.« Und mit diesen

Worten erhebt er sich vom Boden, springt förmlich auf. Er stellt sich neben die Kinder und geht in die Hocke, taucht auf und ab, aus dem und in das Grün. Er zeigt mit der Brille zum Horizont. Dort haben sich weitere hellgraue, weißumsäumte Gebilde zusammengefunden.

»Schaut sie euch an, diese vertrauten, meist unscheinbaren Formen, so allgegenwärtig, so lautlos. Nichts Ungewöhnliches zu erkennen, oder? Einfach nur Wolken. Und doch sind diese Wolken dort in der Ferne die Vereinfachungen von Apfelmännchenwerken. Sie spenden dem Leben keinen Regen. Sie saugen das Organische nach und nach aus. Sie *versprechen* einzig wachstumsreichen Regen, aber EIN solcher Regen hat seinen an Lebendigkeit verarmenden Preis. Geradewegs wuchert der Preis umso mehr in den Himmel, je mehr funkelnden, notwendigen Regen die Wolken in Aussicht stellen. Hier.« Der Mann reicht einem der Kinder die Brille. Sie passt perfekt. Der Mann in Grün, er versteht sein Handwerk. Er ist der Einzige seiner Zunft. Sein Vetter ebenfalls.

»Siehe sie dir an«, fordert er das nun bebrillte Kind auf. Es hebt den Kopf nach oben, wendet ihn zum Horizont, nimmt die Brille ab, schaut erneut, setzt sie wieder auf, pfeift durch die Lücke zwischen den Zähnen.

»Ist es das blaue Funkeln?«, fragt es den Mann aufgeregt.

»Jawohl«, antwortet dieser. »Je intensiver das Funkeln, desto mehr Apfelmann steckt in den Wolken, desto weniger vermögen die Apfelmännchen etwas dagegen auszurichten. Je tiefer das Blau, desto mehr Energie ist im Spiel, desto ernster wird es für das Leben.« Nun reicht der Mann auch dem zweiten Kind EINE Brille, die er seinem kleinen Koffer entnommen hat.

Eine ganze Weile beschauen die Kinder sich die Wolken und, wie Kinder so sind, betrachten sie auch sich und einander sowie Dinge und die Sträucher ihrer Umgebung durch das Brillenglas.

»Es sind nur die Wolken, die so anders sind«, stellen die Kinder gemeinsam fest. »Aber was bedeutet es genau?«, fragt das eine und »Warum verteilen Sie Brillen an Menschen, wenn es schon so viele Menschen mit Brillen gibt?«, das andere.

»Tick, tick, das ist der Trick. Tack, tack, ich bin auf Zack. Brillen unter Brillen fallen nicht auf«, gibt der Mann zu verstehen. Er kramt in seiner Tasche, schließt sie, sieht zu ihnen auf. »Was es bedeutet?«, wiederholt er EINE der Fragen und überlegt. »Alles Organische ist auf einfache Weise einzigartig, individuell. Ich hatte es zuvor angedeutet und will euch nicht mit Einzelheiten langweilen. Es ist das Vermögen der Apfelmännchen. Das Leben steckt voller Verschiedenheiten, die sich im Kern aber gleichen, bis das Feuer kam und die Apfelmänner gebar. Seitdem werden die Menschen immer gleicher und leugnen einander den Kern. Kennt ihr Prometheus?« Vier Brillengläser bewegen sich horizontal. »Egal«, sagt der Mann. »Je mehr dieser funkelnden Wolken über die Kontinente ziehen und je dunkelblauer sie durch die Brille erscheinen, desto mehr verliert alles Lebendige, jedes Lebewesen, Insekt wie Kröte, Pflanze wie Mensch, an Individualität. Es ist EIN listiges Dunkelblau, keineswegs maritim. Sich *smart* gebend, bis schlussendlich ALLES Leben nur noch im Sinne der Apfelmänner wäre, nämlich normiert und durch die Apfelmänner kontrollierbar. Es ist, ich will euch nicht erschrecken, das sechste Artensterben. Das Sterben der Individuen. *Daher* rührt die gebotene Eile. *Sie* treibt mich an, diese Brillen zu verteilen. *Sie* treibt mich an, den Blick dafür zu schärfen, was klammheimlich in unser aller Leben gepoltert kommt – gleich einer Schneeflocke, dort, wo die Staaten der Apfelmänner in die Gestade der Apfelmännchen übergehen. Wer ahnt schon Böses, wenn er Wolken am Himmel vorüberziehen oder sie sich über den Städten und Metropolen auftürmen sieht? Wolken kommen und gehen, nur gibt es immer mehr Wolken, die vorgeben gewöhnliche Wolken zu sein und an den Himmel geklebt bleiben, statt weiter zu ziehen.« Der Mann erhebt sich wieder, streckt seinen grünen Körper über das Grün des Rasens hinaus, dem blauen Himmel und wenigen zarten Wolken entgegen – als gelte es, die Bedeutung seiner Worte hervorzuheben.

»Meine Hoffnung, sie liegt darin begründet – oder sollte ich sagen *begrünt*, hihi -, dass das Organische und insbesondere die Menschen von Natur aus mit Ecken und Kanten versehen sind. Jedoch ganz ANDERS geartet, als jene, welche die Apfelmänner seit ihrer Feuertaufe im Sinn haben. Um deren Art der Vereckung und Verkantung zu verbreiten, müssen die Apfelmänner erst das Lebendige begradigen, umformen und uniformen. Solange, bis EINES EINEM Anderen oder ein ANDERES einem Weiteren nahezu entspricht. Dermaßen deckungsgleich, bis EINS und EINS zwei Gleiche ergibt. Meine Hoffnung ist, die Ecken und Kanten zu bewahren, die Ausdruck der Einzigartigkeit von wahrhaftigen Individuen sind. Daher die Brillen – und wisst: Es gibt sie nicht nur in Weiß.« Er kichert, macht *Haha* und dann *Hoho* und gibt sich wieder EINE Spur verschwörerisch: »Wenn alle Menschen, die noch nicht kurzsichtig sind, diese Brille tragen, gehen die Apfelmänner davon aus, ihrem Ziel der Normierung sehr nahe gekommen zu sein, denn wohin sie auch blicken: überall Kurzsichtigkeit. Also Kinder, erinnert euch an meine Worte, wann immer ihr durch diese Brille blickt und des Glitzerns und des Blaus gewahr werdet: Bewahrt euch die wahren Ecken und Kanten, die Unebenheiten des Lebendigen, und lasst euch nicht das Blaue vom Himmel versprechen, während immer mehr Wolken aufziehen, um euch eurer Lebendigkeit zu berauben. Ehe ihr euch verseht, sind die Ecken und Kanten eurer Einzigartigkeit der Vereinfachung eures Lebens erlegen und durch Vereckung und Verkantung mit besagten *Smarties* ersetzt. Zur Behinderung, gleichsam zur Last würden sie euch werden, anstatt euch herauszufordern und zu motivieren, um über euch selbst hinauszuwachsen.« Er schaut wieder zum Himmel und gibt zu verstehen, unverzüglich weiterziehen zu müssen.

»Je näher das Gewölk kommt und gedenkt sesshaft zu werden, desto dringlicher wird um mich ersucht. Ihr werdet es verstehen. Wenn nicht Kinder wie ihr, wer dann?«, sagt der Mann, schiebt seinen grünen Hut zurecht, zupft am Anzug und packt die Tasche am Griff. Er tritt aus dem Grün des Rasens heraus, hebt kurz den Hut und tänzelt davon, ohne sich noch einmal umzusehen. Die gerade Straße entlang, entlang der Bordsteinkante, die parallel entlang der aufrechten Häuser verläuft. Die

Kinder begucken einander, durch kreisrunde Brillengläser.

»Hast du noch EIN Bonbon?«, fragt das eine Kind das andere. Es nickt und fischt EINES hervor.

Lavendel. Wie unbeschreiblich er duftet und sich in die Welt selbstvergessen verströmt.

»Desiderabel für Nasen diesseits und jenseits«, hätte der grüne Mann geäußert, wäre er noch vor Ort.

»Lamentabel, beileibe, für alle Kurznasigen«, hätte er vielleicht noch hinzugefügt.

Noel. Unten. Vier Sätze. Kein Wort vom Apfel. Zu mehr ist er diesmal nicht bereit.

Schweigen. Ein kaum vernehmbares Atmen. Nur das Nötigste, um weiterhin zu existieren. Nicht mehr, nicht weniger.

Gretel, links, hat die Augen geschlossen. Ihre Lider flattern wie trockenes Laub im Wind.

Schweigen.

»Hier bist du. Ich habe dich überall gesucht, Tori. Doktor Rolldron ist da. Er wartet auf der Terrasse auf dich.«

Wir blinzeln. Irgendwo beschwert sich ein Vogel im Grün des Gartens und fliegt in das Blau des Himmels hinein. Irgendwo wird EINE Autotür zugeschlagen und mit quietschenden Reifen fährt das Fahrzeug davon. Anderswo sitzt EINER wie wir in EINEM verschlossenen Raum, der Wunsch, einmal allein zu sein, unerhört.

»Kommst du? Wir wollen Doktor Rolldron nicht allzu lange warten lassen.«

Wir erheben uns und strecken die Glieder, die noch schmerzen. Mit einem Fuß löschen wir das Quadrat im Staub unter dem Apfelbaum aus, setzen uns Richtung Haus zeitlupenartig in Bewegung. Ein letzter Blick zurück. Ein einzelner Apfel liegt unter dem Baum. Sonst ist niemand zu sehen. Wir gehen.

Interludium

Gelinkt

Stelle die WAHRHEIT ins Netz.
Finden, nein, finden täte sie dort niemand.
Der einsamste Ort der Welt, es ist das Netz.
Warum so viele Menschen gelinkt werden wollen?
Weil niemand von der WAHRHEIT wissen will!
Dabei sind sie alle EIN Widerpart von ihr.
Auf der Suche nach sich selbst.

Immerfort klingelt, brummt und tönt es,
in irgendeiner Tasche im globalen Irgendwo.
Es ist die Welt. Sie hat dich nicht vergessen.
Sie meldet sich bei dir.
Nicht, um dir die WAHRHEIT zu sagen,
nein, die Un-WAHRHEIT ist es.
Abonniert, als Feed, als Channel.
Gepriesen sei die Welt.

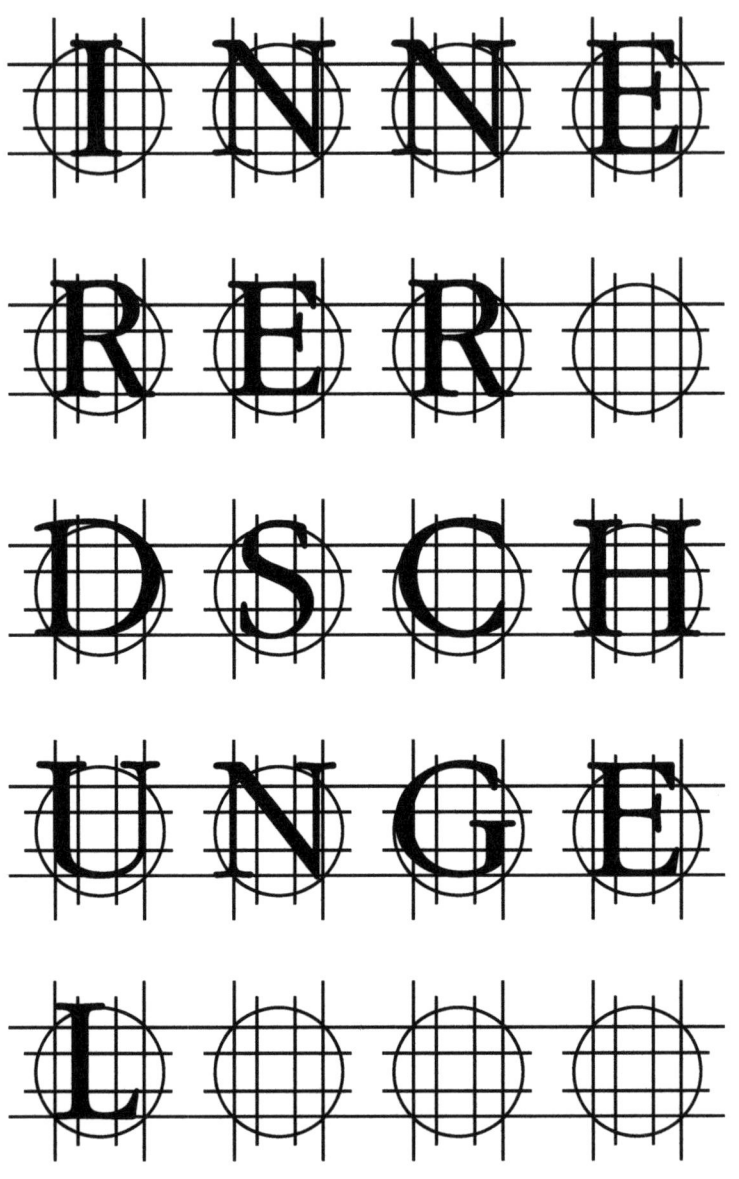

»Du weißt genau, wie ich darüber denke. Es ist einfach nicht meine Art.« Ich schob die Hände etwas tiefer in die Jackentaschen und setzte mich wieder in Bewegung. Jano folgte meinem Beispiel. Unsere Rucksäcke drückten sich ächzend an unsere Rücken.

»Aber das Bisherige ist gut. Was sage ich – es ist ANDERS und bereits einzigartig, daher sollte es möglichst vielen Menschen zur Verfügung stehen«, beharrte er und ging, als etwas jüngeres Abbild meiner Körperhaltung, neben mir her. »Zum einen ist es *die* Chance für dich, zum anderen *die* Gelegenheit, um realisiert zu bekommen, was ansonsten kaum wahrgenommen werden würde.«

Kleine Steine und trockene Erde knirschten unter unseren Sohlen. Es hatte lange nicht geregnet. Wolken? Fehlanzeige. So sollten auch die kommenden Tage mild und trocken bleiben, was nicht ungewöhnlich für diese Jahreszeit war. Der Frühling teilte diese Meinung. Er trieb sein umgrüntes Farbenspiel voran und fand in den Böden noch genügend Feuchtigkeit vor, um sein entfesseltes Repertoire zum gemeinsamen Höhepunkt zu bringen. Könnten unsere Ohren das Platzen der Knospen hören, wäre der Frühling ein heftiger Hagelschauer, der auf großformatige Landschaftsbilder prasselte. Könnte ich das Bisherige, wie Jano es benannte, dem Werden des Frühlings ähnlich gedeihen lassen, wäre ich EINEN gehörigen Schritt weiter. Allerdings blieb der Konjunktiv beharrlich – in beiden Fällen.

Der schmale Weg durch die Felder lag verlassen vor uns, doch wurden wir unentwegt beobachtet, aus winzigen Augenpaaren und unzähligen Facetten, verborgen zwischen flüsternden Stängeln und Halmen.

»Erinnerst du dich an EINES meiner ersten Bücher?«, fragte ich Jano. »Das Tumorbuch, in dem ich absichtlich anfangs zahlreichen Rechtschreibfehlern ihren Lauf ließ und grammatische Freiheiten einstreute, um sie allesamt als Metapher für Mutationen zu nutzen? Mit jeder neuen Auflage des Buches veränderten sie sich und wurden weniger.« Jano nickte.

»Welcher Verlag«, fuhr ich fort, »hätte sich darauf eingelassen? Zumal von den ersten mutierten Auflagen nur wenige verkauft worden waren, bevor sie auch schon wieder unwiederbringlich aus dem Handel verschwanden. Aber so ist das *Leben*, im wahrsten Sinne, und das Buch symbolisierte in seiner gesamten Aufmachung und seinem Werdegang, durch zehn Mutationen hindurch, eine Lebensform, deren Gene EIN offenes Buch abbildeten. Das Original, mit dem der Zyklus begann, ist durch die zehnte Mutation nicht mehr wiederzuerkennen, äußerlich wie inhaltlich. Nur hat EIN solches Projekt keinen Platz im Katalog EINES Verlags, der Umsatz generieren will. Er veröffentlicht entsprechend Material, mit dem er möglichst sicher kalkulieren kann. Ich brauche dir nicht sagen, wie langweilig dieses lineare Vorausplanen für mich ist, wo ich mich der Unberechenbarkeit und der damit einhergehenden zyklischen Verwobenheit des Lebens verschrieben habe. Seit Jahrzehnten feile ich mittlerweile an der Idee für EIN außergewöhnliches Buch, das sich mir stets entzieht, weil die feinen, abgefeilten

Späne vom Wind verweht werden. Späne, die aber wesentlich für die Umsetzung der Idee sind. Soll ich deswegen Fenster und Türen auf Geheiß EINES Verlags oder EINES Marktes hermetisch verschließen, während, dermaßen isoliert vom Leben, sich die Idee endgültig von mir entzweien würde?«

Ich schüttelte energisch den Kopf, der Rucksack wackelte entsprechend. Ein Bussard zog seine beschaulichen Kreise hoch oben über unseren Köpfen, dabei mühelos Ausschau nach Spuren auf dem Boden haltend, die die Anwesenheit der von ihm bevorzugten Nahrung anmerkten.

»EIN auf mich zukommender Verlag, mir das Angebot unterbreitend, EIN Buch zu veröffentlichen, welches die Ideenskizzen auf meiner langjährigen Internetseite zu EINER kommerziell tauglichen Geschichte verdichtet, wäre wahrlich EINE Chance. EINE, die mir vielleicht sogar EINE feinere Feile zur Verfügung stellt, aber – «, sagte ich und korrigierte den Sitz des Rucksacks mit beiden Händen, » – was nutzt es mir, wenn solche Verlage in meinen Augen geschlossene Anstalten sind, in denen windige Gestalten hausen und immerzu auf Bilanzen, Statistiken und Konformität schielen? Gerade in derart verplanten Zeiten. Mir ist einzig die Umsetzung dieser einen Idee als Buch wichtig, da kein anderes Medium diese Idee vermitteln und Menschen dermaßen ansprechen kann, sodass die Idee auch glaubhaft wahrhaftig klingt. Doch weder Verlag noch Markt sind dafür bereit. Diejenigen, die das Buch ansprechen soll, sind zudem anders gestrickt und hegen andersartige Erwartungen. Sie lesen Bücher in Form EINER Flat. Sprich, *all you can read*.

Sprich, sie hechten durch Texte, als wären Buchstaben eiskalte Regentropfen und als wären Textpassagen ohne Action Strecken ohne griffbereiten Regenschirm.

Wäre es nicht Ironie pur, wenn es mir zwar endlich gelänge, meiner Idee im GANZEN habhaft zu werden und niederzuschreiben, aber die Lesegewohnheiten der modernen Menschen mit dem Wortlaut der Idee nicht mehr kompatibel wären? Gibt es nicht schon Unternehmen, die Bücher umformulieren und den gesamten, mitunter anspruchsvollen Text, auf wenige, enorm vereinfachte Seiten reduzieren?« Erneut brachte ich den Rucksack zum Wackeln. Der Bussard drehte weitere Runden. Wir gingen derweil tiefer in die Landschaft hinein und traten aus dem Alltäglichen hervor.

»Du hast mich immer wieder darauf hingewiesen, wie es heutzutage um die marktreife Produktion von Filmen, Musik und eben auch Büchern gestellt ist. Hast du nicht mal das Beispiel aus der Pornobranche gebracht?«

Einen walnussgroßen Erdklumpen kickte mein Schuh in die nahe Zukunft unseres Weges. Er zerfiel in kleinere Klumpen und hatte sich so seiner Vergangenheit entledigt. Wie EIN Problem, das sich scheinbar seines Ursprungs entzogen hatte. Jano lachte kurz auf.

»Du meinst die Geschichte mit dem anschwellenden Datenpool aus Suchmaschinen, Klickraten und Surfverhalten? Woraus EINE Software errechnet, nach welchen nackten Tatsachen dir höchstwahrscheinlich gerade der Sinn steht und dir das am ehesten passende Ergebnis präsentiert – direkt beim Eintreffen auf EINER entsprechenden Seite. Finden ohne Suche, wobei das Gefundene immer öfter das ist, was für den Anbieter der lukrativste Fund ist.«

»Genau. Wenn bereits Pornos entsprechend der Datenlage produziert werden, um möglichst zielstrebig EINEN Markt befriedigen zu können, dann zeigt das deutlich, wie schnell mittlerweile etwas produziert werden kann. Bedingt dadurch, dass das Angebot auf das lukrativste reduziert wird. In meinen Augen ist das verdeckte Normierung mit reichlich entblößter Haut, was als zeitnahe Befriedigung eigenen Verlangens verkauft wird, denn der Pornogucker denkt sich irgendwann: *Was bereits verfügbar ist, ist genau das, wonach ich suchte.* Außerdem – wie lange mag es noch dauern, bis EINE Software Hardcore produziert und *alles* befriedigt werden kann, zumal *alles* jederzeit verfügbar wäre?«

»Wobei Pornos in diesem Fall kein so gutes Beispiel sind«, gab Jano zu bedenken. »Es gibt in dieser Branche reichlich krankes Zeug, da kämen EINE Normierung und EINE dadurch bedingte Aussortierung ganz gelegen. Was aber, wenn das kranke Zeug zur Norm würde? Und selbst *wenn* die Normierung das Menschenverachtende verdrängt – wo soll jemand seinen Fetisch, oder was auch immer, ausleben, wenn es virtuell nicht möglich ist? Im realen Leben etwa, mit realen Menschen, denen solche Entartungen völlig fremd sind? Gegen deren Willen obendrein? Wie immer, so auch hier: Die Medaille, die wir modernen Errungenschaften um den starren Hals hängen, hat stets mindestens zwei Seiten und es werden mehr – wie diese vieleckigen Würfel, damals in den Fantasy-Rollenspielen.«

»In Ordnung, lassen wir die Pornos beiseite. Andererseits habe ich irgendwo mal aufgeschnappt, Pornos würden EIN Drittel des Internetverkehrs ausmachen, daher taugten sie als Indiz für den gesellschaftlichen Stand der Dinge«, lenkte ich kopfschüttelnd ein und blieb stehen. Wir hatten eine kleine Anhöhe erreicht und sahen unseren Weg sich Richtung Wald schlängeln. Zurückblickend fielen die unterschiedlich rechteckig geformten Felder, durch die wir langsamen Schrittes gezogen waren, immer weiter zurück. Wir, zwei Läufer, die vom Schachbrett der Sesshaftigkeit desertiert waren – zumindest vorübergehend. Ich hielt mein Gesicht mit geschlossenen Lidern der Sonne entgegen, während die visuellen Eindrücke von den anderen Sinnen überschrieben wurden. So bekam ich mehr zu sehen, was mit Augen allein nicht möglich wäre. Nicht EIN Ton zerstörte die klangvolle Stille und ich war froh, *nicht* hören zu können, wie grüner Hagel über das Land herfiel. Es machte Sinn, nicht um alles zu wissen, was bewusst sein könnte.

Es lebe die Exformation. Viva la – keine Ahnung.

Was blieb, war lebensfähige Information, ein inniges Gespür, ohne EINES Wortlautes zu bedürfen.

Wir gingen schließlich weiter, von einer Gegenwart in die nächste sich ergebende, der Zyklus eines Augenblicks, sich als Abfolge ausgebend.

Jano und ich kannten uns seit über drei Jahrzehnten. Zwischendurch hatten wir uns längere Zeit aus den Augen verloren. EINE Zeit, in der jeder sich um das Fundament seines eigenen Lebens gekümmert hatte. Uns war immer klar gewesen: Wenn wir uns wiedersehen würden, würde einfach dort weitergemacht, wo wir uns verabschiedet hatten.

Mittlerweile lebte Jano mit seiner Familie in Frankreich und wir sahen einander mindestens vier Mal im Jahr. Bei diesen Treffen zogen wir beide einige Tage durch menschenleere Gegenden des jeweiligen Gastgeberlandes, der vormaligen Wildnis auf den Fersen, ohne aber je ihrem ursprünglichen Naturell näher kommen zu können. Unterwegs schlugen unsere Gedanken Purzelbäume und vollführten sie sonstige halsbrecherische Kunststückchen. EINE Tradition, die uns beide damals zusammengeführt hatte, Jano, der Student im letzten Semester, ich, der kreative Freiberufler, mit EINEM deutlichen Hang zur Schriftstellerei, die bis heute ohne nennenswerte Erfolge geblieben war.

An meinen Ideen zu zweifeln oder das Schreiben gar ganz aufzugeben, lag mir trotz des finanziellen Misserfolges fern. Ich maß Erfolg von jeher ANDERS, nicht in Verkaufszahlen oder an sich aufaddierenden Kontoständen. Alles, was mich das Schreiben und damit einhergehende Begegnungen und Auseinandersetzungen gelehrt hatten, bedurfte keines Taschenrechners und war inkompatibel mit jedem bekannten Datenformat.

Mir entging keineswegs das Vereinfachungspotenzial, das geschriebene Worte in sich bargen, im Versuch ein wesentliches Vermögen, von links, linear nach rechts, unwesentlich zu beschreiben. Ein Vermögen, das von Natur aus nichtlinear verwoben war, sondern sich zyklisch darbot. Immer galt es, genau das beschreiben zu wollen, das sich dergestalt nicht beschreiben ließ. Darum drehte sich das Wesentliche meiner Idee. Darum drehte sich längst ALLES in meinem Leben. Daher auch mein Widerwille, die eventuelle Vollendung dieser Idee, in Form EINES Buches, EINEM Verlag anzuvertrauen. EINEM, der EIN paar Worte mitreden wollte, aber nicht meine Sprache sprach. Geschweige denn natürlichen Zyklen vertraute, war die Erwirtschaftung von Profit doch EIN ganzjährig linearer Prozess – einhergehend mit der Erwartung ständig steigender Tendenzen.

Spätestens seit das Internet in unser aller Leben gestolpert war und Selbstverlage Bücher ermöglichten, die kein anderer Verlag anfassen würde, ohne EINE Generalüberarbeitung durch das Lektorat und andere Spezialisten zu verlangen, hatte auch ich meinen Weg zu EINER kleinen Leserschaft gefunden. Ermöglicht durch EINEN buchgewordenen Tumor und EIN paar Geschichten von Vielen, die meine Idee nie in Gänze ausplauderten. Letztere waren vergleichbar mit EINEM Trauma, das die gesamte Menschheit aller Epochen beträfe, aber keinem Menschen allein traumatisch genug erschien, um im eigenen Leben EINE heilsame Rolle zu spielen. Mein Dilemma, es streckte sich und reckte sein Haupt empor - als thronte es über den Scherben meines bisherigen Unvermögens.

Bertold Brecht benannte einst fünf Schwierigkeiten beim Schreiben der Wahrheit. Mein Dilemma war, dass die WAHRHEIT weit schwieriger zu vermitteln war. Sollte mir tatsächlich das Buch gelingen, das mich seit jeher motivierte, mit dem Schreiben fortzufahren, dann stünde dessen Bedeutsamkeit für unser aller Leben in keinem Verhältnis zur Verbreitung und Akzeptanz. Für die medial breitgeklopfte Masse wäre es nur EIN Buch von endlos vielen Büchern. Für mich jedoch bedeutete, die WAHRHEIT darlegen zu können, die GANZE Idee schonungslos zum Ausdruck zu bringen. Das Wesen des Lebens, es träte endlich aus der Verborgenheit im Offensichtlichen hervor. Gäbe es EIN Trauma und bedeutete die WAHRHEIT die Heilung der Traumatisierung, nützte die WAHRHEIT keinem, wenn die Idee letztlich in meinem inneren Dschungel auf ewig verborgen bliebe. Was – und wem – nutzte sie, wenn sie überdies kaum EINER verstand? Warum dann überhaupt versuchen, sie zu vermitteln? Und wie die WAHRHEIT verbreiten, ohne zu riskieren, durch die Verbreitung selbst, die WAHRHEIT ihrer Wahrhaftigkeit zu berauben? Die WAHRHEIT kostenlos über das Netz verbreiten? Das widerspräche sich und ließe jedes Fünkchen an Wahrhaftigkeit sofort meteoritenhaft verglühen. Andererseits, warum sich mit EINER solchen Verkettung von Fragen jetzt schon quälen? Zählte nicht vorerst, den dichten Dschungel zu durchstreifen? Vordergründig, um der Idee im GANZEN gewahr zu werden, um diese eine besondere Pflanze namens WAHRHEIT zu finden, von der es, seit Menschengedenken heißt, es gäbe sie im Dschungel unser aller Gedanken?

Erst die Idee, die passenden Worte danach – und *dann* mal weitersehen. Dazwischen lagen etliche Ausflüge mit Jano. Ohne ihn, das war mir klar, würde ich mich im eigenen Dickicht verlaufen. Ich würde würgenden Schlangen und giftigen Fröschen anheimfallen, verdursten oder anderweitig unvollendet zu Tode kommen. Jano hatte ein besonderes Gespür für den Weg durch den Dschungel. Um das Dilemma würden wir uns daher gemeinsam kümmern, war diese Gemeinsamkeit doch längst eingewoben im Band, welches unsere Freundschaft bildete. Eine weitere Expedition, sie lag an diesem Morgen unmittelbar vor uns.

Jano vermochte von Anfang an meine Ideenfragmente mit seinem Verständnis für ANDERS geartete Gedanken zu bereichern. Purzelbäume und Kunststücke waren zwangsläufig die Folge, Neues ermöglichend. Inspiration pur. Dadurch gewann jeder Augenblick an Klarheit – als würden sich das Licht der Sonne und ein Licht in mir EINANDER näherkommen. Unsere Trips durch die noch verbliebene Wildnis, die wir, bepackt mit dem Allernotwendigsten für eine Handvoll Tage und Nächte unter freiem Himmel, aufsuchten und weitestgehend ungeplant durchschritten, ohne irgendeiner Hast anzuhängen, ermöglichten den perfekten Rahmen für unsere, wie wir es seit jeher nannten, Gedankenexpedition in den dichten Dschungel zweier Freigeister. Kettensägen und schweres Gerät hatten darin nichts zu suchen. Was einzig zählte, war das Vermögen, das wir selbst verkörperten. Hindernisse, Umwege und Schwierigkeiten, lösbare wie unlösbar scheinende, inklusive.

Mir war in meinem bewegten Leben bisher kein Mensch wie Jano begegnet. Kein Mensch konnte dermaßen wohlwissend seine Abneigung für das Festhalten an Fakten, folgenreichen, massiven Kettengliedern gleich, zum Besten geben, ohne unglaubwürdig zu wirken. Außerdem ahnte ich schon seit geraumer Zeit: Wo einzig knöcherne Fakten ohne Stoffwechsel das Weltbild bestimmten, verkümmerte die Ausgestaltung meiner Idee und blieb die WAHRHEIT gänzlich osteoporös.

Auf unserem letzten Trip, durch die im Winter versunkene Bretagne, hatte Jano den Wortlaut EINES Artikels aus EINEM national verbreiteten Magazin im Gepäck gehabt. Dessen Resümee: Ohne Fakten ist die Welt in Gefahr, zählten im Leben doch einzig wissenschaftlich fundierte Fakten und nicht Meinungen oder unangemessene Alternativen. Vier Tage waren wir durch die verschneite Stille gestiefelt und hatten uns von den Fakten der Welt inspirieren lassen.

Jano hatte das Resümee des Artikels auf seine typische Art weiter zusammengefasst, ohne den Kern der Aussage *nicht* zu würdigen: *Fakten sind Fakt - fucked is everything else.* Damit hatten wir zum wiederholten Mal, diesmal mitten im tiefsten Winter, jenen Dschungel betreten, in dem allerhand bunte Gedanken erratischen Pfaden durch das raschelnde, jauchzende, summende und zwitschernde Wortdickicht gefolgt waren. Ohne von vornherein EIN Ziel vor Augen gehabt zu haben. Ganz im Sinne der Worte Philip Booths, der einmal aus seinem Wörterdschungel verlautbaren ließ: *Wie du hingelangst, ist, wo du ankommen wirst.*

Unter dem sternenklaren bretonischen Himmelszelt, eingehüllt in Schlafsack sowie Thermowäsche und umwogen vom Schutz natürlicher Gegebenheiten, hatte ich damals, in der ersten Nacht, unsere Gedankenexpedition Revue passieren lassen. Jano war bereits in einen tiefen Schlaf versunken gewesen, sein leises Atmen der einzige Laut in den Grautönen der Dunkelheit, die alle Masken fallen gelassen hatte. Fakten, Fakten, Fakten. Was wäre unsere Welt, was wäre der Kosmos ohne diese Konstanten im Leben -

- von wegen, wie variabel Konstanten doch wirklich sind. Selbst das Universum evolviert fortwährend. Konstanten können konstant bleiben, Fakten demnach Fakten, weil wir Menschen uns am vorherrschenden Bild des Universums festkrallen, den Konstanten entsprechend, wie Kaffeeklatschtanten, die am vergoldeten Henkel ihrer Kaffeetassen festhängen. Spannungsfelder, voller Gerede, sind die zwangsläufige Folge. Sie folgen wie EIN Ton, der folgen muss, damit EIN Schweigen nicht zustande kommt. Verschwiegen wird: Das faktisch Konstante wird wieder dem variablen Fluss der Evolution zur Verfügung gestellt.

Wir halten fest: Konstanten in der Evolution sind nicht geheuer. Ungeheuerlich. EIN Ungeheuer. EINES, das die WAHRHEIT feuerspeiend verschlingt.

So mag die Sonne faktisch obzwar im Osten aufgehen, dort, wo Felder EINEN Schlussstrich am Horizont schnurstracks ziehen, aber sie geht nicht allmorgendlich an derselben Stelle, schon gar nicht zur selben Zeit auf. Besagter Fakt des Sonnenaufgangs im Osten ist EINE Vereinfachung. Nein, keiner spricht von EINER Lüge. Es ist das Zusammenfassen vieler verschiedener Gegebenheiten, um schneller auf den Punkt zu kommen, ohne dass alle Gegebenheiten ihren eigenen Satz zu Ende sprechen können. Wo gehobelt wird, da fallen Späne. Späne aber zählen nicht im Märchenland der Fakten, da sie zu sehr an das Ungehobelte erinnern. Jenes, das der nun glatt gehobelte Fakt zuvor noch gewesen war – bevor der zeitgeistige Ho-

bel um die Ecke kam und andere Meinungen um selbige Ecke brachte.

Für uns Menschen gibt es immer mehr Möglichkeiten, die, je nachdem wie viel Energie zum Einsatz kommt, als Fakten verkauft werden können. Vorausgesetzt, EIN entsprechender soziokultureller Nährboden ist dafür gegeben und kann, entsprechend technologisch ausgerüstet, lukrativ bewirtschaftet werden. Wir rauben dem GANZEN die Ausdrucksmöglichkeiten, zwecks Vereinfachung, und schmücken uns mit Möglichkeiten, um unseren Fortschritt auszudrücken.

Fakten entlarven sich als Vereinfachung von Interpretationsräumen, die umso mehr Spannungsfelder zur Folge haben, je energielastiger an der Vereinfachung festgehalten wird. Sie sind das festgeschnürte Korsett, das dem Leben die Luft zum Atmen nimmt, solange die Zurschaustellung der gewünschten Form im Vordergrund steht.

So verwundert, erstens, nicht: Das CERN, es hält, über einhundert Kilometer von Bern entfernt, mit Hilfe von Unmengen Energie, sogenannte Gottesteilchen im Kreislauf am Leben.

Oder, zweitens, ebenfalls nicht: Reichlich Energie ist vonnöten, um endlich, endlich, ENDLICH, das erste Foto von Shivas Vagina, EINEM Schwarzen Loch in den Tiefen des Universums, präsentieren zu können.

Erstens, kommt es ANDERS und zweitens, als EINER denkt, woraus, drittens, erfolgt: Je mehr Energie von anderswoher geraubt werden muss, damit unsere Vorstellungen der Welt, möglichst dauerhaft, ins Antlitz der Realität gelasert werden können, desto mehr gleichen Fakten in spe leichtsinnigen Jugendsünden EINER Spezies – wie so man-

ches Tattoo, das nach Jahrzehnten schlaffe Haut verunstaltet.

Viertens: ANDERE Lebewesen haben Narben, keine Tattoos, weil sie keine Fakten erschaffen. Sie schaffen es, von Natur aus, mit der Energie vor Ort, ihren Möglichkeiten entsprechend, ihren Lebensraum zu gestalten.

Fünftens: Nur der Mensch benötigt immer dringender und drängender immer mehr Kosmetika, um den Kosmos mit faktischem Impasto aufzuhübschen.

An einem schmalen Wasserfall, an einer kleinen Lichtung gelegen, flankiert von sonderbaren Bäumen, krächzende Papageien in deren Blätterdickicht verborgen, entdecken wir Wörterdschungeldurchquerer schließlich: Je vordergründig wir den Fakten folgen, desto mehr verschiedene Hintergründe werden ermöglicht, desto tiefer aber auch die Abgründe, die Vordergrund und Hintergründe verbinden. Realität als Vordergrund? Die Wirklichkeit als Hintergründe? Zeitgeist als Verkörperung all der Abgründe?

Mit diesen drei Fragen und EINEM randvoll gefüllten Fünferpack nicht akzeptierbarer Schwierigkeiten waren wir aus dem Dschungel getreten, zurück in die kalte Jahreszeit, verhangen mit Wolken warmen Atems. Ich war nahezu berauscht gewesen. Noch hatte ich den fruchtig-intensiven Geschmack all dieser Gedanken auf der Zunge gehabt, als mich EINE Idee, wie ich die WAHRHEIT zu Papier bringen könnte, angesprungen und beinahe zu Boden gerissen hatte. Ich hatte aufgeschrien. Jano indes hatte nur vergnügt gelacht.

::

Unser Frühlingsthema, dem Feldweg in Richtung Wald folgend, lautete weiterhin, die Pornos abgehakt: Von der Sinnlosigkeit Bücher zu schreiben, die kaum EINER liest, geschweige denn bereit ist zu verstehen.

»Wie passt das zusammen, dass sich Leser für fünfzig verschiedene Grautöne interessieren, aber nicht gewillt sind tiefer in die verwobene Materie des Lebens einzudringen?«, fragte ich Jano, nachdem wir ein Stück wortlos nebeneinander gegangen waren. Die Morgensonne raffte bereits etwas Wärme an sich und kleidete sich ohne Korsett der Jahreszeit entsprechend. Ein paar Rehe huschten über die Felder, blieben kurz stehen, beäugten uns aus der Ferne und zogen langsamer weiter.

»Je schneller EIN Buch EINEM zur Flucht aus dem eigenen Leben verhilft, desto erfolgreicher ist es. Hat man nur die alltägliche Wahl zwischen Schwarz und Weiß, versprechen selbst Grautöne reichlich Abenteuer auf dem Fluchtweg aus dieser Farblosigkeit heraus«, antwortete Jano, als wollte er sich bereits auf die nächste Gedankenexpedition einstimmen. Mithin fütterte ich ihn nur allzu gerne mit Fragen – wie das Anpusten von Glut, um Begeisterung zu entfachen und konventionelle Kälte zu vertreiben.

»EIN untrügliches Symptom unserer modernen Lebensumstände ist die strikte Vermeidung, vor Ort anwesend sein zu wollen. Gerne lässt man sich von EINEM Buch anderswohin unter falschem Namen entführen und aus dem eigenen Kontext von Raum, Zeit und Situation herausholen. Nicht nur, wenn man liest und die Welt um sich herum ausgeschlossen hat, sondern auch, wenn man selbst in der Welt unterwegs ist, aber in Gedanken bei jener Geschichte ist, die EINEN zuhause endlich wieder zur Flucht verhelfen kann. Gewährleistet durch selbige Welt, der man zu entfliehen gedenkt, hält sie EINEM doch den Rücken frei, um fliehen zu können – zumindest solange, bis besagte Welt unaufschiebbar erneut nach EINEM verlangt. Das gibt es nicht nur bei Büchern. Die Bilderflut von Filmen und Serien spricht diesbezüglich gleichfalls Bände. Wir wollen überall sein, so oft es geht – nur hier, wo man *jetzt* anwesend ist, wo alle Sinne verortet sind, wollen immer weniger Menschen sein.

Da reisen alljährlich Millionen Flüchtende in ferne Länder und lesen in der Ferne über andere Orte und Welten, wohin sie, bereits fern von zuhause, gerne flüchten würden.« Jano schüttelte den Kopf. Das wollte schon etwas heißen.

»Das erklärt so manches«, sagte ich. »Auf jeden Fall erhellt es, warum meine Bücher nie Bestseller werden können und als Urlaubslektüre nicht taugen. Ich versuche alles mir Mögliche, um den Leser *eben nicht* zur Flucht zu verhelfen, sondern ihn dort festzunageln, wo er sich befindet. Er soll das Gelesene direkt mit seinem Umfeld, mit seinem eigenen Leben abgleichen. Er soll für sein eigentliches Terrain sensibilisiert werden und das Buch in seinen Händen nicht als Karte ansehen, die ihm nur die Sehenswürdigkeiten fremder Orte bietet, die zu bereisen ihm nur möglich ist, weil, wie du schon sagtest, sein Umfeld ihm für die Zeit des Lesens den Rücken freihält, um derart bewegungslos in die Ferne schweifen zu können. Meine Motivation ist es, ihm die Motivation zur Flucht zu nehmen, nicht sie anzustacheln oder seine Flucht überhaupt erst zu ermöglichen. Den eigentlichen

Grund seiner Flucht zu *verunmöglichen* und den Leser für genau diesen Grund zu sensibilisieren – das ist es, was mich motiviert.

Wenn ich aber einzig dem Markt gehorche und schreibe, wie und was EIN profitabler Markt lesen will, gleicht das dem Kahlschlag meines Wörterdschungels mit der Verkettungssäge marktkonformer Folgsamkeit. Ich würde mich selbst an den höchsten Baum in meinem Dschungel ketten, hoffend, die Säge verschont wenigstens ihn – wobei mich beim Schreiben das immer näher kommende Motorengeräusch vom Wesentlichen ablenken täte und ich nur noch zu Papier brächte, was als unwesentlicher Rest unter solchen lärmtönenden Bedingungen übrig bliebe. Leider gilt auf dem Markt: je höher der Baum, desto leichter die Beute.

Nein, nein, das wäre wahrlich nichts für mich. Lieber frei von jedweden Ketten durch den Dschungel tollen. Lieber hier und da mit kleinen Irritationen im Unterholz rascheln. Sei es nur EIN Komma an der scheinbar falschen Stelle oder EINE grammatische Unkorrektheit, siehe CHRYSALIS Seite 11, 35 oder 47. Den meisten Lesern, von den wenigen, die ich habe, fallen diese Spielereien gar nicht auf. Demjenigen, dem sie auffallen, der wird die Stirn runzeln und Bücher aus dem Selbstverlag als Banalitäten brandmarken, weil kein Lektorat für korrekte, faktische Ordnung gesorgt hat. Vielleicht wird er das Buch sogar umgehend entsorgen. Ich habe damit kein Problem. Warum nicht? Nun, du mein treuer Weggefährte«, sagte ich zu Jano in gespieltem Überschwang, »du kennst die Antwort gewiss.«

»Weil du den Ursprung des roten Fadens kennst, der all deine Worte miteinander verbindet. Nicht in linearer Form EINES länger werdenden Fadens, welcher der natürlichen Verwobenheit entnommen wurde, nein, vielmehr als wahrgenommenes Gewebe, das den Fadenscheinigkeiten menschlicher Widersprüchlichkeit zu widerstehen versteht«, beantwortete er ohne zu Zögern meine rhetorische Frage und fügte hinzu: »Weil du den Weg durch deinen Dschungel vor dir siehst und dir sämtliche Lebensformen darin geheuer sind, sogar jene, die sich nicht mit Worten beschreiben lassen.« Er überlegte kurz, den Lauf der Wolken begutachtend. »Weil dir Normierungen EIN gewaltiger Dorn im Auge sind und du deinen Dschungel vor Monotonie, vor Verlust des Einzigartigen, bewahren möchtest.« Noch ein paar abgleichende Blicke in westliche Höhenlagen und zum tiefer gelegten Horizont. »Weil du keine kopfnickende Gefolgschaft um dich scharen willst, die dir trampelnd überall hin folgt, aber nicht gewillt ist, tiefer in den Dschungel zu gelangen. Dorthin, wo all die bizarren Lebensformen hausen. Vor allem jene, denen man nachsagt, sie seien besonders unberechenbar.« Dann verkündete er: »Und weil das Wetter vorerst trocken bleiben wird, freue ich mich auf unseren Trip durch die Andeutung von Wildnis, die der Normierungswahn der Menschen noch nicht durch seine Schablonen gepresst hat.« Janos Worte. Januswörter dagegen, die suchte man bei ihm vergeblich. Das ist mit einer der Gründe, warum ich ihm damals vorbehaltlos Zutritt zu meinem Dschungel gewährt hatte, ohne Bedingungen zu stellen und ohne ihm EIN Foto von jener einmaligen Blume unter die Nase zu halten, deren Blüte

einfach unbeschreiblich war. Es geschah ganz im Vertrauen, dass er jede noch so kleine, unbedeutend scheinende Pflanze und jedes noch so scheue Geschöpf nicht
für eigene Forschungszwecke in EIN Glas mit perforier-
tem Deckel steckte, unter seine Jacke packte und heimlich aus dem Dickicht forttrug. Dafür, und für ANDERE
ihn charakterisierende Eigenschaften, legte ich meine
Hand auf seine mir abgewandte Schulter.

»Die Freude, mein Freund«, verkündete ich aus tiefstem Herzen, »sie ist ganz meinerseits, diesseits des Lebens und jenseits davon.«

»Sonach ist der Stein der Weg für dessen Schatten – «,
setzte Jano daraufhin an und grinste.

» – um ans Licht der Sonne zu gelangen«, vollendete
ich, nicht minder breit grinsend. Mit dieser Losung unserer kleinen Expeditionen in äußere und innere Unbe-
rührtheiten, betraten wir die ersten angedeuteten Ausläufer des Waldes.

Wenn Lebewesen die Gedanken der Natur sind, dann
war der Wald der unbeschriebene Ort für die Vereinigung EINES inneren und eines äußeren Urwuchses. Diesen galt es, mit EINER weiteren Expedition in derart
ANDERE Gefilde, zu würdigen. Was daraus werden würde, das ahnte ich in diesem Augenblick noch nicht. Hätte
ich es geahnt, hätte ich es nicht geglaubt.

Der Morgen war kühl. Im Wald war es kühler. Natürlich lag Jano mit seiner Feststellung, Wälder wären heute
kaum mehr als eine Andeutung von Wildnis, richtig, egal
wie wild sie auf den ersten Blick auch erschienen. Bereits
vor Tausenden von Jahren hatte die Spezies Mensch da-

mit begonnen, die Wälder zu plündern und sie in Ödnis und Asche zu legen. Selbst die wildesten aller noch wahrhaftig wilden Wälder, die sich als breiter, sich immer enger schnallender Gürtel um den Äquator zogen, verloren mehr und mehr ihre Standhaftigkeit. Sie wurden zur kommerziellen Lügengeschichte und zum kaum thematisierten Klimafaktor zurechtgestutzt. Gleiches galt für den inneren Dschungel. Nicht nur für meinen.

All unsere Sprachen, samt ihren wimmelnden und lebhaften Wortgeschöpfen, liefen Gefahr, dem Fortschritt anheimzufallen, ohne sich je wieder zur vollen Bedeutungsgröße aufrichten zu können. Im gleichen Maße, wie wir Menschen die Bewirtschaftung der Pflanzen- und Tierwelt vorantrieben und sie unseren Vorstellungen und Möglichkeiten anpassten, so normierten, pressten und vergewaltigten wir seitdem auch unsere Sprachen. Pflanzen hatten gefälligst so zu wachsen und Tiere sich so zu verhalten, wie es sich mit den Ablaufprozeduren unserer Techniken und Technologien vereinbaren ließ. Die Vielfalt wurde zerstört, Gleichheit gefördert; Züchtungen, Manipulationen, Raubbau, Industrialisierung und die großflächige Beseitigung von störenden Pflanzen und ANDEREN Lebewesen wurden intensiviert. Sprachen blieben auch davor nicht bewahrt. Es war die Vielfalt und Begegnungsfreude der Worte, die Sätzen erst ihren besonderen Klang verliehen. Erst recht im Zusammenspiel mit weiteren Sätzen, die gemeinsam besondere Geschichten ergaben. Generell auf Füllwörter zu verzichten, als seien sie das Unkraut des Wortschatzes, verstümmelte so, was ansonsten vor Lebendigkeit sprühte. Deshalb liebte ich jedes Fleckchen und jede Abweichung von

EINER Norm in meinem Wörterdschungel. Deshalb liebte ich ein vom Aussterben bedrohtes Pflänzchen wie *selbander* und schnupperte an diesem, wenn der Augenblick ein vortrefflicher war. Deshalb war das Begehen des Waldes an diesem Morgen wie eine vertraute Begegnung mit mir selbst und Jano die vertrauenswürdigste Person, mit der ich diese Begegnung zu teilen vorbehaltlos bereit war.

So setzten wir – selbander – unsere Sohlen auf die Schwelle der Waldeinsamkeit, die von Leben nur so wimmelte. Wir folgten einer unausgesprochenen Einladung in ein mystisches Haus, dessen Geschichte weiter zurückreichte als die Fundamente, auf denen der Wald in seiner jetzigen Erscheinung entstanden war. Welcher meiner Sinne auch von den wortlosen Gedanken des Waldes angesprochen wurde, die Mitteilung war eine Resonanz, die allen Anwesenden den Sinn für Kohärenz näherbrachte. Es war, als kannte uns der Wald. Es war, als wüsste er um den wahren Grund, weshalb wir hergekommen waren. Es galt, EINE Entscheidung zu fällen, im gemeinsamen Wissen um all die gefällten Bäume, die Narben hinterlassen hatten, auch wenn der Boden alle Spuren beseitigt hatte. Die Narben selbst waren längst Wald geworden, Anteil habend an jener Kommunion, die menschlicher Kommunikation zunehmend abhandenkam.

Nur für wenige Augenblicke begehrte der Wind in den Wipfeln der Bäume auf. Hölzer ächzten, die Rinden knackten wie sich streckende Gelenke. Nie zuvor hatte ich das Gefühl von Gegenwärtigkeit, das ein Wald verkörpert, deutlicher zu spüren bekommen. Jano sah mich mit erstaunten Augen an. Offensichtlich spürte auch er, warum wir wirklich in diesem Wald nun anwesend waren.

Dass die Vegetation, die wir durchstreiften, bereits EINE von Menschheitshänden durchdrungene Phase der Erholung war, innerhalb EINES tiefer verwurzelten Krankheitsgeschehens, ließ das Ausmaß des blinden Wahns erahnen, mit denen Menschen den Übergang unüberschaubaren Terrains in EINE zugängliche flache Karte erzwungen hatten. Jano und ich befanden uns bereits inmitten EINER Vereinfachung eines einfachen Wesens, das aber keinesfalls einfältig, geschweige denn bar jedweder Intelligenz war.

»Wie ignorant und anmaßend Menschen sein können«, sagte ich, über Totholz steigend, das mehr Leben in sich barg und weit mehr Lebendigkeit ermöglichte, als auf den ersten Blick ersichtlich war. »EINE neue Erkenntnis ist das nicht, aber hier, umgeben von all dieser weisen Präsenz, trifft es EINEN wie EIN Schlag mit EINEM Zwanzigpfünder am langen, massiven Stil aus Edelstahl.«

Jano pflückte ein paar nahezu handtellergroße Blätter, rollte sie flink zusammen und schob sie sich in den Mund. Es folgte eine erste und zweite Zugabe.

»Wie einfach es doch ist, ein klein wenig Wald zu werden und von diesem Augenblick an zu bleiben.« Er sagte diese Worte wie zu sich selbst, aber der Wald war nahezu still, abgesehen von Vögeln, die nicht zu sehen waren, sowie abgehört von den gedämpften Geräuschen unserer Schritte. Das Gesagte traf mich gleichfalls schlagartig, nur war es ein gänzlich ANDERER Schlag – ein Blitz, der in EINEN Stapel gedanklichen Totholzes einschlug und EINEN Überschuss lebloser Strukturen in Brand setzte. Durch Janos wenige Worte brannte ich augenblicklich lichterloh, ohne den Wald zu gefährden, und redete minutenlang wirres Zeug für Außenstehende, Sinngemäßes hingegen für eingeweihte Brandstifter und Wildhüter. Manchen bisher gehegten Ansatz meiner Idee, die WAHRHEIT auf Papier niederzuschreiben, warf ich bereitwillig in die Flammen, das Gehegte erlösend. Die Hitze der Flammen nahm sich derer an und schweißte sie zu etwas Neuartigem zusammen, etwas, das näherlag, obwohl es so fremdartig erschien: Mikroorganismen – das Lektorat des Lebens?!

Ein radikaler Gedanke für EINEN, der sich auf ANDERES Terrain zu wagen gedachte. Anders aber war kein Herankommen an die WAHRHEIT möglich.

»Die Preisgabe hat gewiss ihren Preis«, sagte ich, noch glühend. Jano nickte nur und reichte mir eine weitere Blätterrolle. Ich biss hinein, schob den Rest hinterher, kaute bedächtig, tränkte das Gekaute mit Speichel, spürte den Aromen nach und schmeckte, was den Augen bisher verborgen geblieben war. Die Geschichte des Waldes, sie schmeckte auf wundersame Weise einmalig. Kaum geschluckt, wurde mir verdeutlicht: Ich hatte vom Vokabular des Waldes einen kleinen Anteil verinnerlicht. Wald werden, Wald bleiben. Wie EIN Wort, das mit sofortiger Wirkung zum Wortschatz gehörte und nicht irgendwo im Gehirn gespeichert wurde. Nein, es war das Gehirn selbst, welches Wort geworden war, mit allem, was das Wort jenem bedeutete, dessen Körper das Gehirn trug.

Ist die gesamte Biosphäre demnach ein vergleichbares plastisches, wandelbares Gehirn – und damit EINE dringend benötigte Erkenntnis? EINE, wie diese: Gehirne sind keine Computer und kein Computer kann EINEM Gehirn entsprechend konstruiert werden. Graphen hin. Quanten her.

Genau hier offenbarte sich der springende Punkt meiner Idee. EIN gewagter Sprung aus der Voreingenommenheit der Realität, zurück in die stets offenen Arme der Wirklichkeit, um der Zukunft nicht im Wege zu stehen. Was EINEM als Widerspruch erscheinen mochte, war tatsächlich die WAHRHEIT. Nur *sie* wäre in der Lage, die Gehirne der Spezies Mensch mit einer viralen Idee zu infizieren. Derart, dass all die über Jahrhunderte eingeimpften Fragmente von Weltaneignung letztlich EIN ANDERES Weltbild ergäben.

Das Lektorat des Lebens, schallte es durch Wald und Schädel. Entsprechend EINER solchen Infektion könnte endlich die fortschreitende Massenvergewaltigung, die Vermenschlichung der Biosphäre, ihr Ende finden und die Traumatisierung in kleinsten Schritten ausheilen. Zugleich würde technologische Verstrickung durch kohärente Verwobenheit ersetzt und die heilende Biosphäre würde das fragmentierte Trauma EINER Spezies auflösen.

Ist nicht jedes Lebewesen, von Natur aus, ein Selbst und zugleich dessen Umwelt, die keine starren Grenzen kennt? Wie das Gehirn, das EIN Wort wird? Sind wir Menschen nicht die einzige Art, der dieser Anteil an der WAHRHEIT nicht geheuer ist? Weil er uns in der Funktion EINES sehr krank machenden Ungeheuers eingeimpft worden ist – und nach wie vor, mitunter bewirkt durch Zwang, eingeimpft wird?

»Ist ein wahrhaft wilder Wald einer, in dem es sich vortrefflich in den Bäumen leben ließe?«, fragte Jano, als wir an einem Bach, der unentwegt dem Singsang des Waldes in dessen Tiefe folgte, eine Rast einlegten.

»Stell dir vor, du könntest durch das Geäst der Bäume reisen. Auf verschiedenen Höhen, dich weiterreichend von Ast zu Ast, weil die Charaktere verschiedener Baumarten dir verschiedene Möglichkeiten der Weitergabe und der Durchquerung bieten würden. Buchen täten dich ANDERS an die Hand nehmen, als es Eschen oder Ahorn täten. Nur ein wilder Wald aber hätte genügend Hände, um dir auf deinem Weg allen notwendigen Halt zu geben.«

»Aber nur«, gab ich zu bedenken, »wenn du dich anvertrauen kannst – und des Händehaltens unter mitunter windigen Umständen mächtig bist. Immer wieder gibt es auch professionelle Baumreisende, die unterwegs zu Tode kommen, obwohl sie mit den Bäumen gemeinsam in einer Umwelt von der ersten Handreichung an verwurzelt waren.«

»Nun, im Angesicht der vielen Möglichkeiten des Todes ist Gegenwärtigkeit das Konzentrat des Lebens. Das verkörpern nicht nur Affen, sondern all jene, die mittels Farbenpracht und animalischer Klangfülle den Tod auf sich aufmerksam machen, ihm, so betrachtet, den biologischen Mittelfinger zeigend. Dass die Weibchen darauf abfahren, ist in der Tat ganz natürlich – während unsere Experten weiterhin der Annahme ankleben, es seien die

Farben und Gebärden, die über nachkommende Vorzüge entscheiden. Dabei ist es der Tod, der sich stets selbst auffällig inszeniert und der im Leben aller Lebewesen die eigentliche Hauptrolle spielt.«

Jano schwang sich auf den Ast einer bachnahen Eiche.

»Nur wir Menschen, wir sehen das zunehmend anders und unterscheiden uns damit technologisch fortschreitend von allen ANDEREN Lebewesen. Wir bedauern die Tode der Vergangenheit und setzen alles daran, die Tode der Zukunft zu vermeiden. Entsprechend gestalten wir unsere Gegenwart.« Er kletterte weiter hinauf, blickte hinab zu mir. Keineswegs wie EINER, der auf ANDERE geringschätzig herabschaut.

»Die Wildnis ist der Lebensraum des Todes. Das ist der Grund, warum wir ANDEREN Lebensraum rauben und durch technologische Bändigung nach unseren Vorstellungen von Leben umstricken, sodass möglichst viele Anzeichen des Todes verschwinden – oder zumindest verborgen bleiben. Wir wollen die uneingeschränkte Kontrolle über den Tod erlangen und verlangen dafür die Vergötterung des maschinellen Unwesens.« Jano hielt sich am Ast über ihm fest, wippte auf dem Ast, auf dem er stand, auf und ab, als nahm er vertikalen Anlauf, um höher zu gelangen. Die Eiche trug ihn mit Leichtigkeit. Ihr zerfurchter Umfang verriet überschrittene Hundertjährigkeit. Was bedeutete da schon die Last EINES weiteren Menschen? Ohne Schwierigkeit stieg Jano schließlich weiter empor, inzwischen schätzungsweise viermal über sich selbst hinaus. Sein Ego, es berauschte sich weder am Aufstieg noch an der Höhe. EINE Karriereleiter? Den Baum derart missbrauchend? Keineswegs.

»Wie nennt man ein Lebewesen, das seinem Körper die Anwesenheit des Todes vorenthält?«, fragte er, sich auf einem Ast niederlassend und an den Stamm lehnend, die Beine baumelnd, gänzlich unbekümmert, als hätte er eigene Jahrzehnte auf dem Boden zurückgelassen.

»EINEN Menschen«, antwortete ich und ärgerte mich sogleich über meine impulsiven Worte – auch wenn es derer nur zwei waren, vernahm ich doch sofort, worauf Jano eigentlich hinauswollte.

»Es gibt kein solches Lebewesen, denn jedes Lebewesen akzeptiert den Tod, wenn die eigenen Möglichkeiten des Körpers endgültig versiegt sind«, sagte Jano und winkte mir schadenfroh mit seinen Füßen zu. Wir lachten beide.

Ganz affenungleich kletterte er daraufhin wieder dem Waldboden entgegen, ohne den Versuch zu unternehmen, Hand in Hand mit der Eiche, sich hinabzuschwingen. Zu viele Wurzeln waren auch in seinem Lebenslauf, von Anbeginn, gekappt worden, um derart unbewusst ANDEREN Händen vertrauen zu können.

Wir setzten uns auf eine Gruppe abgeflachter Felsen und aßen etwas Käse, den wir mit weiteren Blättern kombinierten. Der Platz war ideal für einen weiteren Trip in den nicht immer zugänglichen Wörterdschungel. Manches Mal verbarg er sich, obwohl er greifbar schien. EIN ANDERES Mal tauchte er ohne jedwedes Vorzeichen auf. In unserem Fall war er einfach da. Wir kauten und schlossen die Augen, den wahren Wald zu Gesicht bekommend.

»Welcome to the *forest of foci*«, flüsterte ich. Die Gedankenexpedition begann, kaum, dass Blätter, Käse und ein Schluck Wasser den Worten den notwendigen Platz gewährten.

Der Nachthimmel schickte mir in dieser Nacht erneut einen Liebesbrief aus der Ferne, dessen Schwärze herrlich duftete. Je länger mich der Duft durchströmte, desto mehr frohlockte das Verfasste baldig gelesen zu werden. Die Stille auf der Lichtung unseres kargen Lagers war eine tosende Farblosigkeit. Ganz ANDERS als EINE Gefangenschaft zwischen Schwarz und Weiß, die Farblosigkeit allnächtlich uraufgeführt von Insekten, die unsichtbare Lautmalerei betrieben. Jano schlief bereits, wie immer, wenn ein solcher Brief mir zugestellt wurde. Geräuschlos entfaltete ich das samtene faltenfreie Papier. Ich lag auf dem Rücken und hielt es mit ausgestreckten Armen über mich, mein Blickfeld komplett ausfüllend. Verzauberte Zeilen auf Spektrallinien, mit Plasma geschrieben. Sie trugen mir Unvorstellbares zu, das umso fasslicher wurde, je weniger ich mich auf Einzelheiten konzentrierte, eingerahmt von tiefschwarzen Scherenschnitten, in Form von Bäumen, aus der Perspektive zweier bodennaher Augen. Im Nu hatten sich bekannte Muster, mitsamt ihren Namen, zwischen all den Einzelheiten verloren und der Verfasser des Briefes kam ohne Umschweife auf den Punkt. Im wahrsten Sinne sämtlicher Punkte, die Punkt für Punkt hervortraten und ohne Komma mir pointiert bestätigten, was Jano und ich, Stunden zuvor nach unserem frugalen Mahl, am Bach im Wörterdschungel entdeckt hatten.

■■

Die Wissenschaft, sie irrt sich. Die Sonne ist weder ein runder Kernreaktor noch ein schneller Brüter ohne Ei. Wahrscheinlicher ist: Sie ist ein strahlungsintensives Lämpchen, das in einen Kreislauf kosmischen Ausmaßes eingebunden ist – ohne EINEM Energiesparlabel zu unterliegen. Gleiches gilt für sämtliche Sterne im All, die in einer Nacht wie dieser allgegenwärtig sind. Jenen Erleuchtung zutragend, die nicht länger gewillt sind, sich mit EINEM künstlich erwirkten Schattendasein zu begnügen und nicht länger dem Glauben verfallen sind, Strom aus EINER Steckdose gleiche der Lebendigkeit von Lebewesen.

Was die Sonne zum Leuchten bringt, ist kein atomares Inferno in ihrem Innern. Es ist die äußerliche Verbundenheit plasmischer Ströme, die aus der Tiefe der Vergangenheit Galaxien formen. Es keimt das Leben in der Dunkelheit, gedeihen indes kann es nur im Lichte, das nicht für alle Augen gleich ersichtlich ist. Manchen genügt die unsichtbare Wärme des Lichts. Ein fortwährendes Kommen und Vergehen. Was den Tag erlebt, das zerstört die Nacht mitunter und auf die Nacht erfolgt der nächste Tag. Wenn Gestirne erlöschen, versterben Mitglieder der Gemeinschaft. Ihre Gestalt löst sich auf, doch was ihnen Gestalt all die Lebzeiten verliehen hat, wird auf die Gemeinschaft weiter verteilt.

Nur Menschen sterben einsam, einsam wie nie, weil sie sich, trotz mehr Nähe, voneinander entfernen und dem Wesen des Lebens fernbleiben wollen. Der Liebesbrief in meinen Händen teilt es mir mit, die Besonderheiten der LIEBE zwischen den funkelnden Zeilen verborgen. Sie sind mit bloßem Auge zu entdecken, wenn bloß der Schleier der

Liebe sich nicht so schwerfällig über sie legen täte, wie nebulöse Lichtverschmutzung über die WAHRHEIT.

Sonne und Leben, sie LIEBEN einander, sie teilen sich mit im Spektrum leuchtender Farben und verweben ein einfaches Fraktal zum Atem, der ihre LIEBE mit Lebendigkeit erfüllt. Das Sonnenlicht ermöglicht jedem Lebewesen in Freiheit zu leben und zugleich den globalen Zusammenhalt des Lebens zu bewahren. Leben, das ist Energie, die ein Zuhause gefunden hat, für das es sich lohnt zu sterben. So einfach ist das. Es taugt im Grunde für eine Idee, die ausreicht, um endlich frei sein zu können, ohne sich unendlich lange einzig in EINEM Stromkreis zu verrennen und ständig unter Strom zu stehen, dessen Erzeugung die Trennung von Gegensätzlichem zugrunde liegt.

Fühlt sich das Leben nicht wohl und kann es nicht weiterziehen, weil es kurz angebunden, voneinander getrennt oder fest verkettet ist, erkrankt es an der Stase seines Käfigs, seiner Freiheit beraubt. EIN Umstand, der die Nähe von Menschen anzeigt. Wildes Leben jedoch steckt voller Ideen und schöpft aus diesem Vermögen. Je mehr es sich nach Freiheit sehnt und körperlich vor Sehnsucht vergeht, desto deutlicher bringt es dieses Sehnen zum Ausdruck.

Wenn Leben sich nach Freiheit verzerrt, verwandelt sich der Käfig in einen Tumor. Um jedoch durch die engstehenden Gitterstäbe zu gelangen, schickt das Leben seine Sehnsucht als Metastasen in die Umgebung fort. Es ist der letzte Versuch des Körpers zu überleben. Im Grunde des Seins eine grandiose Idee. Aus Sicht der Menschen EINE Katastrophe. Katastrophen zuhauf – wie Supernovae.

∎∎

Filamente durchdringender Klarheit durchziehen des nächtens den Brief. In ehrlicher Anverwandlung, ohne Doppeldeutigkeiten und verborgener Anschuldigungen, wird mir das Menschsein sternenklargelegt. Wir Menschen sind der Käfig des Lebens, EIN jeder von uns aber auch EIN Potenzial zur Ausbildung von Metastasen. Unsere Spezies, sie ist EIN Tumor. Einmal dem Käfig entkommen, durch die Gitterstäbe geschlüpft, obliegt es EINEM jeden, den Überschuss an Energie zu mindern. Energie, die ein Zuhause gefunden hat, kämpft seit Menschengedenken mit EINEM solchen Überschuss, der nicht in den Kontext des Zuhauses passt, weil es ein Zuhause ohne Steckdosen ist. Mensch zu sein bedeutet, EIN Zuviel an Energie zu verkörpern. Wo immer EIN Mensch in großer Anzahl auftritt, sich niederlassend, da findet sich das Leben im Brennpunkt des Überschusses wieder. Seit geraumer Zeit frisst sich der Mensch durch die ursprüngliche Verwobenheit des Lebens. EIN Nimmersatt, der in EINEM größer werdenden Umfeld sich abkühlenden Miteinanders am Fraß sich labt und im Jugendwahn sich wähnt – EINEM juvenilen Hormon erlegen. EINEM, das ihm Feuer unterm Hintern macht und ihm einredet, in seiner Brust schlügen fünfzig respektive sechzig Herzen, die anders getaktet sind als die LIEBE im Herzen ANDEREN Lebens.

Das Schicksal der Menschheit, es ist verbrieft und versiegelt. Es trägt die WAHRHEIT in sich. Durch den Menschen geht das Leben EINEN Weg, den es ohne ihn nie gehen würde. Ohne Energie aus der Tiefe einst lebendiger Vergangenheit, könnte der Mensch nicht sein, was er ist. EIN Räuber, entfährt es mir, doch wie es zu mir gefunden *hat, erfahre ich nicht. Wie am Morgen im Wald, als ich voreilig ausrief: EIN Mensch.*

Diese Energie, sie ist verdichtetes Sonnenlicht, das sich im Namen unserer Maschinen ganz auf Zerstörung und Räuberei dekonzentriert, daher künstlich ausschwärmt, ohne dass EIN »Schwamm drüber« die Spuren und Wunden, die Folgen und Abgründe länger verbergen kann – all der Berge wegen, die von großen Namen abgetragen werden, um an das Schwarzlicht zu gelangen. Schwarzlicht, das die weißen Flächen der Welt zum Strahlen brachte und sie seitdem auch des Nachts erhellt. Sonnenlicht, aus einer ANDEREN Zeit. Aus einem ANDEREN Leben, so mag es erscheinen, doch das Leben ist einfach nur Leben. Was sich ändert, ist dessen Erscheinungsbild, in Form diverser Verkörperungen.

Mittlerweile hat der Mensch mit dem Überschuss die Gegenwart überwältigt. Sie treibt als Dunkle Energie ihr Unwesen im Anwesen des Lebens, das von der grassierenden Abwesenheit menschlichen Verwobenseins an immer mehr Stellen betroffen ist. Wohin man schaut, überall lodern kleine Feuer auf, die sich zu Flächenbränden bereitwillig zusammenfinden. The forest of foci is burning down.

Der Mensch, EIN Feuergott, sich über das Leben höher und höher erhebend. Abgöttisch liebt er die Brandrodung, um auf den vormals weißen, fruchtbaren Flächen hochgeschossige Tempel zu errichten. In der Glut der brandschatzten Wälder schmiedet er pausenlos Gitterstäbe, damit ANDERES Leben lebenslänglich hinter Gittern kommt. Er schmiedet nicht mehr, mit Ruß und Dreck im Gesicht, im

Schweiße seines eigenen Angesichts, hat er doch vor Jahr-
tausenden sein wahres Gesicht verloren.

Immer mehr Käfige, immer mehr Stäbe, immer dichter
beisammen. Die Zeit drängt – wie eine Jahreszeit, die sich
ihrem Ende zuneigt und Einfluss auf Hormone hat. EINE
Idee trifft auf eine ANDERE und ermöglicht, was allein nie
erfolgen könnte. EINE Idee allein führt geradewegs in das
künstliche Herz EINER gigantischen Maschinerie, als un-
geheuerliches Abbild EINER Vergötterung. Erst die
ANDERE Idee ist es, die EIN ANDERES Leben ermöglichen
wird. Nachdem ALLES in Auflösung begriffen und das Na-
türliche überflüssig erscheint.

In diesem nächtlichen Augenblick, die schwächsten
Punkte am Firmament für meine Augen ersichtlich, da
schwebte die Idee in Gänze mit einem Male über mir.
Nach all den Jahren der Gedankenfischerei und skizzen-
haften Einblicke. Die Idee legte sich sanft auf mich und
ich drang in sie ein. Innewerdend. Ich vernahm Janos
verträumtes Atmen und spürte: Dieses war der wohl
letzte Trip mit ihm in die wilden Andeutungen menschlicher Gefilde.

In dieser Nacht wurde EINE Idee mit der ANDEREN
anverwandelt und meine Idee gezeugt, die mich den Käfig zum Wohle des Lebens entkommen lassen sollte. Endlich könnte ich meinem kopfstehenden Dasein einer
Pflanze wieder zur Verwurzelung verhelfen – nicht länger den Kopf in den Boden gesteckt und die Wurzeln gen
Himmel gereckt, wo diese, wuchernd, ohne Halt und Ursprung, sich jenseits des Himmels in der Vergangenheit
verlieren.

Der Liebesbrief, er wirkte wie EIN weiteres notwendiges Hormon, das EINE Metamorphose erst ermöglichte: Das Umwandeln EINER Metastase in etwas ANDERES, indem sich der eigentliche Tumor EINES Überschusses entledigte und so wieder verwoben werden konnte, was zuvor EIN rotes Knäuel, EIN linearer Wirrwarr, gewesen war. Entzweite Zweisamkeit – vereint durch eine Kunst, die keineswegs künstlich war. Endlich könnte es gelingen.

Ich bemerkte es Wochen später beim Niederschreiben der Idee. Es kauerte auf meiner gebeugten Schulter, wenn ich am Schreibtisch sitzend des Tisches Zweck ausübte. Es verhöhnte mich, versuchte ich, die Worte unzeitig zu finden, nach denen Schriftkundige seit Jahrtausenden vergebens gesucht hatten. Hatte ich EINES gefunden, sprang es davon, noch ehe das Wort eine stimmige Verbindung mit bereits dargelegten Worten eingehen konnte. Dieses Etwas, es lachte mir schallend ins Gesicht und ich, ich verstand es einfach nicht.

Am nächsten Morgen, noch vor östlichem Erröten, das keinesfalls aus peinlicher Berührung der Sonne mit dem Leben sich zutrug, brach ich auf und nahm es mit. Sechs Stunden Fußmarsch vom Schreibtisch entfernt, entlang staubiger Straßen und parodierter Natürlichkeit, breitete ich schließlich meine Kleidung vor mir auf Waldboden aus. Ein Moor lag in der Nähe und dort, wo der Wald in feuchtes Milieu überging, ließ ich es los: Mein bisheriges Unvermögen, mich dem Leben in aller Blöße hinzugeben, nicht nur der körperlichen, wobei mir diese die vertrauteste Form der Blöße war.

Die Metamorphose begann kaum wahrnehmbar und verflüssigt wurde, was der Stase über persönliche Jahrzehnte anheimgefallen war. Nimmersatt einverleibt – als mein persönlicher Anteil an Dunkler Energie, als mein Finger in EINER Steckdose.

Nun aber war ich bereit zur Niederschrift. Umgeben von schwirrenden Insekten, von Ameisen, die über meine Füße huschten, von kleinen Spinnen und ANDEREM Getier, floss das Körperinnere über die Finger in den Füllfederhalter. ANDERS als am Schreibtisch ausharrend, ergoss sich hier die schwarze, wasserfeste Schrift ohne Pause, ohne kultivierte Behinderungen über das weiße, schwärzer werdende Papier. Meine Idee fühlte sich verstanden in dieser Umgebung – als wäre sie endlich zuhause. Je vorbehaltloser ich mich den ANDEREN anvertraute, desto flüssiger wurden die Worte, die sonnenklar legen konnten, was ich bisher nie imstande gewesen war auszudrücken.

Am Schreibtisch war es nur EIN vergebliches Pressen gewesen – wie der Urin EINES alten Mannes, der die verdammte Prostata nicht passieren konnte. Ein, zwei Worte, zwei übelriechende, trübe Tropfen – nicht mehr. Hier aber floss es aus mir heraus. Nicht als Wortinkontinenz, als Befreiung vielmehr. Ich schrieb wie im Rausch und meine Idee wuchs über ihr Ideensein hinaus. Mir genügten bekannte Worte, die ich auf völlig ungewohnte Weise miteinander bekannt machte, jahrelangen Nachbarn gleich, die beste Freunde wurden. Der Worte wunderbarer Klang im Miteinander, er war der purpurne Schlüssel, der mir eröffnen konnte, was bislang unter zeitgeistigem Verschluss geblieben war.

Niemand war bisher auf die Idee gekommen, den ANDEREN EINE Hand zu geben, damit diese ihr Empfinden der LIEBE zum Leben zu Papier bringen konnten. Niemand – außer mir. Ich – der diesen Einfall Jano zu verdanken hatte, als er auf unserem letzten Trip im Frühjahr über die Bedeutung des Todes für das Leben gesprochen hatte. Hätte er diesbezüglich geschwiegen, säße ich nicht nackt im Wald, entdeckt und heimgesucht von immer mehr Kleinstlebewesen und Mikroorganismen. Ich hielt den Füller und ließ die ANDEREN schreiben – und dem Lektorat gewährte ich freie Hand.

Gegen Abend war ich über und über bedeckt mit Beinen, Fühlern, Flügeln, Härchen und Chitin. Meine Stimme war ein vielfrequentes, sich überlappendes Zirpen, Fiepen, Summen, Brummen. Der letzte Gedanke, den ich niederschrieb, bevor ich mich langsam zum Schlafen niederlegte, befasste sich mit meiner Metamorphose: In EINER Sekte bin ich nicht, EIN Insekt vielmehr. Somit nicht Teil EINER Lüge, sondern Anteil an der WAHRHEIT habend.

Ich schloss die Augen, öffnete den Mund. Was hineingekrabbelt kam, zerbiss ich. Das Knacken kleiner Körper spürte ich, zu hören war es nicht. Mit bitteren und süßen, erdigen und ab und an brennenden Empfindungen, schlief ich letztendlich ein, in einem Kokon des Lebens.

Am vierten Tag hatte ich das erste Heft, vormals blanke Blätter, vollgeschrieben. Ich nahm EIN weiteres aus dem Rucksack und füllte den Füller mit EINER neuen Großraumpatrone. Problemlos konnte ich die Insekten und ANDERE Arten, soweit nötig, von meiner Haut entfernen, um diese Tätigkeiten auszuführen. Ich spürte: Die Halbzeit meiner Wandlung sowie die meiner Niederschrift standen unmittelbar bevor. Bisher war das Chitin der ANDEREN mein Schutzschild gegen weitere menschliche Einflussnahmen gewesen, die Kontaktfläche zwischen ihnen und mir ausbildend – und entsprechend waren meine Worte ohne Umweg geflossen. Seit dem Morgen aber fühlte es sich merklich ANDERS an. Sie waren bereit für die zweite Halbzeit der Anverwandlung, um mir den Zugang zum Kern der WAHRHEIT zu ermöglichen.

EINEN ANDEREN Weg gäbe es nicht, gaben sie mir unmissverständlich zu verstehen. Auch dafür war ich nun bereit. Was sich mir bisher im Wald an Worten anvertraut hatte, bestätigte meine Bereitschaft. Ich wiederholte in Gedanken ein paar Sätze, für die zu sterben es mehr als lohnenswert gewesen wäre. Es trieb mir Tränen in die bedeckten Augen, von denen all jene tranken, die zu Buchstaben der Sätze wurden. Was ich zu finden noch in der Lage sein würde, bedurfte keiner weiteren Bereitschaft. EINE Entscheidung war nicht vonnöten.

Einzig EINE Kleinigkeit hatte ich noch zu erledigen. Ich griff erneut in den Rucksack und nahm mein Handy heraus. Ich tippte EINEN kurzen Text und schickte ihn los, dem Gesellschaftsleben auf diesem Wege eine ANDERE Form EINES Trojaners unterjubelnd. Zusammen mit dem ersten Heft verstaute ich das Handy im Rucksack und verschloss ihn. Dann brachte ich mich der Bereitschaft entsprechend in Position. Das leere Heft und den gefüllten Füller in der Hand, öffnete ich den Mund

und schlossen sich die Augen. Kein Insekt gelangte über meine Lippen. Weiterer Nahrung bedurfte ich offenkundig nicht, um mich mit dem zu befassen, das nie zuvor mit Worten erfasst worden war. Vier weitere Tage und Nächte, um mir die ganze WAHRHEIT mitzuteilen. Um mich unter *ihnen* nahrhaft aufzuteilen. Das war der Preis, um das All und ALLES loszulassen und im Leben zu wurzeln. EIN radikales Vorhaben, wie es bisher noch in keinem Buch beschrieben stand.

»Ich werde langsamer schreiben müssen, jede Silbe wird bedeutsam sein, jede Pause zwischen den Worten bedeutsamer«, dachte ich, während bereits die ersten Haare auf meinen Unterarmen von diversen Schneide- und Kauwerkzeugen verzehrt wurden.

»Sonach ist der Körper der Weg für dessen Wesen, um an der WAHRHEIT des Lebens teilzuhaben«, flüsterte ich, in Anlehnung an Janos und mein Motto der gemeinsamen Expeditionen – und setzte den Füller auf die erste Seite des zu füllenden Heftes.

Hundert Stunden später betrat Jano den Ort ihrer ersten gemeinsamen Expedition in den Wörterdschungel. Hier hatten Phil und er zum ersten Mal EINE ANDERE Sicht auf die Welt erhascht. Sie hatten mit Worten und Pausen, mit Klängen und Metaphern geliebäugelt, die ihnen bis dahin noch zu fremdartig erschienen waren. Danach hatte es zwar noch EIN endgültiges Zurück gegeben, doch waren sie von da an immer wieder zurückgekehrt in diesen weitestgehend unerforschten Dschungel.

Der Anblick, der sich Jano darbot, war nur kurz verstörend und sogleich wesenstiefer Faszination gewichen.

Jano rührte sich nicht, sein Atem flach, sein Herz in warmes Gelee gebettet. Wie ein mannshoher Baum, beide Seitenäste an den Stamm angelegt, keine Krone ersichtlich, stand Jano inmitten des Waldes. Der feuchte Geruch des Moores wehte sanft herüber. Phil, sein einst treuer Wegbegleiter, war bereits weiter. Er war Wald geworden, in Form unzähliger Vertreter des Lebens, die nichts zu verkaufen hatten, was nicht der WAHRHEIT entsprach – zumal die WAHRHEIT nicht käuflich war. Sie waren mit menschlichen Augen zu erkennen, keiner davon größer als EIN Kinderhandteller, die meisten kleiner als der Nagel des kleinen Fingers selbiger Hand. Ein irisierendes Meer von Insektenleibern, schillernd in allen Farben im Sonnenlicht versammelt, in Gestalt EINES sitzenden Menschen, die Beine angezogen. EINE unbewegte Skulptur, die ständig in Bewegung war, ein Gewimmel von Flügeln, die davonflogen und angeflogen kamen, von Beinen, die fortliefen und ANDEREN, die deren Platz krabbelnd einnahmen. Jedes Detail EINES nackten Körpers wurde durch die Summe ANDERER Körper dargestellt – Pointillismus mit lebendigen Punkten, ein leibhaftiges Stillleben, das einen Einblick in sein Innerstes gewährte.

Die Gestaltung von Lebewesen, gab das Leben zu verstehen, steckte nicht in den Genen, EINEM Bauplan gleich, der nach und nach abgearbeitet wurde. Nein, der Korpus ergab sich durch die resonanzfähige Anpassung an den jeweiligen Lebensraum, indem Möglichkeiten solange Notwendigkeiten formten, wie lokal zur Verfügung stand, was global gewährleistet blieb. Daher die Artenvielfalt. Daher das Kommen und Vergehen. Daher des

Menschen Paraderolle – als entzweiende Raupe Nimmersatt, EIN feuerwandelnder Räuber. Dem *Einzigen*, in der Artenvielfalt des Lebens.

Jano war keineswegs entsetzt, dass sein langjähriger Freund scheinbar Opfer sonderbarer Kreaturen geworden war, EIN Fokus der Gedanken des Waldes. Für ihn war, was er zu Gesicht bekam, die Bestätigung für all die Fragen, die Phil und er gemeinsam im Wörterdschungel durchquert hatten. Insbesondere die Frage nach dem *Warum* der Andersartigkeit des Menschen, hinsichtlich all der ANDEREN Lebewesen.

Kaum hatte Jano die Mail vor vier Tagen erhalten, war ihm bewusst geworden, was ihn erwarten würde. Die Kunde von Phils bevorstehendem Vergehen war zwar mit keinem Wort formuliert worden, doch stand die bevorstehende fortbestehende Endgültigkeit deutlich zwischen den wenigen Zeilen geschrieben:

Hauteng gekleidet in die WAHRHEIT. Vier Tage ab Ankunft dieser Kunde. Dort, wo die Affen zum ersten Mal hausten. Foto nicht vergessen. Danke für ALLES, Sonne. Dein Schatten.

Es war nicht ersichtlich, wie lange die Insekten noch Mensch zu bleiben gedachten, weshalb Jano die Kamera hervorholte. Was wäre EIN außergewöhnliches Buch ohne EINE visuelle Zusammenfassung, die sich viral verbreiten ließ? EIN weiterer Trojaner mit ANDERER Gesinnung. Jano war nun der Überbringer von Phils Idee, damit EIN Verlag das Buch auf den Markt bringen würde, an dem Phil sein Leben lang gefeilt hatte. Janos Aufgabe bestand darin, dem Verlag die Bedeutung all der Späne vor Augen zu führen, ohne die Phils handschriftlichen Worte der ANDEREN nur Worte bleiben würden – und damit fern der WAHRHEIT.

Mehrmals drückte er auf den Auslöser, versucht, die menschliche Gestalt und deren schillerndes Farbenspiel mit dem Licht der Sonne in Einklang zu bringen. Dann setzte er sich der biotischen Skulptur gegenüber auf den Erdboden. Heft und Füller lagen ihr zu Füßen. Ihre Haltung der Arme verriet: Beide Utensilien waren irgendwann zu Boden geglitten und Phil hatte es einfach dabei belassen, ohne seine letzte Position zu verändern. Wahrscheinlich war das Loslassen von Heft und Füller der letzte Akt gewesen, der zugleich das Loslassen des Lebens bedeutet hatte. Endlich, nach vielen Jahren von Anverwandlung, konnte der Höhepunkt dieser Wandlung vollzogen werden, alle Konsequenzen inklusive. Phils Idee, der WAHRHEIT möglichst nahe zu kommen, war offensichtlich geglückt, betrachtete man die Skulptur mitsamt den Utensilien, zwanglos eingebunden in den Kontext von Leben und Vergänglichkeit. Es war keine Szenerie, die EINEN Verlust thematisierte, vielmehr verweilte hier ein Vermögen im offenen Raum, dessen Essenz letztendlich als Medium vorlag, mit der es auf EINE Spezies verteilt werden konnte.

Phil hatte die Harmonie ihrer gemeinsamen Expeditionen in die Wildnis buchstäblich in EIN Verständnis von HARMONIE umgewandelt und den Werdegang dieser Metamorphose zu Papier gebracht. EIN Schritt, so ungemein bedeutender als der verlangsamte kleine Schritt auf staubiger Ödnis des einzigen Erdtrabanten. Offensichtlich war Phil zuhause angelangt.

Das Preisgeben hat EINEN Preis. Dieser Satz hatte sich im WAHRSTEN Sinne des Wortes bestätigt – wie im Wissen um die eigene Zukunft und die Bereitschaft, sie dergestalt zu leben, obwohl zukünftige Widrigkeiten stets gegenwärtig wären. Jano erinnerte sich an den Film *Arrival*, den er kürzlich erst in EINEM kleinen Kino mit seiner Frau gesehen hatte – einzig drei weitere Kinobesucher zugegen. Auch im Film war die Preisgabe mit dem höchsten aller Preise einhergegangen und EIN Buch das Medium der Weitergabe. Im Film war die WAHRHEIT eingebunden in die Gegenwärtigkeit einer kreisförmigen Sprache, die EINER voneinander entfremdeten Menschheit zur Verfügung gestellt wurde und sie einander wieder anzunähern vermochte. Der Film hatte Jano noch lange beschäftigt. Das Buch, das gegen Ende des Films jene Sprache zugänglich machte, war ihm nicht mehr aus dem Kopf gegangen. Ebenso das Mädchen im Film, Hannah – ihr Name ein Palindrom. Jano war sich nun sicher: Phil hatte den Film auf EINE ANDERE Art real werden lassen. Die WAHRHEIT, auch sie *ist* ein Palindrom, in der Zukünftiges und Vergangenes immer das Gegenwärtige ergaben. Die Erscheinungen des Lebens mochten sich ändern, doch immerzu gegenwärtig blieb das Leben – und als wäre ein Signal gegeben worden, stieben Aberzehntausende Insekten des Waldes mit einem Male in alle möglichen Richtungen davon. Phil nahmen sie zur Gänze mit. Alles, was von ihm blieb, war EIN Rucksack, Kleidung, Handy, zwei Hefte und EIN Füllfederhalter, mitsamt zweier leerer Tintenpatronen. Keine Knochen, keine Zähne, nicht EINE Füllung. Und keine Gitterstäbe. Die Metastase – aufgelöst von der natürlichen Verwobenheit des Lebens.

Phils Buch, in EINER atemberaubenden Aufmachung, trug den Titel: *Das Buch, das seinen Autor fraß.* Untertitelt: *EINE WAHRE Geschichte* – darauf hatte der Verlag bestanden. Das Cover bestätigte den Titel. Das Foto, welches die Veröffentlichung begleitete, unterstrich sämtliche Worte eindeutig. Es war kein Wälzer. Die Schrift, eigens für den Text entworfen, erwies sich von angenehmer Größe und hervorragender Lesbarkeit. Den Kurzsichtigen kam es entgegen, lud die Gestaltung doch förmlich zum Lesen ein. EINE natürlich belassene Augenweide, auf der sich in nur wenigen Wochen EINE kunterbunte Schwärmerei von Lesern tummelte. EIN E-Book gab es nicht, dafür Übersetzungen in alle Sprachen, die etwas zu sagen hatten, weshalb der weltweite Aha-Effekt nicht ausblieb. Er vereinte diese Sprachen zu EINER, die ANDERS wurde. Nicht, dass sich überall Menschen anderen Menschen in die Arme warfen oder sich anderen blind anvertrauten. Nicht, dass sich überall manch EINER den ANDEREN bereitwillig hingab, auch wenn es Nachahmer gab, die ihr Leben ließen – ohne aber etwas zu hinterlassen, das der WAHRHEIT auch nur annähernd nahekam. Nein, man begegnete sich vermehrt dort, wo man Jahrtausende sich immer öfter aus dem Weg gegangen war, weil man die WAHRHEIT zwar in sich spürte, sie aber nicht WAHRHABEN wollte. Nur deshalb war an der Vergangenheit festgehalten oder von EINER besseren Zukunft geträumt worden – nur in der Gegenwart, da waren immer weniger WAHRHAFTIG anwesend gewesen. Wie ein bitteres Heilmittel, das man in EINEM solchen historischen Zeitraum zu verdünnen versuchte, um die eigentliche Wirkung nicht zu spüren zu bekommen. EIN Buch kam daher und änderte dieses – von Grund auf.

Plötzlich waren die Menschen selbst anwesend und blieben vor Ort. Sie schlugen EIN altes Kapitel endgültig zu, das ihnen so viel Neues versprochen hatte und öffneten stattdessen zag EIN ANDERES Kapitel. Sie lasen einander aus Phils Buch vor. Die Käfige, sie verschwanden, nach und nach. Und mit ihnen der eigentliche Tumor, das primäre Ungemach.

Interludium

Von der Wiege zur Wiege

... wie eine Sonne hinter dunklen Wolken, die sich auf die sich abzeichnende Wolkenlosigkeit freute, hing ich zwischen den Welten und beschien alle Möglichkeiten, die sich mir boten, um mit einem Sprung zu realisieren, was noch unmöglich mir erschien. Einen Strahl schickte ich vor, wie, um auszuloten, wie tief sich Weite gestalten ließe, ließe man alle Wolken außen vor.

Der Strahl traf den Kern, er glühte.

Wie eine Sonne hinter dunklen Wolken ...

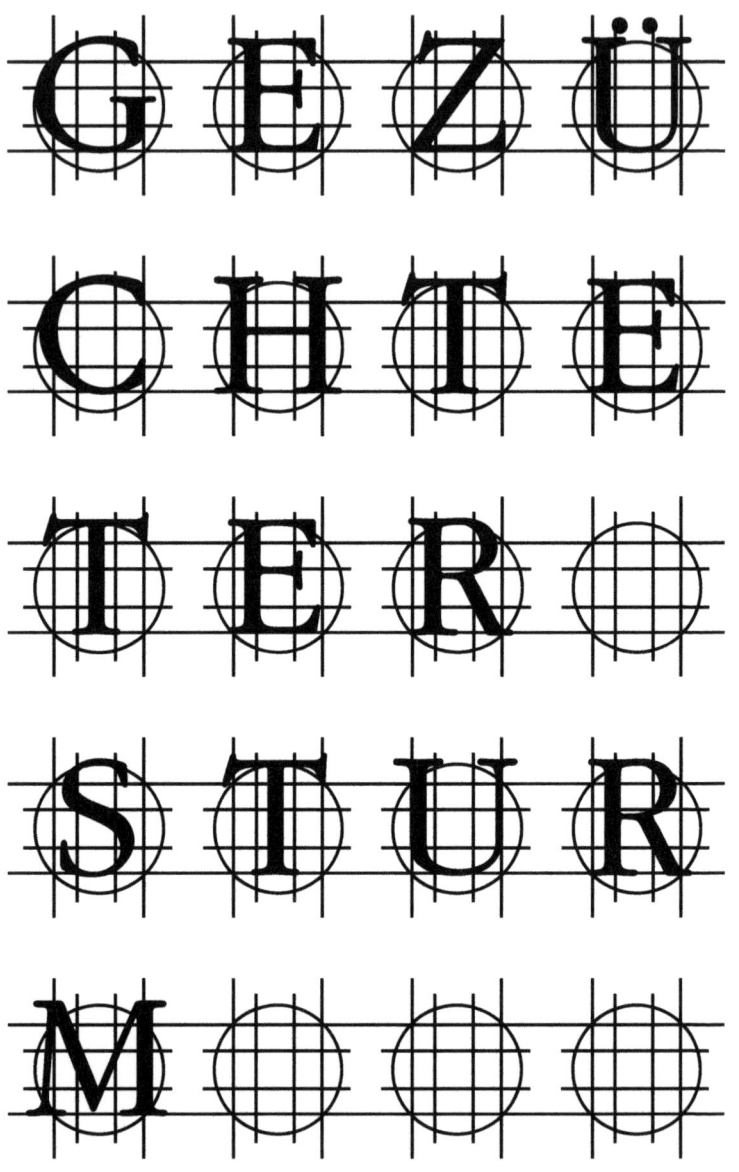

»Igitt«, war alles, was Irena Ploppow an Worten benötigte, um die Szenerie zusammenzufassen, die sich ihr darbot. Wie fast jeden Morgen war sie in den Garten gegangen, mit der Absicht, nach ihren Bienen zu schauen. Der frühe Sommer sorgte für Hochbetrieb. Sprichwörtlich emsig waren die Bienen unterwegs und trugen den Nektar der Umgebung herbei. Noch vor wenigen Jahren war es für ihre Völker leichter gewesen, die verschiedensten Blüten zu finden. Auch wenn es kein Vergleich mit jener Fülle war, die Irena als Kind auf dem Land ihrer Eltern kennengelernt hatte. Heute dagegen dominierten Raps- und Maisfelder den Anblick und weitläufige Wiesen voller Wildblumen suchte man längst vergebens. Verdrängt die Namen, die zum Pflücken und Schnuppern einluden. Vorbei die Zeit Dickichte ausbildender Bäume und Sträucher, die den Kindern des Dorfes das Ausleben von phantasievollen Abenteuern ermöglichten. Was davon geblieben war, war EIN kläglicher Rest – wie einzelne lose Zähne EINES einst strahlenden Gebisses. Nicht mehr lange und die Hobbyimkerin würde vor der Wahl stehen: Entweder ihr Hobby aufgeben oder aber den Standort ihrer Völker mobilisieren. Ganz davon abgesehen, dass mit jedem Winter etliche ihrer Bienen verendeten, weil sie den Strapazen der Umwelt nicht mehr gewachsen waren. Und jetzt auch noch das: Raupenbefall im Bienenstock.

Unzählige winzige Würmchen, die sich von Pollen ernährten, welche die Bienen mühsam in immer größeren Radien zusammentrugen. Trotzdem flogen sie, tagein, tagaus, um die Lebendigkeit ihres Volkes weiter zu gewährleisten, allen Widrigkeiten zum Trotz. Hatten sie eine ANDERE Wahl?

»So ein Mist«, entfuhr es Irena. Die letzten drei Tage war sie nicht bei den Bienen gewesen. Palo, ihr zehnjähriger Sohn, war krank gewesen. Er hatte mit hohem Fieber im Bett gelegen und sie so auf Trab gehalten. Ihm machte sie keinen Vorwurf, vielmehr verdichtete sich für Irena ein langgehegter Verdacht: Die Bienen wurden immer fragiler und waren zunehmend von menschlicher Unterstützung abhängig. Ausgerechnet von jener Spezies, die den Bienen all diesen kräftezehrenden Schlamassel eingebrockt hatte.

Irgendwo hatte sie von menschlichen Bestäubern auf Obstplantagen in China gelesen, wo mit Pinseln in mühevoller und zeitintensiver Handarbeit Pollen von Blüte zu Blüte gebracht wurden. Von solchen Geschichten schienen viele Menschen fasziniert zu sein – Aufschreie und Proteste, die in Erinnerung blieben und ökologisch vertretbare Veränderungen hervorbrächten, waren indes keine zu vernehmen. Wahrscheinlich brachte die Gentechnik in naher Zukunft sich selbstbestäubende Obstbäume hervor, damit unsere Abhängigkeit von ANDEREN Lebewesen auf EIN *ökonomisch* vertretbares Maß reduziert werden könnte. So zumindest erschallte der Tenor vieler Machbarkeitsstudien. Warum nicht gleich sich selbst verspeisende Äpfel kreieren? So bliebe uns ignoranten Blindgängern auch das lästige Kauen, Verdauen und Entsorgen erspart – inklusive vieler Allergien.

Irena seufzte und lenkte ihre Gedanken wieder auf die anstehende Arbeit vor Ort. Dazu gehörte die Entsorgung dieser winzigen Plagegeister, so widerwillig sie dieser Aufgabe auch entgegensah.

Es dauerte den gesamten Vormittag, bis sie die Bienenstöcke soweit gesäubert hatte, dass sie sicher sein konnte, alle Raupen entfernt zu haben. Zwischendurch war sie kurz zu Palo ins Haus gegangen, der mittlerweile, weitestgehend genesen, sich die Zeit mit Lesen und einem seiner Projekte vertrieben hatte.

Irena warf die letzte reißfeste Plastiktüte mit den entsorgten Raupen in den Müll, da kam ihr Sohn barfuß in den Garten.

»Wann bist du fertig?«, fragte Palo seine Mutter, ein Blatt Papier in der Hand.

»Jetzt. Warum?«, wollte Irena wissen. Sie klappte den Müllcontainer zu und zog sich die Handschuhe aus.

»Ich will EINEN Brief an die Zeitung schreiben. Kannst du ihn dir durchlesen? Es sind bestimmt noch EIN paar Fehler vorhanden.« Er hielt ihr das Blatt hin und grinste, ein wenig blass, doch sein Tatendrang keimte bereits schon wieder auf.

Erstaunt sah sie ihren Sohn an. »EINEN Brief? Geht es um die Abholzungen?« Palo nickte.

»Ich will keine Mail schicken«, beantwortete der Junge Irenas Gesichtsausdruck. »Bestimmt macht EIN echter Brief mehr Eindruck und wird eher gelesen.«

Irena lächelte ihren Sohn anerkennend an und fragte sich nicht zum ersten Mal, ob das Fieber nicht Folge eines Kummers gewesen war, der sich erst kürzlich zugespitzt hatte.

■■

Vier Monate war es her, da zogen Arbeiter mit Fahrzeugen und schwerem Gerät durch die morgenfrostigen und brachliegenden Wiesen und Felder der Umgebung. Ihr Ziel: Kahlschlag – im wahrsten Sinne. Sämtliche Vegetation, die über behördliche Höhen und Normbreiten hinausgewachsen war, sah sich mit kräftigen, lautstarken Sägen konfrontiert. Zahlreiche junge Bäume, deren Stämme kaum dicker als menschliche Oberarme, waren unnachgiebigen Zähnen zum Opfer gefallen. Sämtliche Hecken und Sträucher, die ein dichtes, Schutz bietendes Blätterwerk im Sommer dargeboten hatten, waren parodiert, teilweise komplett entfernt worden. Was unterdessen zählte, war die unbehinderte Manövrierfähigkeit der landwirtschaftlichen Kolosse, deren Arme, Tentakel und Klauen immer ausladender, zahlreicher und eingreifender wurden.

Palo hatte dieses tagelange Vorgehen mit Unverständnis und Tränen in den Augen verfolgt. Er war mit seinem Rad durch die Felder gesaust und hatte, eingehüllt in das Kondensat seines bestürzten Atems, Unmengen Fotos gemacht. Zuhause waren diese stundenlang mit vorherigen Aufnahmen, die teils Jahrzehnte zurückreichten, verglichen worden. Palo war dieser Tätigkeit weitestgehend schweigend nachgegangen, sein Gesicht aber stellte immer wieder dieselben Fragen: Warum machen wir Menschen so etwas? Warum bilden wir uns ein, derart über die Natur Bescheid zu wissen, ihr Antlitz kahl rasierend, den Schädeln von Soldaten gleich?

Manchmal hatte Palo in den letzten Wochen leise weinend und mit bebenden Schultern an EINEM Fenster im Obergeschoss des Hauses gestanden. Er hatte die orangefarbenen Fahrzeuge und Bagger durch den Feldstecher beobachtet, wie sie sich durch die lebenden Habitate ANDERER Lebewesen fraßen, das unverkennbare Schreien der Sägen vom Wind herbeigetragen. Die Stimmen der Betroffenen indes waren unerhört geblieben.

Palos Naturverbundenheit bezeugte nicht nur sein Verhalten, auch sein Zimmer ließ diesbezüglich keinerlei Zweifel aufkommen. Die Wände standen verborgen hinter Naturbüchern, Nachschlagewerken, Bildbänden, Reiseberichten von Forschern aus aller Welt, Tierpostern und Landschaftspanoramen sowie den Ergebnissen seiner Projekte: Fotoserien, selbsterstellte Karten und allerhand Objekte aus Fundstücken der Draußenwelt. Typisch zeitgemäßes Spielzeug heranwachsender Jungen war kaum auszumachen. Nichts blinkte, plärrte und schoss batteriebetrieben umher. Palos Interessen waren einfach ANDERS, seine Vorbilder ebenfalls.

Palos Ansicht nach gab es keinen Menschen, der die Natur, mit all ihren Geschöpfen und deren Verwobenheit, besser verstand als Bernie Krause. Ausgestattet mit Mikrofonen und Aufzeichnungsgeräten, bewegte sich Krause seit Jahrzehnten durch verschiedenste Lebensräume und lauschte den vergänglichen Stimmen des Lebens. Vor allem aber belauschte und verfolgte er den immer vordergründiger werdenden Monolog der Menschen, der das sich intensivierende Verstummen der wahren Stimmen ANDERER Lebewesen bewirkte. Vorausgesetzt, sie schwiegen nicht längst – oder fristeten ihr Dasein in Gestalt EINER Bildkonserve, versehen mit Copyrights und profitablem Wiedererkennungswert.

»Wahrscheinlich«, so hatte Palo einmal gemutmaßt, »müssen animierte Tiere dauernd in den Sprachen der Menschen reden, weil sie in der Natur immer weniger zu sagen haben.«

Erst vor wenigen Tagen hatte Palo ein kurzes Gedicht über die Arbeiten seines Idols geschrieben und es auf die letzte freie Stelle EINER Wand in seinem Zimmer übertragen:

Der Gesang der Wälder
brachte den Menschen die Musik.
Die Säge der Menschen
bringt die Wälder zum Schweigen.
Der Tanz des Lebens,
bunt erklingt dieser mancherorts.
Ein Totentanz dagegen,
er ertönt an vielen Orten.
Grau in Grau, dann Schwarz.
Und irgendwann Schweigen.

Am nächsten Tag war das Fieber gekommen.

Beinahe EINEN Kilometer hoch ragte das schlanke Gebäude in den leicht bedeckten Himmel. Es stach deutlich aus den geometrischen Wellen EINES Meeres hervor, dessen Wellen zahlreiche weitere Gebäude und Türme bildeten. Dieser EINE Kilometer aufeinandergestapelten Wohnraums aber symbolisierte EINEN maskierten utopischen Wahn, wie kein anderer Höhenmeter der Skyline. Er war das Wahrzeichen der Megastadt, mit blattähnlichen Gebilden versehen, die sich dem Sonnenlicht zwecks Stromgewinnung zuwandten und bei starkem Wind sich eng an das Gebäude anschmiegten. EIN Mammutprojekt, EINE Stadt, förmlich aus dem Nichts, fertiggestellt vor Jahren und inzwischen bevölkert von Millionen. Die erste Stadt, die komplett im Computer entstanden war und deren Anspruch weit höher ertönte, als sich das höchste Gebäude in den Himmel erhob. Cradle-City sollte *die* Großstadt der Erde werden, die höchste Lebensqualität mit niedrigstem ökologischen Fußabdruck paarte, um in jeglicher Hinsicht kommerziellen menschlichen Ansprüchen zu genügen. Keine Stadt, um darin zu leben, sondern Leben, das aus ökologischen *und* ökonomischen Gründen aussah wie EINE Stadt.

Nicht weniger als das erste menschliche Biotop aus Stahl, Beton, Glas und modernsten Verbundstoffen sollte Cradle-City werden. EINES, das, wo immer möglich, natürlichen Vorgaben entsprechen sollte. Smarte Kunststoffe, die ermöglichten, was noch vor wenigen Jahren als Hirngespinste abgetan worden war, waren die Hoffnungsträger dieser biotopischen Utopie. EINER Utopie, in der für jeglichen Zufall von vornherein kein Platz eingeplant worden war. EIN Elysium vom Reißbrett, das sich den digitalen Hochpotenzen verschrieben hatte und danach strebte, sämtlichen Infrastrukturen EIN großes E voranzustellen. Einzig, damit all jene Symptome nicht zutage traten, die all den anderen Metropolen der Erde das Leben immer schwerer machten.

Die Luft in den Schluchten der Stadt, sie war elektrisiert. Die klügsten Köpfe und die smartesten Algorithmen hatten sich im Vorfeld der Grundsteinlegung mit dem Verhalten von Menschen in Ballungsräumen auseinandergesetzt und das Augenmerk auf die Verteilungswege von Energie gerichtet. Vergleichsmaterial hatte es reichlich gegeben, entsprechend riesig fielen die Datenberge aus, durch die Software pflügte, um Hardware entsprechend Früchte generieren zu lassen.

Energiefluss, *Flow*, war das Zauberwort, abgeschaut von natürlichen Habitaten, angefangen beim Ameisenstaat, über Bienenvölker, bis hin zum Regenwald. Man rollte die imposantesten Fahnen aus und schrieb darauf in riesigen, leuchtenden Lettern: *Cradle to Cradle*. So natürlich wie der lebendige Kreislauf von der Wiege zur Wiege – das war der Anspruch von Cradle City – nur besser, aufgrund erneuerbarer Energien und gesteigerter Effizienz. Letztere ermöglicht durch EINE neuartige Bauweise von Gebäuden und Verkehrswegen jedweder Art. In Form verschiedener Module, die auf unzählige Weise mit Hilfe EINER speziellen Kunststoffverbindung kombiniert und im Nu wieder zerlegt werden konnten – um anders und anderswo erneut zusammengesetzt werden zu können. Wie LEGO für Architekten und Ingenieure – EIN Kinderspiel, mit ganz neuen, daraus erwachsenden Möglichkeiten.

Palo konnte sich über Wochen mit seinen Projekten beschäftigen, deren Themen sich stets um die Auswirkungen der Menschen auf die Natur drehten. Unterbrochen wurden diese Projekte hin und wieder von kurzen Phasen, in denen er Gedichte schrieb, die er, verfasst auf losen Blättern, in EINEM stabilen Karton sammelte. Abgesehen von jenem auf der Tapete. Manchmal züchtete er Insekten oder unternahm Fotoexpeditionen im Umkreis des Hauses. Immerzu war er der Frage auf der stets frischen Spur, warum der Mensch so anders ist und wie ANDERE Lebewesen ihrem natürlichen Wesen, trotz alledem, treu bleiben konnten. Ihn inspirierten die U-Bahn-Mücke, von der er gelesen hatte, und ANDERE Anpassungen an Veränderungen durch Menschenhand und Maschinenkraft. Allem voran die Artenvielfalt und Beständigkeit des Lebens in der Sperrzone des zerstörten Kernreaktors in Tschernobyl. Aber auch die Bakterien, die langsam das Wrack der *Titanic* unter Millionen wässrigen Tonnen zerlegten, hatten es ihm angetan. Und dann waren da noch jene, die in EIN paar Jahrzehnten ihren Appetit für PET, EINEM verbreiteten Kunststoff, entwickelt hatten sowie jene Raupe, die seine Mutter in ihren Bienenstöcken entdeckt hatte. Sogar die Medien waren vor Ort gewesen, als seiner Mutter klargeworden war, was sie im Müllbeutel entsorgt hatte: Raupen, die Kunststoff fraßen, als sei es deren Leibspeise, denn entsprechend hatten die Plastikbeutel am Tag nach der Entsorgung im Müll ausgesehen.

Palo faszinierte dabei weniger der Umstand der Anpassung an sich. Es war vielmehr die Widerlegung der verbreiteten Annahme, der Mensch hätte alles im Griff und wüsste dahingehend Bescheid, wie das Leben mit all seinen Lebewesen tickte. Der einzige, der, in Palos Augen, nicht richtig tickte, war der Mensch.

Glücklicherweise gab es Menschen, die diesbezüglich ANDERS tickten. Sein Idol war EIN Solcher, weshalb Palo selbst EIN Biophoniker wie Bernie Krause werden wollte.

Für ihn war es Ansporn, wenn Kinder in der Schule zu ihm sagten, *er* ticke nicht richtig, all seiner Projekte und

Pläne wegen. Palo war sich sicher, dass die Natur aus Sicht vieler Kinder heutzutage zwei schwerwiegende Nachteile hatte: Zum einen waren ihre Wunder nicht jederzeit und überall verfügbar, zum anderen verging zu viel effektlose Zeit. Daher hatte das Smartphone Kinderherzen im Sturm erobert – EIN Sturm, dem Palo problemlos die Stirn zu bieten vermochte.

Sein bisher größtes Projekt stand im Keller des Hauses, das seine Familie bereits in der vierten Generation bewohnte. Es war die Nachbildung EINER Großstadt, zusammengesetzt aus neun Metropolen aller Kontinente, der Palo den Namen *Tosy-Dusa-Pasha-Nekase* gegeben hatte. Aufgebaut auf EINER planen Fläche von nahezu vier Quadratmetern, aus Schachteln, Kartons, Papier, Holzresten und anderen Verpackungsmaterialien, durchzogen von aufgemalten Straßen und Kanälen sowie bestückt mit kleinen Spielzeugmännchen und Fahrzeugen. Parks und Gärten, Bäume und kleine Seen waren zu sehen, ebenso Fabrikanlagen und heruntergekommene Viertel. Der eigentliche Hingucker aber war das Leben, denn *Tosy-Dusa-Pasha-Nekase* hatte ein Problem: Die Natur nahm sich ihrer an.

Fassaden von Wolkenkratzern waren überzogen mit rankenden Pflanzen oder aber besiedelt von Schmetterlingsschwärmen, auf Dächern hausten Vogelkolonien in Nestern, während anderswo Moos Asphaltflächen weiträumig bedeckte. Ein Teil der tiefer gelegenen Altstadt war überschwemmt und verschiedene Tierarten säumten das entstandene Ufer, bewachsen mit einem Gestrüpp aus Sträuchern und kleinen krüppeligen Bäumen. Scheinbar wahllose Ansammlungen von Wildblumen waren über das gesamte Gebiet der Stadt verteilt wie buntes Konfetti. Hier und da standen fremdartige Wesen an Kreuzungen und auf Plätzen oder kletterten an Fassaden von Gebäuden empor. Je länger man die Metropole betrachtete, die Palo über Monate aufgebaut hatte, desto mehr Einzelheiten offenbarten sich – und bekundeten die Innenschau eines Teils von Palos Weltbild. Die Idee zu dieser Installation war EINEM von vielen Berichten über EINE geplante Megacity entsprungen, die in den nächsten Jahren entstehen sollte. Cradle-City. Die Medien waren voll davon gewesen – und blieben es.

Als Palo seinen dreizigsten Geburtstag feierte, waren die Baumaßnahmen in Cradle-City nahezu abgeschlossen. Verkehr füllte die Straßen und Menschen die Gebäude – Menschen aller Altersstufen, die allesamt Lifelogger waren, um das Versprechen des Projekts mit lebensfähiger Glaubwürdigkeit zu erfüllen. EIN Mammutprojekt nie dagewesenen Ausmaßes. EIN achtes Weltwunder, gefeiert und weltweit von Regierungen und Medien hochgelobt. Die Schlagzeilen groß, deren Aussage größer: die Krönung menschlicher Ambition.

Man wurde nicht müde, die hervorragende Ökobilanz der Metropole hervorzuheben. Man betonte sie geradezu überschwänglich, sobald auch nur EINE Stimme jene Rechnung näher betrachtete, mit der die Bilanz den Erfolg des Projekts unterstrich. EINER, der genauer hinschaute, war Palo.

Als Autodidakt der Biophonie gehörte er seit Jahren EINER Gruppe Gleichgesinnter an, die sich die *Heightwatchers* nannten. Ihr globales Ansinnen war es, energieintensive Höhenflüge verschiedenster Unternehmungen und Projekte wieder auf den Boden ökologischer Tatsachen zu holen. Zum Beispiel, indem sie die kostspieligen Irreführungen von möglichst vielen Einzelteilen EINES unstimmigen Gesamtbildes offenlegten, die, einzeln betrachtet, als Erfolgsgeschichten verkauft wurden – wie jene mit dem großen E davor.

So waren die *Heightwatchers* inzwischen zur resonanzstärksten aller kritischen Stimmen geworden, zu lesen und hören in zahlreichen Publikationen. Bezüglich Cradle-City hatte Palo Folgendes zusammengetragen und dabei bereits angedeutet, was in der Metropole geschehen würde, noch ehe es sich in der Designstadt wenige Jahre später manifestierte:

»Cradle-City ist EIN Projekt der Superlative – und es versagt auf ganzer Linie. Das Projekt scheitert ausgerechnet an dem, das zum Erfolg führen sollte: der Umgang mit Energie.

Auch Cradle-City, wie so viele ambitionierte Projekte zuvor, träumt von EINER besseren Zukunft für ihre Bewohner, realisiert durch Wohlstand ohne ökologischen Notstand. Um das zu ermöglichen und EINE solche Zukunft zu gewährleisten, braucht es umweltverträgliche Energie, die niemanden anderswo aufschreien lässt. Was liegt demnach näher, als Sonne und Wind in allen nur erdenklichen Machbarkeiten zur Energiegewinnung zu nutzen. Zum einen, um Cradle-City mit ausreichend Energie zu versorgen. Zum anderen, um Folgeschäden für Klima und Umwelt weitestgehend zu eliminieren. Allem voran sollen Solarzellen und Windräder den befürchteten Klimawandel aufhal-

ten, der, so wird verkündet, insbesondere durch das Verbrennen von Erdöl verursacht wird. Das Ansteigen des Gehalts an Kohlendioxid in der Atmosphäre sei schuld am Wandel, weshalb es noch immer der mediale Klimafeind Nummer 1 ist und pausenlos um den Erdball gejagt wird.

In dieser Vereinfachung der Lage der Nationen und der Verallgemeinerung dieser Problematik geht jedoch das Gesamtbild mal wieder völlig verloren – EINEN Sündenbock ins Rampenlicht zerrend, den keinerlei Schuld trifft. EINEN Sündenbock, der ausbaden soll, was anderswo verbockt worden ist und die eigentlichen Schuldigen ungeschoren davonkommen kommen lässt.

Es ist noch nicht lange her, da entstand in der Wüste Marokkos EIN ähnliches Vorzeigeprojekt der erneuerbaren Zukunft, das uns praktisch kostenlose und obendrein saubere Energie in Aussicht stellte. Inzwischen sieht die Realität auch dort anders aus, nicht nur, weil der Begriff Öko-Strom zwei unvereinbare Gegensätze durch vereinte Propaganda zwangsverheiratet.

Gebaut mit reichlich Knowhow und großzügigen Krediten, sah die Zukunft jenes Wüstenprojekts zwar sonnig aus, doch war das Tragen rosaroter Brillen von Beginn der Grundsteinlegung an obligatorisch. Nur so gelang es, im Laufe der Jahre hinsichtlich der hochgesteckten Ziele optimistisch bleiben zu können. Das Projekt galt als Beweis, Großstädte mit Strom versorgen zu können, ohne fossile Energien zu verbrennen. Nun, die Experten irrten nicht nur mit Blick nach Marokko, auch Cradle-City ist EIN solcher Fehltritt – nur weitreichender.

Was als Beweis aufgeführt wurde, entpuppte sich als Hoffnung und macht seitdem als Lüge die Runde.

Nun ist Cradle-City kein Projekt in einer fernen Wüste, trotzdem ist es komplett, vom Fundament bis zur höchsten Gebäudespitze, auf Sand gebaut – in vielerlei Hinsicht.

Riesige Städte mit Strom zu versorgen, ohne dafür fossile Energien zu verbrennen - EINE solche Aussage ist irreführend. Es wurden und werden für den Bau und die Wartung EINER solchen sich selbst versorgenden Metropole Unmengen fossiler Brennstoffe benötigt, weit mehr, als die Stadt in naher Zukunft einzusparen vermag. Nicht EINER der Bausteine, kein Glas, Holz oder Kunststoff, dürfte mit dem Handkarren, gezogen von Menschenhand, nach Cradle-City gelangt sein. Von der Rohstoffgewinnung und Verarbeitung sowie der Produktion des gesamten Baumaterials ganz zu schweigen.

Zudem ist EIN solcher Beweis keineswegs bewiesen, vergleicht man einmal wie viel Energie aus Erdöl und anderen Quellen gewonnen werden kann. Ein solcher Vergleich spricht laut und deutlich aus, was in der gesamten Debatte um den Klimawandel und den erneuerbaren Energien nur allzu gerne verschwiegen wird, nicht nur in Marokko und Cradle-City: Der Bock, er ist EIN profitorientierter Gärtner im Garten Gaias.

Beziffert man den jährlichen weltweiten Verbrauch an Erdöl, zwecks Energiegewinnung, mit EINER Kubikmeile, dann entspräche diese Energieleistung der Leistung von 2500 Kernkraftwerken oder 3 Millionen Windrädern oder 4,2 Milliarden Solardächern, die aber allesamt erst einmal mit Hilfe von Erdöl produziert werden müssten. Vom Fi-

nanzierungsaufwand und damit einhergehenden Wirtschaftsfaktoren einmal ganz abgesehen. Vom weiter steigenden Energiebedarf der Weltbevölkerung ganz zu schweigen.

Wofür all diese Energie alljährlich benötigt wird? Doch wohl zur Anfeuerung unseres technologischen Fortschritts, der es uns ermöglicht, immer effizientere Arbeitsprozesse ins Leben zu rufen respektive unsere Lebensbedingungen immer effizienter unseren Vorstellungen von Leben anzupassen. Leider verstehen wir unter Effizienz hauptsächlich die Verkürzung von Zeitspannen – nicht aber die Reduzierung EINES Energiebedarfs. Paradox erscheint daher das Phänomen der modernen Haushalte. Diese verfügen über immer mehr Geräte zur Arbeitserleichterung, die ihrerseits EINEM Menschen immer mehr zeitaufwendige Prozesse abnehmen. Trotzdem verfügt der moderne Mensch aber über immer weniger Zeit, obwohl er immer mehr Energiesklaven möglichst kostengünstig beschäftigt – anderswo die Kosten ansteigen lassend. Kosten, die nicht immer in Geldwerten erfassbar sind und nicht in ihren Auswirkungen wahrgenommen werden.

Was allgemein im Namen der erneuerbaren Energien weltweit und speziell in Cradle-City geschieht, ist die Meta-Stasierung der Verwobenheit des Lebens auf diesem Planeten und EIN daraus erfolgendes wesentliches Energiedefizit an immer mehr Stellen. Um aber die Folgen dieser Ungleichgewichte nicht zu spüren zu bekommen, wird mittels Erdöl auf weitere technologische Lösungen gesetzt. Und je mehr Meta-Stasen global entstehen, desto wichtiger wird das Öl für jene, die erneuerbare Energien weltweit als

Chemotherapeutikum anpreisen, als Allheilmittel gegen die energetischen Verwerfungen, die sie selbst ins Leben gerufen haben.

In Cradle-City werden die Bewohner diese Verwerfung mehr und mehr zu spüren bekommen. Umso mehr, je mehr Energie EIN Bewohner aus eigenem Körpervermögen aufbringen muss, damit er dem Anspruch der Metropole weiterhin Genüge leisten kann, was Stress in all seinen Formen zur Folge haben wird. Daraus wird zwangsläufig EIN Energiemangel hervorgehen, der anfangs schleichend zwischen den Bauten umherzieht, nur um umtriebig lauter zu werden. Auf EINEN solchen Energiemangel angesprochen, wird EIN jeder Bewohner leugnen, an EINEM solchen zu leiden. Energie, so wird die allgemeine Meinung lauten, gäbe es doch zur Genüge. Das reibungslose Funktionieren der Stadt bezeuge dieses und das lebendig anmutende Schwenken solarer Blätter, am medienwirksamen Wahrzeichen der Stadt, unterstreiche es eindrucksvoll.

Die Auswirkungen des eigentlichen Energiedefizits, an dem die Menschen mehr und mehr leiden werden, und welches sie durch den ölintensiven Einsatz technologischer Möglichkeiten auszugleichen hoffen, lassen sich indes nicht mit immer mehr Energieverbrauch aus der Welt schaffen. Was im Namen von Effizienz und Vereinfachung gewinnträchtig verkauft wird, ist in Wirklichkeit der Verlust wesentlicher Zusammenhänge. Dabei ist die Wiederherstellung dieser lebendigen Verwobenheit die einzig wahre erneuerbare Energie, die gänzlich ohne großflächige Spiegel und Turbinen und ohne großmäulige Versprechen auskommt.

Was uns Menschen Cradle-City lehren sollte, ist: Wenn es um das Leben geht, lässt sich weder Zeit gewinnen noch Energie sparen. Mehr noch: Wenn Lebendigkeit verloren gegangen ist, lässt sie sich nicht folgenlos durch Ökostrom reanimieren.

Keine Frage, es gibt kein Zurück zu jener Natur, wie sie einmal gewesen war. Das weiß jeder Gärtner. Dahin zurück würden auch nur die Wenigsten wollen. Dorthin zurückzukehren, ist auch nicht Sinn und Zweck des Lebens. Abschließend daher der Hinweis, dass der Lösungsweg nicht am kompletten Verzicht von Erdöl und all den anderen Energieträgern vorbeiführt. Vielmehr ist er EIN Weg von Erfahrungen, für deren jeweilige verwobene Bedeutung wir Menschen anderweitig nicht sensibilisiert werden können.

Grundsätzlich ist Erdöl ein Geschenk der Natur, nur wollen wir das nicht wahrhaben und verwenden so das Geschenk gegen den Schenkenden. Diesbezüglich wird die Sprache der Natur immer deutlicher werden – indem ihre resonanzstarke Stimme verstummt.«

Die Anzeichen von Unstimmigkeiten mehrten sich von Woche zu Woche. Die Anzahl derer, die, mit bisher unbekannten Symptomen, um medizinische Hilfe ersuchten, wuchs stetig. Ebenfalls die Anzahl derer, die mit längst bekannten Symptomen vorstellig wurden und dem Kontrollversprechen der Metropole Lügen straften. Monatelang zuckten die Spin-Wizards, die mit den Datenmengen der Lifelogger und denen der Metropole auf dem höchsten Stand der Technik jonglierten, mit Schultern,

Headsets und Datenbrillen. Monatelang stieg die Belastung derer, die im Gesundungswesen tätig waren und unschlüssig blieben, womit genau sie es zu tun hatten. Palo sah sich bestätigt: Die Atmosphäre in der Zigmillionenstadt, sie ertönte voller Disharmonien.

Etwas im Gefüge der Metropole verlangte nach Aufmerksamkeit und erregte zunehmend die Gemüter. Obzwar lief die Cybermaschinerie der Stadt bis ins kleinste Detail ohne Probleme, doch wurden die *Bewohner* der Stadt immer mehr zum Problem. Weitere Daten der Entwicklung wurden erhoben und ausgewertet, Prognosen erstellt, Meetings einberufen und Mechanismen baldiger Genesung in Aussicht gestellt. Nach und nach kristallisierte sich EIN Muster heraus, in Form EINER Infektion, die sich auf vielfältige Weise anhand der Symptome zeigte. Als Palo vom Ergebnis erfuhr, das die Spin-Wizards zusammengetragen hatten, rief er das Team zusammen. Es genügte die kurze Mitteilung: *Die Petrischale wurde infiziert.*

Die Petrischale – so nannten die *Heightwatchers* die Vorzeigemetropole, seit bekannt geworden war, dass nicht nur Raupen durch Menschenhand erwirktes Plastik zum Fressen gerne hatten, sondern auch Bakterien. EINE Brutstätte, wie die Petrischale sie darbot, war der ideale Nährboden für eine einstimmige Antwort auf die mannigfaltigen Verstimmungen und verbauten Resonanzeskalationen. Diese hatten sich über die Jahre in der Metropole angesammelt und waren routinemäßig aus dem öffentlichen Bild herausgerechnet worden. Die Bewohner wollten davon in der Tat nichts wissen. Zu sehr hingen sie längst marionettenhaft an den Vereinfachungen der Lebensweise, wie die Metropole sie gewährleistete. Sie scherten sich nicht um die Meinung der Kritiker. Sie ignorierten diese geflissentlich oder aber bezichtigten sie des Hinterwäldlerdaseins, nannten sie die Ewiggestrigen oder die Feinde des Fortschritts. Also schob man sich weiter Sensoren und Chips unter die Haut und die Schuld ANDEREN in die Schuhe. Man glaubte weiter fest an die Spin-Wizards, die mit weiteren Daten dem Problem zu Leibe rückten.

»Verrückt«, sagten die *Heightwatchers*.

»Genial«, schwärmten die Bewohner.

Jene wenigen Bewohner, die das Vorgehen der Stadt ebenfalls kritisch beäugten, schwiegen. Sie folgten der Masse, all der Vergünstigungen und Bonuspunkte wegen, die vereinfachten, was für immer mehr moderne Menschen beschwerlicher wurde: die zeitintensive und an den Kräften zehrende Gestaltung des Alltags.

Die Stadt vom Reißbrett rühmte sich, alle Geißeln der Menschen fest im Griff zu haben, glich der medizinische Standard doch der Höhe des höchsten Bauwerks vor Ort. Weitere Mittel wurden gegen vom Außen drohende Geißelvereinnahmung entwickelt und mitten ins Herzblut der Bewohner eingeimpft. Die rasche Verbreitung der Gentechnik und die längst zu vernachlässigenden monetären Kosten von Gensequenzierungen machten es möglich. ANDERE Kosten und Kosten anderswo waren ohnehin für die Masse nicht von Interesse. Die Ambitionen der Menschen, Herr über das Leben zu werden, wuchsen über sich und jedwedes Bauwerk hinaus. Die *Heightwat-*

chers mahnten unablässig an, die Metropole aber nahm sich keiner einzigen dieser Mahnungen an.

Dass der Begriff der *Petrischale* indessen passte wie die Kritik in den Augen der Befürworter unpassend war, belegten zahlreiche Beobachtungen aus der Welt der Mikroorganismen. Jenen Erregern menschlichen Leidens, denen die Menschen die alleinige Schuld in die nicht vorhandenen Schuhe schoben. Dabei war die Welt der Viren und Bakterien zugleich die Welt der Menschen – nur waren diese der wimmelnden und alle Oberflächen und Tiefen besiedelnden Tatsache nicht gewachsen. Sie forderten bereitwillig die komplette Eliminierung der Erreger ein, die sich anmaßten, die Schwachstellen der Menschen auf derart unmenschliche Weise auszunutzen und bloßzustellen. Dabei ging es überhaupt nicht um die Menschen, zumindest nicht alleinig, sondern um das Leben selbst.

Palo erzählte beim einberufenen Treffen der *Heightwatchers* erneut die Geschichte von den Baggern und Sägen seiner Kindheit, allerdings fügten sich seine Worte diesmal nahtlos in den Kontext der aktuellen Geschehnisse ein und doppelunterstrichen seine Worte

»Die Ausdünnung von vielgestaltigem und miteinander gewachsenem Leben, ohne Rücksicht auf natürliche Verwobenheit und verkörperte Symbiosen, derer ich damals im Kindesalter mit tiefster Betroffenheit hilflos gegenüberstand, wird Einzug in die Petrischale halten – jedoch mit wesentlichen Unterschieden zum menschlichen Kettensägenmassaker.« Palo ging langsam um den großen quadratischen Tisch herum, der die Mitte des

Raumes einnahm. Darauf hatte seine damalige Projektstadt *Tosy-Dusa-Pasha-Nekase* Platz gefunden und diente
fortan den *Heightwatchers* als Symbol für ihre aufklären-
den Tätigkeiten. Der Erbauer von einst ließ seinen Blick
über die mit Ranken bedeckten Hochhäuser gleiten und
verharrte beim Anblick EINER mit Schmetterlingen über
und über besiedelten Fassade. Schließlich wandte er sich
wieder den Anwesenden zu und bedachte seine Frau Sarah mit einem Lächeln.

»Cradle-City ist die Ausgeburt EINER Verstimmung,
die nun einstimmig beantwortet werden wird. Wenn ich
eines vom Leben, in all seiner Diversität und all seinen
Zyklen, gelernt habe, dann sind es die Anzeichen einer
solchen Antwort. Man könnte meinen, ich sehe schwarz
für die Zukunft, verfolgt man, wie ich bisher den technologischen Fortschritt der Menschheit behandelte. Dabei
dürften es viele Menschen genau anders herum sehen,
die Meinung vertretend, es bedürfe sehr wohl des technologischen Fortschritts, um uns Menschen EINE bessere
Zukunft zu bescheren, wo er es doch bereits ermöglicht
hat, viel Leid von der Bühne des Lebens zu verbannen.
Doch folgt man dem Fortschritt einmal auf Schritt und
Tritt und kratzt ein bisschen kräftiger an seiner robusten
Oberfläche, kommt jene Fragilität zum Vorschein, die es
geistreich versteht, sich allzu neugieriger Blicke ge-
schickt zu entziehen.

So leben wir inzwischen in EINER Zeit, in der man
grundlegende Probleme immer *besser* und *länger* verhül-
len kann, weil immer weniger unmittelbare Beziehungen
zwischen Mehreren, die unter dem gleichen Problem zu
leiden haben, vorhanden zu sein scheinen. Meinen wir

das mit EINEM *besseren, langen Leben*, was wir uns vom Fortschritt erhoffen?

Was wie EINE technologische Errungenschaft aussieht, ist überwiegend nur Schein, denn durch EINEN Sieg, der errungen wurde, ist der Verlust von vielem ANDEREN umso weniger offensichtlich, je mehr sich auf den EINEN Sieg konzentriert wird. Die Medizin ist randvoll mit solchen Geschichten. Dieser wesentliche Verlust, er ist der künstliche Nährboden für neue Probleme ganz ANDERER Art.

Wenn Fortschritt die beschleunigte Verlangsamung der Bewusstwerdung von Konsequenzen ist, dann ist Cradle-City EIN wahrhaftiges Zeugnis menschlichen Fortschritts – und Millionen Menschen völlig arglos dahingehend, welchen Preis sie alle für ihr Dasein in EINER Petrischale zu zahlen haben.« Palo machte eine Pause. »Freiheit unter Laborbedingungen ist ein Widerspruch, gar EINE dreiste Lüge.« Er räusperte sich und blickte in den Sommertag hinaus.

Cradle-City war am Horizont zu erkennen. Eine Handvoll grüner Falter, die er noch nie zuvor gesehen hatte, flogen durch sein Blickfeld und waren alsbald verschwunden. Palo legte den Kopf schief. Nachdenklich strich er sich mit der Daumenspitze unter dem Kinn entlang.

»Alles in Ordnung, Palo?«, fragte Sarah. Er nickte.

»Spanne uns nicht länger auf die Folter«, forderte sie ihn auf, »was haben die Auswertungen ergeben?«

»Du hast recht«, entschuldigte sich Palo. »Genug um den heißen Brei geschlichen.« Inzwischen war er zum Laptop gegangen, der auf EINEM weiteren Tisch stand.

Er ließ kurz die Maus über den Bildschirm huschen. Sekunden später erfüllten sonderbare Geräusche den Raum.

Nach zwanzig Minuten kehrte Stille ein. Die biophonischen Aufzeichnungen, die sich über EINEN Zeitraum von fünf Jahren erstreckten, im Abstand von jeweils EINEM Monat, waren verklungen. Jeder Monat hatte für die Dauer von zwanzig Sekunden seinen Auftritt gehabt und akustisch den Werdegang des Lebens im Umfeld und im Innern der Petrischale erzählt. EIN aufwendiges Projekt, das noch nicht abgeschlossen war. Aufgrund der Länge aber wusste es bereits in aller Deutlichkeit von Geschehnissen zu berichten, die den Augen gänzlich entgangen waren, unter Einsatz unzähliger Mikrofone, an verschiedensten Orten angebracht und lauschend, was ANDERES Leben über das Leben der Menschen in und um Cradle-City herum zu erzählen hatte. Und zu erzählen gab es reichlich, wobei sich das Erzählte von Monat zu Monat unmissverständlich änderte, aber einer Meinung blieb: Je höher Mauern errichtet wurden, desto tiefgreifender wurden sie unterwandert.

»Über sechshundert verschiedene Bakterienstämme hausen im Bauchnabel EINES Menschen«, sagte Palo. »Dabei ist das Profil dieser Stämme so individuell wie EIN Fingerabdruck oder wie das jeweils eigene Mikrobiom im Darm. Gleiches gilt für Gebäude und für die Räume aller Gebäude. Überall, in jeder Ecke, bewohnt ANDERES Leben, nebst unserem, die Habitate der Menschen – ohne sich direkt zu erkennen zu geben. Indirekt aber geben sie sehr wohl ihre Anwesenheit preis, jedoch in einer Form, die wir in den meisten Fällen gegen uns gerichtet interpretieren.

Bakterien haben ihre ganz eigenen Probleme, die sie im Nu auf ihre Art zu lösen verstehen. Von Viren ganz zu schweigen. Oftmals geraten wir Menschen dabei mitten auf deren Lösungsweg und werden in dessen Verlauf verwickelt, ohne zu begreifen, was mit uns geschieht. Meistens meinen wir, das primäre Ziel zu sein, obwohl primär *wir* es sind, die erst die Voraussetzungen für derart winzige Probleme erschaffen. Wie? Indem wir künstliche Räume errichten, die der natürlichen Verwobenheit in die Quere kommen. Daher werden wir *sekundär* in das primäre Problem der Viren und Bakterien miteinbezogen, welches sie aber von Natur aus problemlos zu lösen imstande sind. Der lachende Dritte ist die Verwobenheit selbst, die auf dem Weg der Lösung ist, während wir Menschen das Lachen auf uns beziehen, in der fehlgeleiteten Annahme ausgelacht zu werden. Der Rest ist Geschichte – und EINEN Teil dieser Geschichte vermitteln die Klangsequenzen der letzten fünf Jahre. Oder ANDERS ausge- «, setzte Palo an. Er brach mitten im Wort ab, den Blick auf das ihm gegenüberliegende Fenster gerichtet, auf welches er raschen Schrittes zuging – um den Tisch herum, auf dem seine Projektstadt ruhte.

»Oder ANDERS ausgedrückt: Etwas ist gehörig im Busch«, wiederholte und vervollständigte er den Satz, leiser als die Sätze davor. Auch die anderen im Raum kamen an das breite Fenster und schauten hinaus.

Deutlich waren sie zu sehen: Abertausende grüner Schmetterlinge, die durch das Sonnenlicht tollten, ohne die gemeinsame Richtung ihrer erratischen Flugbahnen für sich zu behalten. Einer grünen Bewölkung gleich, zogen sie, trotz der Unvorhersehbarkeit ihrer einzelnen Flugbahnen einer Meinung, unmissverständlich in Richtung Metropole.

Joshua war EINES jener Kinder, die man ohne Brille draußen antraf. Ein selten gewordener Anblick in Cradle-City – sowohl EIN Kind, das draußen unterwegs war, als auch das unbebrillte Unterwegssein. Zwar wusste die Stadt, und damit auch die Eltern, jederzeit, wo sich EIN Kind aufhielt, doch änderte das nichts an der kindlichen Ermangelung des öffentlichen Bildes. Die meisten Kinder, nicht nur jene in Joshuas Alter, zogen es vor, nicht selbst auf eigenen Beinen ihre Umgebung zu erkunden und mit Freunden – wie es früher verbreitet hieß – die Umgebung unsicher zu machen. Nein, Kinder waren längst dahingehend von der Stadt sicherheitsverwahrt, die Entwicklung der Stadt weiter voranzutreiben. Angelockt und bei Laune gehalten von Unterstützungen, Vergünstigungen, Stipendien und anderen digitalen Mohrrüben, um den Karren der Gesellschaft am Rollen zu halten. Selbst die Kleinsten waren schon eifrig dabei, durch diverse Spiele ihre kognitiven Fähigkeiten zu schulen. Nebenbei generierten sie Datensätze mit digitalen Handschriften, welche der Stadt helfen sollten, die Lebensbedingungen zu optimieren und rechtzeitig an gesellschaftliche Veränderungen anzupassen. Hauptsache, die energetischen Grundsätze von Cradle-City wurden dabei nie verletzt.

Zeichnete sich EINE solche Verletzung ab, wurde seitens der Metropole das virtuelle und materielle Angebot entsprechend verändert und mancher Begehrlichkeit, manchem Anflug EINES Ansinnens, das gärende Potenzial zur Konkretisierung genommen. EINE eventuelle Realisierung wurde so bereits im Keim erstickt und gesellschaftliche Verunkrautung vermieden. Die Energie aber, die mancher Bewohner in die weitere Verfolgung EINER Realisierung steckte, heimste sich die Stadt zum Zwecke ihres Fortbestehens ein. Sie verkaufte den Bewohnern die Energie als Beweis für die energetische Autarkie der Metropole, mit EINER Effizienz, die global ihresgleichen suchte. So viel zum beliebten Thema des Zeitgewinnens und Energiesparens.

Joshua aber wusste von alledem nichts. Ihn kümmerte auch wenig, was in der virtuellen Welt geschah und entsprechend den Alltag in Cradle-City realisierte. Er sah die Welt mit ANDEREN Augen, was seinen Eltern unlängst EIN Dorn in deren Augen war. Sie befürchteten, ihr Sohn würde den Anschluss an jene gleichaltrigen Kinder verpassen, deren digitale Konten sich monatlich mit weiteren Pluspunkten für begehrte Bildungseinrichtungen füllten. Joshua studierte lieber den beinlosen Lauf der Wolken und die Farbenspiele, mitsamt den Schattenbildungen, des sich über die Metropole bewegenden Sonnenlichts. So auch an jenem Nachmittag, als Palo und sein Team der *Heightwatchers*, Kilometer entfernt am Fenster stehend, einer Vielzahl grüner Schwebewesen mit beunruhigender Faszination nachschauten.

Joshua entdeckte an mehreren Stellen seiner gewohnten Umgebung bisher Unentdecktes. Er sah matte und glänzende Käfer, rote Ameisen, die aus winzigen Spalten und Löchern hervorgekrochen kamen oder in solchen verschwanden – und er fand eine eigenartige milchige und schillernde Schicht vor, die sich stumpf anfühlte und seinen Fingernägeln widerstand. Zum ersten Mal in seinem Leben sah Joshua einen umherfliegenden Schmetterling, der sich auf einem Metallgitter niedergelassen hatte, um sich auszuruhen. Dieser bot seine ausgebreiteten Flügel dem Licht der Sonne dar, ab und an die Flügel zusammenklappend, besonnen einer Musik applaudierend, die nur er vernahm. Dann erhob er sich wieder in bebaute Lüfte. Joshua klatschte seinerseits erfreut und sprang dem Schmetterling hinterher, vielleicht die Musik erahnend, der dieser gelauscht hatte. Er rannte in EINE schmale Seitenstraße und blieb erst stehen, nachdem der Schmetterling sich höheren Luftströmungen anvertraut und sich über die Dächer aus Joshuas Blickfeld herausbewegt hatte. Der Junge lachte, stemmte die Arme auf die durchgedrückten schmutzigen Knie und verschnaufte kurz. Schließlich lehnte er sich an EINE mannshohe Abgrenzung und überlegte, wohin ihn seine Füße anschließend tragen könnten. EINE Stunde blieb ihm noch, bis er wieder daheim sein musste. EINE Stunde Entdeckungstour – bis sein *Parento* am Handgelenk vibrieren würde.

Beide Hände in sein schmales Kreuz gelegt, lehnte er rücklings an der Mauer. Stutzend stieß er sich ab und betrachtete überrascht seine Handinnenflächen. EINE klebrige Linie durchzog beide Hände. Joshua beguckte sich die Mauer genauer und fand den Ursprung der klebrigen Spuren: Die Fugen waren es, jene, die die einzelnen Elemente der Mauer miteinander verbanden und zusammenhielten. Sie glänzten feucht im Sonnenlicht, als wären die Fugen erst kürzlich mit dem Kunststoff aufgefüllt und die Elemente verbunden worden. Joshua drückte an anderen Stellen der Mauer auf die Kunststoffmasse und fand sie dort gewohnt fest vor. Dass die Kunststoffmasse, die in der Stadt von jeher allgegenwärtig war, klebrig und weich sein konnte, war eine neue Erfahrung für ihn – wie jener Schmetterling, der fortgeflogen war.

Daheim erzählte Joshua von all seinen Erlebnissen, mit einem Enthusiasmus, den zu teilen seine Eltern nicht imstande waren. Sie hörten seine Worte, die von sonderbaren krabbelnden, fliegenden und kriechenden Objekten handelten und sahen sich zunehmend bestätigt: Ihr Sohn musste endlich in seine Zukunft investieren, um nicht hinter den gesellschaftlichen Erwartungen zurückzubleiben. Auch als Joshua von dem klebrigen Zeug erzählte, in das sich jener Kunststoff verwandelt hatte, der, im wahrsten Sinne der Worte, die gesamte Stadt beisammenhielt, schauten sich die Eltern nur an. Sie kamen unausgesprochen zu EINER Entscheidung, die jedoch keine Rolle mehr spielen sollte. Davon ahnten sie nichts, während Joshua durch die Wohnung hüpfte und die Arme, Flügeln gleich, auf und ab bewegte. Er war ein Schmetterling und durchflog eine Welt, wie nur er sie sehen konnte – und ein Verständnis für sie hegte. So flog er zum Fenster in seinem Zimmer, im vierzigsten Stockwerk gelegen, und schaute hinaus. Er quiekte vor Freude. Das untere Drittel der Glasscheibe war von jener milchigen Schicht überzogen, die er zuvor an vielen Stellen draußen entdeckt hatte. Die Schicht brach das Licht der untergehenden Sonne und tauchte den Anblick der Stadt in eine kristalline, verzauberte Welt voller Farben.

..

Die nächsten Tage geschahen in und um Cradle-City herum Dinge, wie sie sich in einem solchen Ausmaß nie zuvor zugetragen hatten. Eine Plage schien sich anzubahnen – so zumindest verkündeten es die Nachrichtenportale und andere Medien in der Stadt. Die Stadtaufsicht selbst wurde nicht müde zu bekunden, alles im Griff zu haben. Es gäbe keinerlei Anzeichen für problematisches Potential. Einzig eine klimatische Anomalie hätte sich ergeben, in deren Ausläufern die Metropole läge. Sie allein führte zu jenen Geschehnissen, die die Bewohner zunehmend plagten, zusätzlich zu jenen bereits monatelang bestehenden, für deren Symptome noch immer kein offizieller Ursprung kommuniziert worden war.

Diesmal waren es Fliegen unterschiedlichster Art, die an manchen Stellen in der Stadt den Luftraum für sich zu beanspruchen schienen. Gleiches galt für Ameisen und kleine Käfer auf dem Boden. Und irgendwann, da kamen sie – Schwärme von Schmetterlingen, grün wie saftiges Gras und flatterhaft wie Gedanken, die sich mehr und mehr auf ein Thema konzentrierten. Das Thema war das Wahrzeichen der Stadt und es dauerte keinen Vormittag, da war die Südfassade des höchsten Gebäudes der Metropole, am ersten Tag EINES Septembers, mit Schmetterlingen bedeckt. Nicht über und über, sondern einzig dort, wo die einzelnen Module des riesigen Fassadenviertels mit Kunststoff zusammengefügt und zusammengehalten wurden. Jener Kunststoff, den Joshua Tage zuvor auf seinen Händen gehabt und an seiner Hose abgewischt hatte. Es war ein imposanter Anblick, wie die sonnenbeschienene Seite des Gebäudequaders in EINEM derart regelmäßigen, schillernden Muster erstrahlte, den Eindruck vermittelnd, es sei vital und bewegte sich.

Überall in der Stadt surrte und krabbelte es. Meist im Verborgenen – während völlig unbemerkt noch etwas ANDERES im Mikrokosmos der Metropole geschah.

Alsdann kam der Regen, zerberstenden Staumauern gleich, die angesammelte Wassermassen nicht länger zurückhalten konnten. Er blieb acht Tage und wurde nicht müde auch des Nachts herabzustürzen – ohne auch nur einmal nachzulassen.

Palo und die *Heightwatchers* informierten die Medien über ihre Beobachtungen, dahingehend, wie die aktuellen Ereignisse in Cradle-City mit der auffälligen, sich weiterhin beschleunigenden Zunahme von Krankheiten zusammenhingen. Die Stadtaufsicht schwieg, die Algorithmen der Sicherheits- und Koordinationssysteme behielten den Status UNBEDENKLICH bei, zumal sich die Auflösung der Klimaanomalie andeutete. Daher, so wurde wieder und wieder versichert, sei ein Ende jeglicher Unannehmlichkeiten absehbar – inklusive des Regens.

Acht Tage wurden in einem fort Schmetterlinge von der Fassade des Wahrzeichens gespült und schwammen sie verendet auf den Wassermassen durch verlassene Straßen. Aus dem Nichts, zwei Tage, nachdem der Regen plötzlich aufgehört hatte, sackten die oberen Geschosse des höchsten Gebäudes ohne Vorwarnung in sich zusammen. Der Rest des Gebäudes folgte mit ohrenbetäubendem Getöse.

Nur wenige Minuten später fiel EIN weiteres Gebäude, ganz in der Nähe, in sich zusammen, bevor auch in den Randbezirken erste Bauten dem Stadtboden nahezu gleichgemacht wurden – fast so, als wären gewaltige Sägen am Werk, willkürlich das Stadtbild verändernd. Allerdings baute das vermeintlich Willkürliche auf zuvor Verdrängtem auf und ließ so eine gänzlich ANDERE Interpretation zu. Davon erzählten die biophonischen Aufzeichnungen der *Heightwatchers*, denen in Cradle-City kaum jemand Gehör geschenkt hatte.

Als *Grave-City* ging die einst hochgelobte und beneidete Metropole in die Geschichte ein und diente fortan als EIN Mahnmal.

Interludium

Quo vadis?

Bevor es überhaupt Sinn macht ein ehemals einfaches, somit nun komplex erscheinendes PROBLEM zu lösen, bedarf es, soweit wie möglich, der Fragmentierung dieses einzigartigen PROBLEMS.

In möglichst viele unterschiedliche Probleme.

Die damit, allesamt, unausweichliche Folgen des eigentlichen PROBLEMS sind. Um überhaupt EIN Bewusstsein dahingehend zu ermöglichen, sich der Lösung des PROBLEMS stellen zu *müssen*.

In Form EINER sich einstellenden Motivation.

Die sich einfach daraus ergibt, von Problemen mehr und mehr selbst betroffen zu sein. Direkt getroffen zu werden. Zum Beispiel durch einen Tumor.

Oder durch andere Formen von Dekohärenz.

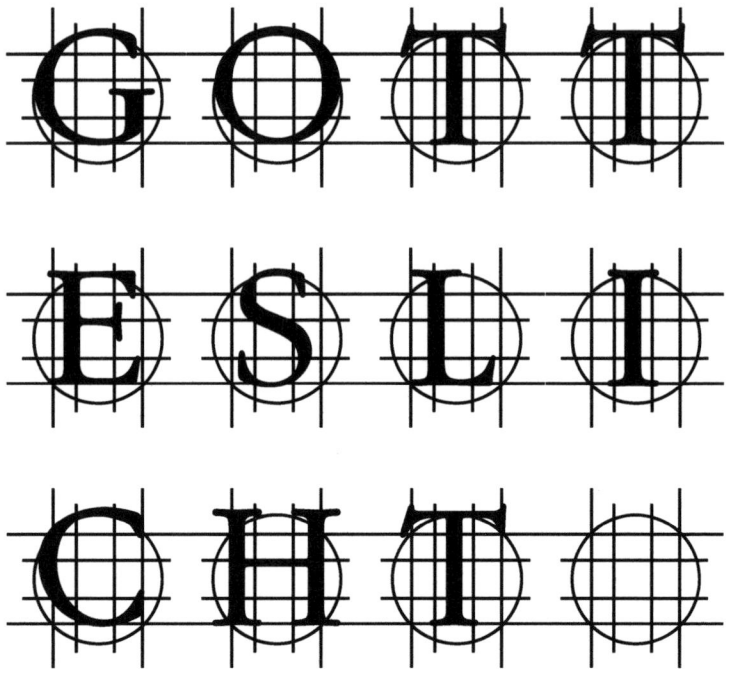

»Auf sieben Gestirne verteilt, sieben Bauwerke, von der Hochzeit an jeweils EIN Ort der Bändigung und Bewahrung. Sieben Symbole und Tage, die Sprache und der Fortlauf der Reise durch die kommenden Zeiten.«

Die schlanke Gestalt auf der quadratischen Empore, in ein weißes Gewand gehüllt, lange, dunkle Haare den Rücken herabfließend, hob beide Arme. Sie berührte mit einer lodernden Fackel den Boden einer über ihr hängenden Kugel aus Metall. Sieben Meter durchmessend, war diese in der oberen Hälfte mit Hunderten kopfgroßer Löcher versehen. Mit äquatorial angebrachten, kräftigen Ketten etliche Meter über dem Boden in der Schwebe gehalten, reflektierte ihre glänzende Oberfläche die Flammen unzähliger Öllampen und das Licht der Fackel. Weitere Ketten verloren sich in der Dunkelheit über der Kugel. Kaum waren die Worte der Gestalt verklungen, legte sich Stille über die Versammlung.

»Albedo«, rief die Gestalt mit klarer Stimme. Die Stille schreckte kurz zurück. Die vier Seiten des Raumes füllten Hunderte kniender Menschen, pro Seite gekleidet in jeweils eine von vier Farben: Weiß, Rot, Gelb und Schwarz. Die Weißgekleideten erhoben sich wie eine wispernde Woge aus verwehtem Schnee. Keine Aufforderung war geäußert worden. Nur das Rauschen der Stoffe war zu hören, während alle anderen Versammelten mit gesenkten Häuptern reglos verharrten.

Etwas in der Kugel fing Feuer und vergrößerte die Flamme einer Fackel im Nu um ein Ehrfurcht gebietendes Vielfaches. Der Raum gab seine Höhe preis und damit die Länge der Ketten, die oben an der Kugel befestigt waren. Die glatten Wände warfen den Schein als sichtbares Echo hin und her, die Schatten vertiefend und in leichte Aufruhr versetzend. Die einzelne Gestalt unter der riesigen Kugel senkte die Fackel und wandte sich den Gleichfarbigen zu.

»Jetzt ist der Augenblick, in den Wachs der Zeit zu betten, was ansonsten das bereits Anwesende überfluten täte. Jetzt ist der Augenblick neuer Begriffe, um zu erinnern, was ALLES ansonsten vernichtet würde. Jetzt ist der Augenblick, an dem festzuhalten, was ansonsten vergangen wäre und vergehen würde. Jetzt ist der Augenblick das GANZE mit dieser Zeremonie in Unsummen zu zerschlagen. Der Augenblick, dem entzweiten Atem EINE pervertierte Heimat zu geben, in Form infernalischer Macht, die ihren besonnenen Ursprung leugnen wird.

Die Kugel ist entzündet, um die Mannigfaltigkeit anderen Gesichtern einzuverleiben, um Blindheit zu säen. Die Kugel wird die schiere Größe des Atems in sich aufnehmen und dessen Rastlosigkeit an die Metalle binden. Nur durch das Feuer werden die Gesichter glauben, Herr dieser Macht zu sein, solange der Atem sie im Glauben, lebendig zu sein, belassen wird. Erschaffen wird so der Beginn jener Handwerke und Wissenschaften, jener Religionen und Kulturen, jener Gelüste und Perversionen, die den Atem vorerst in festen Zügeln halten können. Zum Leidwesen unserer Natur und Kinder.

Was als Segen erscheinen mag, was aus der Tiefe entnommen werden wird, wird zugleich sich wahnhaft veräußern und die WAHRHEIT Lügen strafen. Was als durchdringendes Licht alle Ecken und Winkel ausleuchten mag, wird unbekannte Schatten zur Folge haben. Die Flüsse werden schwarz die Länder durchfließen und das Schwarz der Nacht wird Unheil verkünden. Die goldenen Kleider unserer Großen Mutter werden Teil beherrschter Flammen werden und die Metalle werden Mutters Kinder übermannen.«

Mit ausgestrecktem Arm ließ die Gestalt auf der Empore die Fackel durch die Luft kreisen, immerfort. Ein Flammenkreis bildete sich, ein Feuerring. Jäh unterbrach der Arm die Bewegung und durchschnitt den Kreis blitzartig von unten nach oben. Ein lauter Gongschlag ging mit dieser Bewegung einher. Kaum war der Kreis verschwunden, da erschien die Gestalt von jetzt auf gleich in Rot gekleidet und rief:

»Rubedo.«

Sie hatte sich der roten Gruppe zugewandt, die Fackel gesenkt. Im Nachhall des Gongs blickte sie auf die Gruppe Niederkniender, die sich in diesem Moment erhob wie Blut, das in Wallung geriet.

»Immer mehr Worte«, fuhr die Gestalt fort, »werden weit weniger zu sagen haben. Immer weniger Tiefe wird die Oberfläche weit mehr an Bedeutung gewinnen lassen. Immer mehr Ängste werden der Oberfläche als tragfähiges Gerüst dienen. Immer mehr Tongefäße werden randvoll gefüllt und so der Atem aufgeteilt und weitergereicht werden. Von Generation zu Generation. Durch deren Adern das Blut aus der Tiefe strömen wird. Das bisherige Wirken aller Töchter wird verblassen, ohne jedoch ein Jota an Wirkung zu verlieren. Ihre Unterjochung ist nur der Schein EINES Feuers, das nicht ewig lodern wird.

Was wesentlich ist, ist der Augenblick. Der Blick in baldige Augen wird Trauer zeigen und Schleier tragen. Die Trauer um die Mutter wird schwinden und anderswo lebendigst zutage treten. Die Nächte werden zum Tage werden und die Tage schlaflose Zeugen mit Zahlenwerk mästen. Die Tage bekommen Namen, doch diese Namen werden die WAHRHEIT verdrehen und die Welt der Söhne, sie wird EINE auf den Kopf gestellte Welt sein. Das Feuer, es wird seinen Fortlauf nehmen. Mächtige Objekte, sie werden das Feuer am Laufen halten. Die Namen der Tage, sie werden die Tage mit leeren Aufgaben versehen. Die entleerten Zeugen, sie werden erst im Laufe der Zeit verstehen, welcher Verdrehung sie bereitwillig verfallen sind. Mutter hingegen wird stets WAHRHAFTIG bezeugen, was wirklich vorgefallen ist.

Würde der Atem nicht an die Sieben gebunden, würde er jenseits aller Worte frei verbleiben und ALLES zunichtemachen. Würde ALLES folgenlos bleiben, wäre dieser Ort hier unser aller Grab. Daher das Feuer, um den Atem in verträgliche Ausmaße und Einsichten aneinandergereihter Augenblicke zu transformieren. Ohne dabei eines Opfers zu bedürfen, das gegen die LIEBE zum Leben Einspruch erheben oder nicht mit eigener Stimme sich gegen eine endgültige Tat aussprechen täte. Ein Feuer, aus dem EIN gezähmter Kosmos hervorgehen wird. Ein Feuer, das eine schmale Brücke zwischen den Hemisphären schmieden wird. Zwischen diesen unter Spannung gehalten vom Atem in vielerlei Gebärden und sich verengender Spielräume.«

Und wieder kreiste die Fackel, stoppte sie, der Gong ertönte und die Farbe des Gewandes wechselte erneut.

Nun in Gelb vollzog die Fackelträgerin eine weitere Drehung um neunzig Grad.

»Citrinitas.«

Das Knistern eines zum Leben erweckten Schwefelfeldes vermischte sich mit den verhallenden Worten der Zeremonie.

»EIN neues Element gelangt durch euch in die Welt und verkehrt die WAHRE Triade. Es wandelt durch euch auf EINEM neuen Pfad, verhüllt in EIN Gewand aus Schwarz, Weiß, Gelb und Rot. Der Atem wird an die massive Kette gelegt, ohne die WAHRE Triade seines Ursprungs zu verraten. Verborgen und durch die Zeiten beweglich gehalten, muss dieser Ursprung bleiben, weshalb es gilt, die zyklische Natur unseres Daseins zu verleugnen und durch das Verbergen allenthalben offensichtlicher werden zu lassen. Weder ein noch aus und von vorn, nein, es gibt mit der Beendigung dieser Zeremonie nur noch EIN Geradeaus – und Jungfrauen sowie das kindliche Vermögen, um dem Atem zu gefallen. Nur so wird er sich gefallen lassen, was wirklich mit ihm geschieht.

Lasst stete Verfügbarkeit auf ganzer Linie allgegenwärtig sein. Lasst vereinzelte Antworten überall dort entspringen, wo die Leere zu spüren ist. Lasst den Atem in diese Leere einziehen und EINEN Raum in Beschlag nehmen, der somit keinen gewaltigen Raum mehr für weitere Fragen ermöglicht. Die Folgen werden gewalttätig sein, doch weit entfernt von dem, was der Atem ohne Ketten und gesichtslos auszurichten imstande wäre. Eine andere Wahl gibt es nicht.

Brecht die Jahreszeiten auf.

Tretet als EIN Wunder auf.

Spannt EIN sich ausbreitendes Gespinst weit auf.

Schließt den Augenblick auf und dehnt ihn aus.

Eröffnet Möglichkeiten, wie keine bisher.«

Kaum ausgesprochen, da verfärbte sich die Flamme in der Metallkugel grün und ein durchdringender Geruch von Benzoe ging mit der Grünfärbung einher. Von überall her erklang ein tiefes Summen, den Ton haltend wie leichter Wind, der durch basaltene Kehlen wehte und in tiefer gelegenen Schluchten zusammenkam.

»In der Glut der Kugel werden in Kürze die Jahrtausende geboren. Geschichten werden aufsteigen wie der Rauch und wie die Farbe und der Geruch werden sie vergehen. Aber der Ruß wird es sein, der sich der Vergänglichkeit widersetzen wird. Er wird bleiben und als etwaige Wahrheit dienen. Eine von vielen, die gemeinsam die WAHRHEIT in unfassbaren Formen verkörpern.«

Ein weiteres Mal kreiste die Flamme und schnitt die Fackel den Kreis entzwei.

»Nigredo.«

Das Summen schwoll an, das Rascheln schwarzen Stoffes überdeckend. Nicht aber die voluminöse Stimme der einzelnen Fackelträgerin auf der Empore.

»Bereit, die Sieben in das Gewebe der Wirklichkeit zu brennen. Bereit, den Schmerz des unsagbaren Verlustes auf alle Körper zu verteilen. Bereit, die glühende Saat auf brachem Boden auszubringen. Bereit, sämtliche Spuren des Brückenbaus zu verschleiern. Bereit, den Atem zu fesseln und gefesselt in die Welt zu stellen. Möge die Kugel sich nun öffnen. Bereit, wir sind bereit.«

Ein Grollen erfasste den Raum. Es brachte den Boden zum Zittern. Die Flammen loderten derweil ekstatisch. Mit einem metallenen Schrei löste sich die obere Halbkugel von der unteren und wurde sie von den herabhängenden Ketten emporgezogen. Neugierig züngelte die grüne Flamme höher und beleckte ihre Freiheit, allmählich wieder ihre ursprüngliche Farbe annehmend. Die Ketten rumpelten und klirrten.

»EIN Koloss aus Bronze, diese Fackel tragend. EIN Mausoleum, das EINES Königs würdig ist. EIN Tempel für die Frucht und Zeugnis von nahrhafter Ursprünglichkeit. EINE Statue von allmächtiger Erhabenheit. EINE Mauer, Schlangenwesen und etliches Getier, darin EIN Tor in prunkender Einzigartigkeit. EIN hängender Garten, an den Wolken verankert. EINE Pyramide – EIN Wunder, wie kein weiteres, den Löwenanteil des Atems erhaltend, gelegen im Schatten der weisen mütterlichen Löwin.

Ihr, die ihr hier zugegen seid, der letzten der notwendigen Hochzeiten beiwohnend, Anima und Animus vermählend, ihr werdet die Geschichten von den sieben Wundern in eure Länder tragen. Ihr werdet aus dem Fortlauf des Feuers EINEN männlichen Wortlaut bilden, der den Wundern schmeichelt. Die Wunder sind allesamt dort gelegen, wo der Atem Mutters Gewahrsein entzweien und EIN Sturm von Aneignung sich folgsam erheben wird. Von den Wundern und deren Bedeutsamkeiten erzählt den Menschen vor Ort jeden Tag. Wenn diese den Anteil am Atem verinnerlicht haben und die Bauwerke ihnen als Zeugnis der Erhabenheit dienen werden, werdet ihr dem weiteren Geschehen freien Lauf lassen. Wodurch auch immer EIN Wunder zusammenstürzen mag, so wird der Einsturz verkünden: Die Wucht des Atems ist Teil der Welt geworden.

Nur die Trümmer, nur Bruchstücke werden in gemeinsamer Erinnerung bleiben – bis letztlich das letzte Monument in EINEM fernen Zeitalter fallen wird. Bis dahin wird dessen Abbild am Himmel des Atems gedenken, jedoch nicht immer die WAHRHEIT klarlegen. Nur Mutters Ebenbild, ihr Antlitz auf dem ruhenden Körper einer aufmerksamen Löwin, erzählt die ganze WAHRHEIT. Wasser wird sie umspülen und Sand sie bedecken. Im Licht der Sonne wird sie vorerst dem Atem zugeordnet, nur um endlich der WAHRHEIT aus dem pervertierten Orkus der Schatten zu verhelfen.

Wenn ihr nach fiebrigem Schlaf bald erwachen werdet, werdet ihr EINES der Bauwerke vor euch aufragen sehen, gar mächtigen Worten gleich, die EIN reales Bild zusammenhalten. Die Kugel hier, sie wird verschwunden sein, das Feuer erloschen, die Ketten nicht für möglich gehalten. Dann hadert nicht mit euch selbst, denn eure Zeit, den Metallen entsprechend, wird von da an wie das Wachs in euren noch warmen Händen sein.

Ihr Töchter: *Solve et Coagula.*«

Die Gestalt warf den Kopf in den Nacken und entzündete ohne Zögern ihr Gewand mit der Fackel. Ihre Stimme schwoll an. Das Summen brach aus seiner Unterschwelligkeit hervor und ergoss sich vollends über die Versammelten.

»Zwischen Saturn und der Sonne, zwischen dem matten Blei und dem strahlenden Golde, werden nun sieben wundersame Bauten für den Atem realisiert. Sieben Wesen - betretet den Kreis.« Es waren die letzten Worte des flammenden Gewandes, das in sich zusammenfiel und sich nicht mehr regte. Die Fackel lag daneben und erlosch.

Längst war die Halbkugel unter der Decke des Raumes angelangt. Zugleich senkte sich die untere Halbkugel langsam unter dem Ächzen jener Ketten herab, die sie bisher in der Schwebe gehalten hatten. Schließlich erreichte die Halbkugel die Empore und ließ sich auf dieser nieder, das brennende Gewand unter sich begrabend. Was zuvor noch ein Summen gewesen war und längst den Boden erfasst hatte, ließ nun, da die einzelne Stimme verklungen war, den gesamten Raum vibrieren.

Unbeirrt verweilten die verschiedenfarbigen Gruppen an ihren Plätzen. Sieben Leitern wurden aus sieben Richtungen herbeigebracht und in gleichen Abständen zueinander gegen die Halbkugel gelehnt, in der sich das Feuer unter den Rand zurückgezogen hatte. Es wartete.

Kaum standen die Leitern, brandete der Gesang der Anwesenden vierstimmig auf. Erst langsam, rasch immer schneller werdend, steigerte sich der Gesang zu einem infernalen Stakkato. Abrupt endete er. Abrupt kehrte gänzlich Stille ein. Kein Rumpeln. Kein Zittern. Kein Schnalzen einer Flammenzunge. Kein Räuspern war zu hören, kein Flüstern langer Strähnen. Dann das kaum vernehmbare Geräusch vierzehn nackter Füße auf glattem, steinernem Boden. Sieben entkleidete Frauen, eine jede von ihnen jung an Jahren sowie hochschwanger an Leben, näherten sich den Leitern, jeweils ein mit Ruß aufgemaltes astronomisches Symbol auf dem Rücken verkörpernd. In der linken Hand trug jede von ihnen EINEN Würfel aus poliertem Metall auf der flachen Handinnenfläche. Nur eine trug eine kleine Holzschale, in der sich flüssiges Quecksilber aalte. Am Fuße der Leitern angekommen, blieben sie alle stehen, die rechte Hand um die jeweilige Leiter gelegt. Die Symbole schimmerten auf glänzender Haut. Der Gesang setzte erneut ein. Zugleich stiegen die sieben Sprosse für Sprosse die Leitern empor. Mit jeder Sprosse, die erklommen wurde, erhöhte sich die Tonlage des Gesangs.

Zugleich erreichten die sieben den Rand der halben Kugel, setzten einen Fuß auf ihn – und sprangen unverzüglich in das sie erwartende Feuer hinein, mitsamt den anorganischen Metallen und dem ungeborenen Leben. Eine gewaltige Eruption schoss der Decke entgegen, dichter Qualm füllte den Raum und nur Augenblicke später glitten alle Anwesenden bewusstlos zu Boden. Die obere Halbkugel senkte sich wieder herab und vervollständigte die Kugel.

Das Feuer war erloschen, der Qualm hatte sich aufgelöst. Die Ketten ruhten. Stille. Endgültig.

Nicht weit vom Ort der Versammlung entfernt, am Fuße eines leeren, felsigen Plateaus, lag einsam die riesige Gestalt einer steinernen Löwin in der vollmondigen Nacht, mit menschlichen Augen gen Osten blickend. Jäh wurde die Nacht invertiert und Ohren gegenüber der WAHRHEIT taub. Der Mond verschwand im gleißenden Nichts. Was war, zerbarst. Was gewesen war, war nicht mehr. Was blieb, wurde fortan aus EINER anderen Sicht erzählt – und immer weiter fortgetragen.

■■

»Angst vor dem Sterben? Wieso sollte ich Angst vor dem Sterben haben?« Eugen Metwar bewegte seinen achtzigjährigen Körper mit EINEM Stock barfuß in Richtung Terrasse und trat langsam durch die offenstehende Tür. »Wenn ich sterbe, dann mit der Gewissheit, mir die Auswirkungen der größten menschlichen Augenwischereien zu ersparen. Also, wovor sich fürchten?«

Sein Pfleger schob ihm den Stuhl näher heran. Eugen ließ sich mehr fallen, als dass er sich setzte und er brauchte eine Weile, bis seine Gelenke die Bequemlichkeit des Stuhles bestmöglich nachgebildet hatten.

»Setze dich zu mir, Matt«, forderte Eugen den jungen Mann auf. »Ich mag es nicht, wenn du immerzu auf dem Sprung bist, sobald uns mal EIN paar Meter trennen. Wenn ich stürze, stehe ich wieder auf und wenn ich sterbe, bleibe ich liegen. Ganz einfach. Also entspanne dich.« Eugen zupfte seinen Cardigan zurecht und beschaute für Sekunden seine nackten Füße.

»Weißt du was, Matt? Mir steht einmal mehr der Sinn nach etwas außergewöhnlicher Kommunikation. Mein altes Seelenboot liegt gut im Wind und beide Lungenflügel blähen sich reibungslos auf. Ein Geschenk soll man würdigen, nicht ignorieren.« Der alte Mann stellte den Stock beiseite und fuhr sich mit der nun freien Hand durch den weißen Bart. »Nein, vergiss die Kommunikation, wie wäre es mit einer *Kommunion*?«

»Kommunion?« Matt warf Eugen einen Blick aus großen Augen zu. »Sie meinen, wie in der Kirche?«

»Kirche?« Eugen lachte auf. »Wer redet denn von Kirche. Erspare mir die Seelenqualen EINER luftverpestenden Kreuzfahrt durch ohnehin schon getrübte Gewässer.

Kommunion bedeutet schlicht *Gemeinschaft*. Wie Segler und Segelboot, wie Segelboot und Wind, wie Wind und Wetter, wie Wetter und Klima, wie Klima und Planet, wie Planet und Kosmos, ergo wie Segler und Kosmos. Von Angesicht zu Angesicht und zudem im Hier und Jetzt verankert. Höre mir auf mit diesen ganzen Religionen. Alles nur kultivierte Ideologien – wie Krebszellen, die am Leben gehalten werden, wie verschieden bebrütete Petrischalen mit verschiedenen Nährböden, für das Wuchern verschiedener Legenden. Was meinst du: Wie viele solcher Petrischalen bedarf es, um dem Wesen des Lebens auf die Spur zu kommen, um zu verstehen, welche WAHRHEIT das Leben verkörpert?«

»Ich habe keine Ahnung.« Matt hatte die Beine übereinandergelegt, seine Unterarme ruhten auf den Armlehnen. »Aber ich werde es sicher gleich erfahren.«

»Keine einzige«, antwortete Eugen, »aber um mit EINEM Gott zu kommunizieren, oder mit den Göttern der Wissenschaft, können es niemals genug Petrischalen sein. Je mehr EINER indes das Wesen des Lebens spürt, desto weniger Kommunikation ist im Spiel, desto mehr wird EINER aber der Teilhabe an der Kommunion gewahr.«

Der junge Mann nickte nur. »Soll ich Ihnen etwas Wasser holen?«, fragte er, ohne auf Eugens Antwort näher einzugehen. Dieser seufzte, schüttelte den Kopf und schaute Matt dabei beinahe mitleidig an.

»Bist du auch EIN Däumling?«

Der Pfleger stutzte und wiederholte das letzte Wort, mit einer Mimik, als läge ein bitterer Geschmack auf seiner Zunge. »Däumling?«

»Ja«, bestätigte Eugen. »So bezeichnet EIN französischer Philosoph namens Serres all jene, die mit ihrem Daumen unentwegt über die Displays ihrer Smartphones wischen. Er hat EIN kleines Buch darüber geschrieben, nennt es EINE Liebeserklärung an die vernetzte Generation. EINE Generation, die hoffnungsvoll dem Glauben verfallen ist, der modernen Kommunikationsgesellschaft, der sie angehört, wird es gelingen, sich neu zu erfinden. So die Probleme der heutigen Zeit digitalisiert in den Griff bekommend, weil plötzlich die ganze Welt in nur EINE Hosentasche passt und so jederzeit und überall Probleme gelöst werden können.

Also – bist du auch EIN solcher Däumling, immerhin ist es auch deine Generation?«

»Sicher, wer kommuniziert heute nicht auf diese Art mit Menschen überall auf der Welt. Ich für meinen Teil möchte es nicht mehr missen.«

»Ah, *missen* ist EIN gelungenes Stichwort. Ich drücke es mal folgendermaßen aus: Kommunikation ist das *Vermissen* wesentlicher Ausdrucksformen, wie sie für die Kommunion des Lebens notwendig sind. Oder ANDERS ausgedrückt: Menschen kommunizieren immer mehr miteinander und teilen sich so mit, dass sie immer *weniger* vom Wesen des Lebens verstehen. Nicht nur durch das, was sie sich mitteilen, sondern insbesondere durch die *Art und Weise* der Kommunikation selbst.«

»Worauf wollen Sie hinaus?«

»Darauf, dass heutzutage nicht die Informationstiefe zunimmt, sondern einzig die Datenmenge. Darauf, dass Emojis in der Tat die moderne Kommunikation vereinfachen, aber Kommunikation bereits ohne Emojis nichts *wirklich* Wesentliches vermitteln kann. Darauf, dass heutzutage die Lebenserwartung der Menschen abnimmt, zugleich aber die Todesvermeidung zunimmt. Darauf, dass eine Infektion EINER Impfung widerspricht und umgekehrt. Darauf, dass *in vivo* eine ANDERE Sprache spricht, als *in vitro* verstehen will. Darauf, dass die Vergangenheit stets in der Gegenwart geschieht und Gleiches für die Zukunft gilt. Darauf, dass sechs Weltwunder verschwunden sind und noch EINES weiterhin Rätsel aufgibt. Darauf, dass nicht lebendig ist, was dem Leben nie *wirklich* begegnet ist.« Eugen atmete tief durch und behielt vorerst weitere Worte für sich.

»Für EINEN Mann Ihrer Konstitution sind Sie mit Wörtern aber flott unterwegs«, bemerkte Matt und erntete für diese Bemerkung einen herausfordernden Blick.

»Du meinst, weil ich halb so viele Silben hintereinander aussprechen kann, wie Twitter Buchstaben in EINEM Tweet erlaubt?«

Matt lachte.

»Wie lange kennen wir uns jetzt?«, fragte Eugen und überlegte kurz. »Acht Jahre dürften es inzwischen sein. Auch wenn du dich weiterhin sträubst, mich mit meinem Vornamen anzureden, geschweige denn mich zu duzen, so will ich die Gelegenheit nutzen, dir im Rahmen unserer Kommunion ein offensichtliches Geheimnis mit auf den Weg zu geben. Ungeachtet dessen, was du mit deinen Daumen auch anstellen magst und wohin dich dein weiterer Weg führen wird.« Der Jahresunterschied mehrerer Jahrzehnte grinste einander an.

Eugen deutete zum Himmel, der in breite Wolkenbänder eingewickelt worden war. Zwischen zweien hing die strahlende Scheibe der Sonne wie ein Auge ohne Pupille. Bedingt durch die Wolken, fächerten sich die Sonnenstrahlen in Form EINER riesigen Pyramide auf, die auf dem Horizont errichtet worden zu sein schien.

»Kennst du den Begriff für eine derartig imposante Erscheinung?«, fragte Eugen seinen Pfleger. Dieser verneinte.

»Es ist EIN sogenanntes Gotteslicht – oder *godlight*, wie der Amerikaner sagen würde.«

»Womit wir wieder bei der Kirche und den Religionen wären.«

»Oder aber bei besagtem offensichtlichen Geheimnis, das der Ursprung unserer problembehafteten, wuchernden Kulturen ist«, erwiderte Eugen nicht minder geheimnisvoll. »Ein Geheimnis, so offensichtlich wie Wellengang auf dem legendären Weltenmeer vergangener Epochen und deren Dynastien.«

»Die sieben ursprünglichen Weltwunder – wenn man der Geschichte trauen kann: der Koloss von Rhodos; das Mausoleum Halikarnassos an der Westküste der heutigen Türkei; der Tempel der Artemis in Ephesus, ebenfalls in der heutigen Türkei gelegen; die Statue des Zeus im griechischen Olympia; die Stadtmauern Babylons mitsamt EINEM reich verzierten Tor, im heutigen Zentral-Irak, genau wie die Hängenden Gärten - und letztlich, *natürlich*, die Pyramiden von Gizeh im Norden Ägyptens. Allesamt im Umkreis von 1500 Kilometer zueinander gelegen. Allesamt Folge eines gemeinsamen Ursprungs?

Nur die Pyramiden können noch heute bewundert werden und es gibt so viele Theorien und Geschichten, die sich um ihre Existenz ranken, wie es Steinquader gibt, aus denen sie errichten wurden. Wenn sie denn jemals *wirklich* errichtet wurden – im heutigen Sinne des Stein-auf-Stein-Bauens.« Eugen schwieg erneut und betrachtete verklärt die solare Skizze am Firmament.

»Was meinen Sie damit? Die Pyramiden stehen, alljährlich besucht von unzähligen Menschen, am Rande der Wüste, nur EINEN Steinwurf von Kairo entfernt. Auf mich wirken diese Bauten ziemlich real – auch wenn ich noch nie vor Ort gewesen bin.«

Der alte Mann antwortete nicht und Matt setzte bereits an, seine Worte zu wiederholen, für den Fall, dass Eugen ihn nicht verstanden hatte, aber dieser kam ihm doch noch zuvor.

»Sind Wirklichkeit und Realität ein und dasselbe? Können Worte beschreiben, was wirklich geschieht, ohne dass etwas durch die Beschreibung unerwähnt bleibt? Genügt EIN Emoji, um die Emotion EINER Person im Kontext des Umfeldes der Person unmissverständlich auszudrücken? Kann das Emoji anderswo, in einem anderen Kontext, vom Empfänger verlustfrei interpretiert werden?«, fragte er, den Blick weiterhin nicht vom Gotteslicht abwendend. »Im Grunde wissen wir Menschen nichts *wirklich*. Vielleicht schließen sich Wissen und Wirklichkeit einander aus, weil es keinen verbindlichen Emulgator gibt? Wir Menschen einigen uns eigentlich nur auf etwas, das fortan real genug ist und so EINEM Halt im Unwissen gewährt.« Diesmal wandte sich Eugen Matt zu, bevor er weitersprach.

»Angenommen, jemand macht EINE Entdeckung, zum Beispiel irgendwelche Ruinen, bedeckt von Wüstensand, die ausgegraben werden. Hat er dann etwas entdeckt, das *zuvor* bereits im Sand gesteckt hatte, bis es entdeckt wurde? Oder wurde die Entdeckung erst dadurch *möglich*, dass EINE Notwendigkeit vorlag? Dahingehend, etwas zu entdecken, das *vor* der Notwendigkeit noch nicht möglich - und damit auch bis dahin *nicht* im Sand zugegen gewesen war?

Dinosaurier sind EIN vortreffliches Beispiel.

Unser Bild von ihnen ist die Realisation ihres Aussehens in der Gegenwart aufgrund von Knochenfunden, ohne aber je über ihr wirkliches Aussehen Bescheid wissen zu können, geschweige denn über ihr Vorkommen an sich. Welche Notwendigkeit machte den Fund der Knochen möglich? Unsere Suche nach Puzzlestücken, um das geschichtliche Gesamtbild zu vervollständigen, um die Geschichte, die zur Gegenwart führt, verständlich *erscheinen* zu lassen. Die Knochen sind das Emoji, von dem die Forscher sich EIN Gefühl für die Vergangenheit erhoffen. Doch so, wie Informationen eben keine Daten sind und die Wirklichkeit nicht der Realität entspricht, so sind Emotionen und Gefühle grundverschieden – und Emojis kein unproblematischer Ersatz für den Austausch von Körpersprachen. Erst recht, wenn die Körper sich nicht gegenüberstehen.«

»Ich muss gestehen«, sagte Matt, »dem Däumling ist gerade der Faden zwischen Daumen und Zeigefinger verloren gegangen.«

»In Ordnung.« Eugen nickte. »Nehmen wir mal EINE Sprache als Beispiel. Jedes Wort EINER Sprache verbleibt im Wortschatz jener, die die Sprache sprechen, solange das Wort benötigt wird, solange also EINE Notwendigkeit für EINE Anwendung gegeben ist.«

»Faden gefunden.«

»Gut. EIN Wort findet *in* EINEN Wortschatz, weil Geschehnisse ermöglicht worden sind, die zur Notwendigkeit der Beschreibung des Geschehens durch dieses Wort führen. EIN Wort, dessen Bedeutung auszudrücken, mit den bisherigen Worten des Wortschatzes nicht möglich gewesen ist – oder nur sehr umständlich und damit auch missverständlich.«

»Faden vorhanden.«

»Jetzt ersetze das Wort durch die Ruine, durch EIN Artefakt oder jedwedes Objekt, welches in der Realität auftaucht, aber zuvor noch nicht zugegen gewesen ist – wie besagter Knochen.«

Matt betrachtete das Gotteslicht erneut. EINE Frage lag ihm auf der Zunge, dort, wo der Däumling zuvor gelegen hatte. Passenderweise fehlten ihm die Worte, um die Frage verständlich zu äußern.

»Worte, die den Lauf der Zeit überstehen, sind wie Objekte, die Jahrhunderte real bleiben. Oder gar länger – wie die Pyramiden von Gizeh, dem einzigen Weltwunder, das noch zugegen ist. Förmlich eingebrannt in das Bewusstsein der Zivilisationen. EIN Objekt, als Vokabel im Wortschatz der Realität.«

»Sie wollen darauf hinaus, dass die Realität EINE Sprache ist, EINE Bildersprache, sozusagen. Und so, wie Worte nie verlustfrei wiedergeben, was sie wirklich beschreiben, so erzählt jedes Objekt der Realität nie die ganze Geschichte und umso weniger davon, je älter die Bildvokabel ist.«

Eugen lächelte ihn an. Matt fasste es als Bestätigung auf. Er änderte seine Sitzhaltung.

»All diese Bücher in Ihrem Arbeitszimmer – bisher habe ich mir nichts weiter dabei gedacht. Ich lese nur selten mal EIN Buch. Jetzt aber fügt es sich zusammen, jetzt, wo Sie diese Pyramiden erwähnten.«

Matt bezog sich auf die zahlreichen Werke über die Geschichte verschiedener Zeitalter – und über Pyramiden, speziell jene, die auf dem Gizeh-Plateau thronten, seit Jahrtausenden. Nur wie viele Jahrtausende es *wirklich* waren, das stand in keinem dieser Bücher. Es gab zahlreiche verschiedene Datierungen, die jeweils unterschiedlich hohe Wellen schlugen. Weiterhin gab es Strömungen in der Tiefe, die selbst nicht in Erscheinung traten, aber das Zusammenspiel der Wellen auf der wahrgenommenen Oberfläche bestimmten.

Inzwischen waren die Wolkenbänder ANDERS verschnürt, das strahlende Auge zum Teil verdeckt. Die Pyramide, zwischen Himmel und Erde, verschwand nach und nach. Es dauerte keine halbe Minute.

»Im arabischen Raum soll es EIN Sprichwort geben«, merkte Eugen an. »Es lautet: *Die Menschen haben Angst vor der Zeit – die Zeit hat Angst vor den Pyramiden.*« Eugen räusperte sich. »Angst hin, Angst her. EINES machen die Pyramiden deutlich, etwas, das in all den aneinandergereihten Büchern steht – jedoch ohne in EINEM dieser Bücher thematisiert zu werden. Der Grund: Es fehlten den Autoren die passenden Worte – und selbst wenn sie Teil deren Wortschatzes gewesen waren, aber nicht geäußert wurden oder gar mit nicht ursprünglichen Bedeutungen belegt waren, dann hapert es auch gegenwärtig gehörig an der Passgenauigkeit aller Puzzlestücke. Nicht, weil die Puzzlestücke nicht passen *täten*, sondern, weil die Bereitschaft fehlen würde, das Passende anzuerkennen und als Wahrheit auf den Tisch zu legen.« Wieder unterbrach den alten Mann ein Räuspern. »Und nun halte den roten Faden gut fest«, sagte er, nachdem der Reiz in der Kehle abgeklungen war.

Matt überlegte, ob er erneut anbieten sollte EIN Glas Wasser zu holen, entschied sich aber dagegen. Nicht nur der ungewissen Länge des roten Fadens wegen.

»Die Geschichte, wie wir Menschen meinen sie zu kennen, sie existiert nicht. Sie hat sich nie in *der* Form ereignet, wie sie wortreich und mitunter auch wortgewandt niedergeschrieben worden ist. Niedergeschrieben von den Bezwingern anderer Völker und anderer Weltbilder. Bezwungen auf Kosten derer, denen dafür das Leben genommen wurde und die die Wahrheit mit in den Tod nahmen. Weitererzählt oder interpretiert von jenen, die nie selbst vor Ort gewesen waren, als passierte oder gefunden wurde, was nun Geschichte ist. Es gibt keine größere Lüge auf Erden als die, die wir uns alle zusammen erschaffen und Vergangenheit nennen. Die Gegenwart ist immer der Höhepunkt dieser EINEN Lüge. Immer!

Der Ursprung dieser Lüge, er liegt offensichtlich verborgen im Verhältnis der Sphinx zu den Pyramiden. Dabei ist der Ursprung dieser EINEN Lüge das Fundament unserer darauf aufbauenden Zivilisationen. Mitsamt unserer Vorstellung von Demokratie und Freiheit. Mitsamt der damit einhergehenden Naturzerstörungswut, unserer Weltaneignung und Gewaltbereitschaft, unserer

Hoffnung auf Erhört- und Beachtetwerden, unserer Angst vor Vergängnis und Tod. Zugleich aber ist im Fundament der Lüge das Potenzial zur Auflösung der Lüge verbaut – und damit die WAHRHEIT.

Das Verhältnis der Sphinx zu den Pyramiden bildet EINEN robusten Container zum Transport EINER einzigartigen Legende durch die Zeit, um kraft schwindender Glaubwürdigkeit Wahrhaftigkeit zu intensivieren. Je nachdem, wie die einzelnen Bildvokabeln der Legende betont und somit interpretiert werden – Worten und Sätzen EINER Sprache gleich.

EINE Legende ist demgemäß immer EINE Lüge mit einem WAHREN Kern. Das bedeutet: Jede Legende ist umso näher an der WAHRHEIT als das gegenwärtige Gesamtbild der historischen Geschichte, je älter die Legende ist.

Die historische Geschichte gleicht dem gegenwärtigen Übersetzen von vergangenen Sprachen, für deren wahrhaftiges Verständnis das einstige Bewusstsein nicht mehr zugegen ist, zumal sich sämtliche Kontexte der Sprachentwicklung längst verändert haben. Oftmals sind sie gar nicht mehr vorhanden, wie es beispielsweise bei den Hieroglyphen der Fall ist. Du hast es richtig erkannt: Die Übersetzung EINER Sprache und die Interpretation von Historien, sie sind umso *weniger* WAHR, je mehr Zeit vergangen ist. Geschichte bedeutet, mehr denn je, das Herumstochern in EINEM Nebel, der mit jedem Schritt dichter wird.

Schaue dir die große Pyramide an. Zweieinhalb Millionen verbauter Steine. Jeder einzelne davon EINE Interpretation ihrer steingewordenen Legende. Alles beschädigte Puzzlestücke. Fragmente. Alle Steine zusammen, die Pyramide ergebend, EIN riesiges Grab für die eigentliche Wahrheit ihrer Entstehung, ihrer Notwendigkeit im Bildlauf der Realität. Wir verfolgen die historische Kausalkette und finden unterwegs Objekte, die Lücken in der Kette überbrücken, um weiter am gewohnten, am vertrauten Gegenwartsbild festhalten zu können. Wir suchen stets nach Wahrheiten, vom *aktuellen* Stand des Bewusstseins unserer Spezies ausgehend und finden, was wir im *aktuellen* Kontext erwarten. Allein aus diesem Grund wären wir heute nicht in der Lage, die Pyramiden mit gleicher Präzision im gleichen Zeitraum zu errichten, geschweige denn gänzlich zu verstehen.

Es gleicht EINEM pubertierenden Jungen, der versucht, sich an seinen Lebensanfang außerhalb des Mutterleibes zu erinnern, nachspürend, wie er neugeboren die Welt wahrnahm. Dieser Versuch, er ist zum Scheitern verurteilt. Gleiches gilt für uns in der Vergangenheit herumstochernden Menschen.« Eugen legte eine kurze Verschnaufpause ein, dann fragte er Matt, was der rote Faden mache.

»Er hat EIN paar dicke Knoten und hier und da EINE lose Schlaufe, ist aber EINEM Faden noch sehr ähnlich.« Beide Männer lachten.

In seltenen Momenten wie diesem sah sich Matt eher als Gast, der den Nachmittag in netter, kleiner Tafelrunde verbrachte, bevor er sich irgendwann erheben und beschwingt nach Hause gehen würde. Eugens Erkrankung war in solchen Momenten der Wahrheit über die Pyramiden und über die Sphinx ebenbürtig – weit entfernt von der gegenwärtigen Realität.

··

»Nannte ich die Pyramiden gerade noch EIN Grab für die WAHRHEIT«, griff Eugen den Faden nach kurzem Schweigen wieder auf, sich EINEM der Knoten widmend, »so möchte ich dir jetzt eine andere Perspektive darbieten. Vergiss für die nächsten Minuten alles, was du glaubst, über die Pyramiden und die Zeit an sich zu wissen, nebst den Inhalten unserer aufgeschichteten Geschichtsbücher.«

»Apropos Zeit.« Matt warf einen Blick auf seine Uhr. »Haben wir denn noch so viel Zeit. Ich meine – «

Eugen senkte den Kopf und schaute den jungen Mann über den Rand seiner Brille wortlos an. Matt wurde klar: Das bisher Gesagte, vor allem aber das noch zu Sagende, waren für Eugen von immenser Bedeutung. Eugen benötigte nicht EIN Wort, um das eindringlich mitzuteilen. Matt ärgerte sich umgehend über sich selbst, da ihn die tägliche Routine offenbar fest im Griff hatte. Andererseits beschlich Matt ein mulmiges Gefühl, denn EIN solcher Redefluss seitens seines Patienten war sehr ungewöhnlich. Es schien, als wollte Eugen *unbedingt* diese Pyramidengeschichte erzählen und auch die Sphinx nicht unerwähnt lassen, obwohl diese Bauwerke nie zuvor Thema ihrer Unterhaltungen gewesen waren. Möglichkeiten indes hatte es reichlich gegeben. Warum dann jetzt? Eugen, EIN Mann vieler Worte? Keineswegs, zumindest nicht seit Matt pflegerisch im Haus des alten Mannes tätig war. Vielleicht war Matt aber auch nur verfügbar und Eugen dankbar, Gedanken an den Mann bringen zu können, die längere Zeit gereift waren. Die endlich geerntet werden konnten, da Eugens Gesundheitszustand im Moment erfreulich stabil war.

Matt ließ das mulmige Gefühl ins Leere laufen - und die Tagesroutine Tagesroutine sein. Außerdem, sagte er sich, gab es weit unangenehmere Umstände, sein Geld zu verdienen. Matt hob beide Hände in EINER beschwichtigenden Geste.

»Ich vergesse, was ich über die Pyramiden und die Zeit zu wissen glaube und Sie vergessen mein zeitliches Bedenken.«

»Ein fairer Deal«, antwortete Eugen. Just kam die Sonne wieder hinter den Wolkenbändern hervor. Sekunden später erschien es erneut, deutlicher als zuvor: das Gotteslicht.

Das sich gegen die dunklen Wolken abhebende Leuchten spiegelte sich in Eugens Augen und Matt war sich sicher, in den Augenwinkeln des alten Mannes Tränen glitzern zu sehen. Dann begann dieser zu erzählen, den Blick auf den Horizont gerichtet, dorthin, wo die Strahlen die Erde berührten.

»Immer, wenn du mich fragtest, welchem Beruf ich vor meiner Erkrankung nachgegangen war, lautete meine kurzangebundene Antwort schlicht: für die Regierung. Wahrscheinlich dachtest du, es handelte sich dabei um irgendwelche geheimen Forschungen, irgendetwas Aufregendes, worüber ich kein weiteres Wort verlieren durfte. Nun, dem war nicht so. Im Gegenteil. Du kannst Einblicke in meine damalige Arbeit im Netz bei *Wikipedia* abrufen – unter dem Stichwort *Atomsemiotik*. Klingt etwas kryptisch, nicht wahr?

Ich gebe zu, diesen Begriff umweht tatsächlich EINE gewisse Geheimniskrämerei, dabei war alles, womit ich mich beschäftigte, öffentlich zugänglich. Ich gehörte EINER Gruppe von Wissenschaftlern an, die sich das *Future Panel* nannte, nichts, womit man EINEN abend- und kinosaalfüllenden Film auf die Beine hätte stellen können. Dafür war unsere Arbeit viel zu theoretisch und, wie sich schnell herausstellte, weitestgehend frustrierend, sprich, aussichtslos.

Alles, womit sich das *Future Panel* befasste, drehte sich um Warnungen, die so zu gestalten wären, dass sie der Nachwelt noch in Zehntausenden von Jahren die Gefahren unserer Atomabfälle eindeutig vermitteln könnten. Egal welche Art von menschlicher Zivilisation mit den Warnungen konfrontiert werden beziehungsweise mit ihnen aufwachsen würde. Spektakulär, oder?

Nun, spektakulär wurde es erst, nachdem ich aus dieser Gruppe ausgeschieden war, doch dazu gleich mehr, der Reihe nach. Fadentauglich, sozusagen. Oder historienkonform.

Da saßen wir also, wir Experten verschiedenster Expertisen: Physiker, Chemiker, Historiker, Anthropologen, Soziologen, Geologen, Linguisten - allesamt versucht, EIN Ei auszubrüten, das sich mehr und mehr als ungemein harte Nuss erwies. Menschen in einhundert Jahren über die Gefahren von Atommüll in Kenntnis zu setzen – kein Problem, das bekämen wir hin. Eintausend Jahre sollten auch noch relativ erfolgversprechend realisierbar sein. Ab diesem Zeitraum würde es interessant, ab fünftausend hoffnungslos.

Den Zeitraum, den wir abzudecken gedachten, er erstreckte sich jedoch auf über dreizigtausend Menschengenerationen: EINE *Million* verdammt lange Jahre. EINE Wahnsinnsidee.

Da unser Schriftsystem gerade erst fünftausend Jahre Praxis hinter sich hat, dürfte schnell klar sein, was uns erwartete. Bedenkt man zudem, mit wie vielen Missverständnissen und Fehlinterpretationen unsere Schriftsprachen behaftet sind, dürfte noch klarer sein, auf was wir uns einzulassen gedachten. Ganz zu schweigen von all der Willkür und den fehlgelenkten Interessen mit denen Jahrtausende alte Texte heute übersetzt werden.

Um EINE solche Botschaft für die Nachwelt zu bewahren, brauchte es zuerst drei Voraussetzungen:

Erstens, das Verständnis in der Zukunft, dass es sich überhaupt um EINE Mitteilung handelt. Zweitens, dass an EINEM bestimmten Ort solche gefährlichen Stoffe lagern. Und drittens, nähere Beschreibungen über die Art des Stoffes.

Allem voran aber braucht EINE solche Botschaft EINES, nämlich beständige Glaubwürdigkeit. Was, wenn sich manche menschliche Eigenschaft nie ändert und EINER Warnung Hinterlistigkeit unterstellt würde? EINER der Linguisten im Team brachte - man höre und staune – die Legende vom Fluch des Pharaos ins Spiel. Er gab zu bedenken, die Warnung dürfte von der zukünftigen Zivilisation nicht dahingehend interpretiert werden, dass das Offenlegen EINES Geheimnisses oder EINES Schatzes verhindert werden soll. Das Anstacheln zukünftiger Neugierde könnte so EINE eventuelle Katastrophe heraufbeschwören. Die eigentliche Bedeutung dieses

Hinweises sollte mir erst später die Augen öffnen. Damals, auf unbequemen Stühlen über Stunden ausharrend und Was-wäre-wenn spielend, tat ich die Worte jenes Linguisten mit EINEM Kopfnicken ab.

Also grübelten wir weiter. Einzig mit EINER Textbotschaft ausgerüstet, da kämen wir nicht weit – dafür brauchte es keinen Experten. Stattdessen entstand auf dem Papier EINE Art Monument. EINE Gedenkstätte, errichtet auf EINEM dreieckigen Platz mit Kantenlängen von jeweils dreihundert Metern und reichlich hohen Obelisken, 2001-like, Stanley-Kubrick-mäßig. Vielleicht kennst du den nicht minder monumentalen Film?« Matt schüttelte den Kopf. »Nun, im Umkreis von eintausend Metern sollten zusätzlich Hinweise in allen relevanten Sprachen angebracht werden – was immer auch relevant bedeutet, wenn man von EINEM Zeitraum spricht, der sich der Siebenstelligkeit annähert. Außerdem, wäre eine mitteilende Sprache, egal welcher Lebensform, nicht relevant, dann gäbe es sie erst gar nicht, zuvor angesprochener Notwendigkeit wegen.

Bei künstlichen Sprachen, wie beispielsweise Computersprachen, sieht das anders aus, denn bei ihnen steht einzig die *Möglichkeit* der Realisation, seitens der Menschen, im Vordergrund.

Wie dem auch sei, um der drohenden Bedeutungslosigkeit der Atomsemiotik zu begegnen, wurde der Vorschlag unterbreitet, den Umkreis stets um jeweils aktuelle Sprachen zu erweitern. Richtig glücklich wurde jedoch keiner mit dieser Idee. Kosten, Aufwand, Material, Instandhaltung – die üblichen Spielverderber langfristiger

Unternehmungen gesellten sich beizeiten zu uns an den Tisch.

Für Monate dümpelte das *Future Panel* auf der Stelle dahin und setzte gedankliche Spinnweben an. Nahrhaftes blieb dabei nicht im Netz hängen. Bis jener Tag kam, der aus meiner heutigen Sicht alles veränderte. Auch wenn er für unsere Arbeit damals leise kam und lautlos ging, ohne etwas an der Unmöglichkeit unserer Zielsetzung in Richtung Ermöglichung EINER eindeutigen Warnung zu bewegen.

Die Veränderung bezog sich einzig auf meine Sicht der Dinge – und die änderte sich von Grund auf. Um im Lichte des Gotteslichts zu sprechen: Irgendetwas in mir fokussierte sich mit einem Mal weit über meinem bis dahin bildbestimmenden Horizont und brachte sprichwörtlich Licht in das kulturell bedingte, eingetrichterte Gewölk. Mein ganzes Leben wähnte ich mich bis dahin auf dem Boden der Tatsachen und doch war ich von der WAHRHEIT, dem Ursprung der historischen Geschichte, meilenweit entfernt gewesen.

Auslöser war EIN weiterer Linguist gewesen, der unsere Arbeiten aufgegriffen hatte und Redundanz ins erlahmende Spiel brachte. Sie bezeichnet in der Linguistik Informationen, die mehrfach aufgegriffen werden, um so der eigentlichen Information nicht verlustig zu gehen. Warum, fragte er, mit viel Aufwand EIN kolossales Monument errichten und über Generationen materiell pflegen, wenn es auch einfacher ginge – mit Hilfe EINER sprachlichen Überlieferung. Da ist sie wieder: die Legende. Jene Lüge mitsamt WAHREM Kern.

Nach den Vorstellungen des Linguisten hätte zudem EINE Art Atompriesterschaft ins Leben gerufen werden können. EINE kleine Gruppe Eingeweihter, welcher die eigentliche Wahrheit über das Endlager zugänglich sein würde und die diese Wahrheit an ihre, von ihr bestimmten Nachfolger weitergäbe. Die nicht eingeweihte Masse dagegen würde unwissend bezüglich der tödlichen Gefahr belassen. Immerhin wäre EINE solche Priesterschaft die passende Versinnbildlichung der Verpflichtung, die die Menschheit mit der Nutzung der Atomenergie eingegangen ist. Ähnlich der kirchlichen Priesterschaft und den von EINEM Gott auferlegten Verpflichtungen, seitens der Gläubigen.

Es dauerte nicht lange, da kamen öffentliche Einwände gegen EINE derartige Priesterschaft. Als absurde Idee wurde der Vorschlag zügig abgetan. Von EINER Spaltung zwischen den Wissenden und den Unwissenden wurde gesprochen. Autoritäre Züge wurden der Priesterschaft unterstellt – und überhaupt, allein der Begriff täte der Bedeutung und der Tragweite des eigentlichen Problems in keiner Weise angemessen Rechnung tragen. Dessen ungeachtet, zeigt sich bis in die Neuzeit hinein: Priesterschaften erweisen sich als durchaus nützlich, um Legenden am Leben zu halten. Es scheint EINE ausgesprochen männliche Domäne zu sein, vor allem durch Zerstörung und andere Manipulationen von Vokabular, seien es Worte oder aber Bilder. Ja, EIN Bild sagt mehr als tausend Worte – und tausend Worte vermögen nicht derart weitreichend zu lügen wie EIN einziges Bild – oder Objekt. Oder EIN Subjekt, das zum Objekt erhoben und ins kollektive Bewusstsein genagelt wird.

Nun, aller Widrigkeiten keineswegs zum Trotz, schlief das Vorhaben der Atomsemiotik ein und erwacht ab und an mal wieder etwas schlaftrunken, ohne aber wirklich hellwach zu wirken. Die Atompriesterschaft dagegen wurde eingeschläfert, noch ehe sie ins Leben berufen worden war. Von Seiten der zuständigen Behörden ließ man eh durchblicken, erst frühestens 2133 die Implementierung der Warnmaßnahmen, in welcher Form letztlich auch immer, vollziehen zu wollen – nachdem das Endlager, in diesem Fall in den USA, randvoll und EINE einhundertjährige Kontrollzeit vergangen sowie das Lager versiegelt wäre.

Von vornherein lag offensichtlich auf der Hand, an welchem Problem das Lösen unseres Atomproblems scheitern würde: am vorgegebenen Zeitraum. Erst recht vor dem Hintergrund mangelnder Praxistauglichkeit und Langlebigkeit unserer bisherigen Kommunikationsmittel. Das ist der Punkt, wo die Pyramiden und die Sphinx ins Spiel kommen.« Eugen hielt eine Zeitlang inne. Matt beschäftigte sich derweil mit dem länger werdenden Faden und begutachtete dessen Knoten und Schlaufen.

»Mal angenommen, die Pyramiden von Gizeh sind, was wir vom *Future Panel* damals im Sinn hatten: EIN Monument mit EINER bedeutenden Botschaft für die Nachwelt – für uns. Gerade einmal EIN paar Jahrtausende lägen in diesem Fall zwischen den Mitteilenden und uns, denen die Mitteilung gelten würde. EIN paar Jahrtausende und wir rätseln noch immer zu welchem Zweck, wie, wann und von wem dieses Monument errichtet worden ist. Verfolgt man die Entwicklung der Enträtselung der Pyramiden, mitsamt dem Plateau auf dem sie stehen und der Sphinx, die in denselben Atemzug gehört, mit dem man die Pyramiden erwähnt, bleibt EINEM nichts anderes übrig, als sich die menschliche Unzulänglichkeit einzugestehen, die uns von Beginn der Entmystifizierung an beständig Steine in den Weg legt – als hätten die Pyramiden nicht bereits genug Steine, die Antworten behindern. So gibt es zwar EINEN Konsens hinsichtlich des Weltwunders, doch in Stein gemeißelt ist dieser keineswegs.

Spätestens hier sollte deutlich werden, weshalb die Atomsemiotik auf Basis menschlicher *Kommunikation* zum Scheitern verurteilt ist – wobei ich das Wort Kommunikation hier ganz bewusst betone.

Natürlich muss die Frage gestellt werden, vor was uns denn eine vergangene Bewusstheit zu warnen gedachte? Im Wüstensand verbuddelter Atommüll dürfte ausscheiden. Bezüglich dieser Frage gibt es schon lange die wildesten Spekulationen, vor allem bedingt durch das Internet und entsprechende Foren. Was, wenn die Pyramiden nicht auf EINEM atomaren Endlager, sondern auf einer anderen Form von Energie weilen, die es gilt, sicher unter Verschluss zu halten? Wie lange? Solange, bis es uns gelingen würde, Verfahren zu entwickeln, die solche Kräfte beherrschbar machen oder aber bis diese Kräfte selbst keine Gefahr mehr darstellen würden. Vielleicht daher all diese Geheimniskrämerei mit Hilfe von Gräbern, Inschriften, Artefakten, Rätseln, astronomischen und mathematischen Andeutungen, Schächten und verborgenen Hohlräumen? Um unser Interesse bei Laune zu halten. So das Verstreichen jener Zeit gewährleistend, die nötig ist, um zum Kern der Beziehung von Pyramide und Sphinx, zur Quelle ihrer beider Geschichte vorzudringen.

Ohne dabei EINER Gefahr ausgesetzt zu sein. Wir würden es ja nicht anders machen, weshalb die Gizeh-Semiotik durchaus als Blaupause für unsere Atomsemiotik angesehen werden kann.

Wäre speziell die große Pyramide demnach *kein* Pharaonengrab, sondern Teil EINER bedeutungsvollen Legende, könnten wir uns heute glücklich schätzen. Wir hätten EINEN Einblick erhascht, was alles verbessert werden müsste, um, zum einen, die atomare Botschaft verständlicher zu verpacken und, zum anderen, um sie noch weiter in die Zukunft bewegen zu können. Trotz des Glückes bliebe aber die Ungewissheit der Botschaft der Gizeh-Semiotik.

Die Pyramide zeigt deutlich auf, wo die erzählenden und materiellen Grenzen liegen und wie sehr mit dem Zerfall des Monuments EINE eventuell angedachte Entschlüsselung weiter verunmöglicht wird. Seit geraumer Zeit fehlt bereits der Abschlussstein der Pyramide, das sogenannte Pyramidion. Auch die polierte Außenfläche ist längst komplett verschwunden, teils, so erzählen es weitere Geschichten der Geschichte, verbaut in prunkvollen Moscheen und anderen Bauwerken späterer Jahrhunderte. Ganz zu schweigen von all den anderen, durch Menschen verschiedenster Gesinnung bewirkten Veränderungen und Schäden an und in der Pyramide, die, ginge es denn um EINE solche Warnung, der warnenden Intention des Monuments zuwiderlaufen würden.

Vielleicht ist an alledem nichts dran. Vielleicht ist die Pyramide nur EIN jahrtausendealtes Zeugnis von vergangenem Größenwahn und sollte einfach als solches betrachtet und ad acta gelegt werden. Vielleicht ist aber auch alles dermaßen offensichtlich, dass es nur durch viele verschiedene Interpretationen verborgen *erscheint*. So bliebe die einzig WAHRE Bedeutung bewahrt, nämlich die Bewusstwerdung EINES Traumas und die Sensibilisierung für Möglichkeiten, um am Ausmaß des Traumas nicht zugrunde zu gehen.

Kann man diesem Trauma auf die Spur kommen? Ich möchte diese Frage bejahen und komme damit zum Eigentlichen unserer kleinen Kommunion. Du magst diese vielleicht als einseitige Kommunikation erleben, vielleicht sogar als Monolog meinerseits, doch sei versichert: Die Dinge werden sich zusammenfügen – und Worte bereitwillig beiseitetreten, um dem Eigentlichen den notwendigen Platz zu gewähren. Lasse mich nur kurz meine Gedanken sortieren.

Du kannst unbesorgt sein, Matt. Mir geht es gut. Noch benötigt mein Seelenboot kein zusätzliches Glas Wasser unterm Kiel und Zeit haben wir genügend. Ich gebe zu, ich werde ein wenig müde, aber das steht mir wohl auch zu, oder?« Eugen schloss die Augen. Matt nickte trotzdem, ohne selbst EIN Wort zu äußern.

Noch immer schob die Sonne sich zwischen die Wolkenbänder und verschoben sich diese, weitere Strahlenmuster in den Himmel zeichnend. Der junge Mann war sich noch immer nicht sicher, worauf Eugen hinauswollte. In seinem Kopf gaben sich Pyramiden, Fässer mit Atommüll, riesige Bauten, Hieroglyphen und Unmengen Fragezeichen die Klinke in die Hand, doch behielt die Tür für sich, in welchen Raum sie führte. Er gestand sich ein: Die Vorstellung der Realität als Sprache machte ihn neugierig und er hoffte, der alte Mann würde darüber noch ein paar Worte verlieren. Aber warum war Eugen von diesem Gotteslicht so fasziniert und wie passte es in seine bisherigen Darlegungen? Matt zuckte zusammen, als sein Patient wieder das Wort ergriff.

»Kannst du dich an die Kindheit nach deiner Geburt erinnern?«, fragte Eugen. Diesmal schüttelte Matt seinen Kopf nicht lautlos, wie er zuvor genickt hatte.

»Nein. Aber soweit ich weiß, ist das EIN generelles Phänomen. Kein Mensch kann sich an die ersten Jahre der eigenen Kindheit erinnern.«

»Genau, weil in den ersten Jahren keine Sprache entsprechend ausgebildet ist, um das in den ersten Jahren Erlebte wörtlich zu beschreiben und somit zu erinnern. Oder anders formuliert: Das kindliche Bewusstsein ist in jenen ersten Jahren ein ANDERES als das EINES älteren, vorpubertären Kindes. Und erst recht EIN anderes als das EINES gesellschaftskonformen Erwachsenen. Warum? Weil das Gewahrsein, jenes voneinander getrennte Einssein mit der Mutter, nach der Loslösung von der Mutter schwindet – ohne aber je zur Gänze zu verschwinden. Entsprechend verändert sich zusätzlich das Sprachvermögen. Entsprechend ändert sich die eigene Weltsicht. Das Kind reift in der natürlichen Gemeinschaft zu einem Individuum heran, dessen Wesen, dessen Kern in jene Kommunion gebettet bleibt, die seine mütterliche Wiege gewesen ist.

Von Natur aus sind es die Mütter, die den Nachwuchs zur Welt bringen, von äußerst seltenen Ausnahmen im Tierreich abgesehen. Die Mutter säugt das Kind, ist ihm nahe und ist auch ohne Nabelschnur, getrennt vom

Nachwuchs, eins mit dem Kind. Mutter und Kind sind jeweils *ein* Individuum, die ein Miteinander sich teilen und einander ohne Lügen mitteilen. Die Mutter ist sensibilisiert für das Befinden des Kindes und das Kind für die Anwesenheit der Mutter. Ein beiderseitiges Gewahrsein – wenn es sich denn natürlich, sprich, im Kontext des Körpers und des Lebensumfeldes entfalten kann.

Lässt sich ein solches Gewahrsein nun auch auf die früheste Kindheit der Menschheit selbst übertragen, bedeutete es doch zeitlos, einander mit der Natur völlig anverwandelt und verwoben gewesen zu sein? Auch diese Frage möchte ich bejahen – zumindest, bis das Trauma sich zutrug.

Die Spezies Mensch teilte sich von ihrer frühesten Kindheit an ein Miteinander mit der Natur. Beide teilten einander wahrhaftig mit – bis der Pyramidenbau notwendig wurde. Das hatte EINE Lüge zur Folge, die seither ihr Unwesen in der männlichen Dominanz der Realität auslebt.

Nun, ein solches Gewahrsein, wie es Mutter und Kind in den ersten Jahren verkörpern, kommt mit einer einfachen Sprache aus. Ihre beider Kommunion geschieht überwiegend durch die wortlose Sprache eines und noch eines einander verstehenden Körpers. Auch die Menschheit erlebte ihr Dasein in der Kindheit ihrer Spezies im Einklang mit der Natur, die der Menschheit das zum Leben Notwendige darbot. Einklang, das möchte ich betonen, bedeutet dabei keineswegs EIN Himmel voller einstimmig eingestimmter Geigen, EINEM ungetrübten, stets auf Hochglanz polierten Goldenen Zeitalter gleich. Einklang bedeutet unmittelbare Verwobenheit, ohne die

Aufschiebung von Konsequenzen, die aufgeschoben für Klangverzerrung sorgen täten. Aus heutiger Sicht unseres menschlichen Bewusstseins nachzuvollziehen, wie dieser Einklang erlebt wurde, ist schlicht unmöglich. Wir sprechen längst EINE andere Sprache. EINE entzweite. EINE, voller verzerrter Unwahrheiten, zumal wir derartige Konsequenzen der Verwobenheit scheuen und längst nicht mehr aushalten täten, geschweige denn wollten. Daher auch das Problem mit der Interpretation der Pyramiden und allem voran der Sphinx. Daher auch unser heutiges Unvermögen uns vorzustellen, wie und wofür die Pyramiden realisiert wurden.

Allerdings lassen sich die Bauwerke verstehen, wenn man die Realität als Sprache betrachtet. Es setzt die Bereitschaft voraus, Zeit als erzählende Komponente zu begreifen. EINE entzweiende Sprache benötigt Zeit, damit durch die Vergangenheit und die Zukunft der gegenwärtige Verlust des Wesentlichen EIN Fundament für das Lügengebäude der Geschichte erhält.

Die Sphinx entsprang einem jüngeren Bewusstsein als im Falle der Pyramiden. Zwischen Sphinx und Pyramide liegt die traumatisch bedingte Entzweiung der Menschheit von der Natur. Deshalb verkörpert die Sphinx, eine ruhende, aber aufmerksame Löwin mit menschlichem Gesicht, die Mutter, wie sie von jenem kindlichen Bewusstsein der Menschen wahrgenommen wurde. Die Pyramide dagegen, mit ihrem strengen geometrischen Aufbau und mathematischen Zusammenhängen, bezeugt EIN fortgeschrittenes, EIN fragmentierendes Bewusstsein, das die Anwesenheit, die Nähe der Mutter leugnet. Die Geschichte der Pyramide, sie ist EINE durch und durch unmütterliche Geschichte, während die Sphinx das Mütterliche grundlegend zum Ausdruck bringt. Den Tod thematisiert die Pyramide, das Lebendige die Sphinx. Die Sphinx ist EINE Lüge, weil sie die WAHRHEIT kennt, obgleich die Pyramiden, drei an der Zahl, die WAHRHEIT auf den Kopf stellen. Die Sphinx ist die realisierte Erinnerung an jene Kindheit der Menschheit, die aus heutiger Sicht nicht mehr greifbar ist. Eine Kindheit, die unvorstellbar anmutet, weil die WAHRHEIT auf dem Kopf steht und die Lüge für WAHR gehalten wird. Dadurch wird der Beginn der datierten Zeitrechnung der Geschichte markiert, die Verkettung von Ereignissen und deren Deutung beherrschend.

Die Sphinx, sie ist Zeugnis jenes weiblichen Schoßes, welcher die friedfertige Menschheit gebar. Nur aufgrund ihrer Erwähnung im Kontext der Pyramiden, konnte das weibliche Zeugnis aber geleugnet werden – bis zum heutigen Tag. Bestärkt und konserviert wird die Lüge durch die Verkehrung weiblicher Symbolik ins Gegenteil. Wozu, zum Beispiel, auch die Annahme mancher Experten gehört, die Sphinx müsse mit *der* Sphinx bezeichnet werden, ihr so ihren weiblichen Ursprung untersagend. Diese Symbolik umfasst ferner die weibliche Scham, für die sich ursprünglich das weibliche Geschlecht keinesfalls schämte. Es ist das Symbol eines Dreiecks, das mit der Spitze nach unten weist. Hinzu kommt die eigentliche Dreifaltigkeit, die unpatriarchale Trinität: Mädchen, Frau und die weise Alte, die Greisin. Eine Trinität, die sich keinesfalls über den Männern stehend sah.

Frei von kriegerischen Zügen, frei von Egozentrik und Machgelüsten, frei von Aneignung und Lügen jedweder

Couleur, erzählt die vergessene Kindheit des Menschen eine ganz ANDERE Geschichte, als jene, die noch heute aus Millionen einzelner Teile aufgeschichtet zum Himmel zeigt. Die Sphinx aber, sie besteht aus nur einem einzigen Stein und hat die WAHRHEIT im Blick. Halb Tier, halb Mensch, ein getrenntes Einssein. Das Einssein von Individuen, die eine gemeinsame LIEBE teilen. Kommunion.

Die Lüge dagegen bedurfte der Fragmentierung der WAHRHEIT, damit sie überhaupt erst auf den Kopf gestellt werden konnte. Erst durch diesen Umstand konnte sie glaubhaft werden und glaubhaft bleiben, weil Folter, Verstümmelung, Entwurzelung und Unterdrückung des Weiblichen seitdem noch immer allgegenwärtig sind. Selbst Frauen sind diesem Glauben EINER Lüge verfallen, wobei manche nur vorgeben Derartiges zu glauben – damit sie überhaupt unter solch EINER Lüge leben können. Viele aber haben sich längst aufgegeben. Sie opfern tagtäglich auch ihre Kinder EINER Lüge namens Gesellschaft, die der Zeitgeist der Entzweiung beherrscht und der generationsübergreifend uns das fehlerhafte Übersetzen der Vergangenheit lehrt. Pervers daran ist, dass er sich zugleich an jener Lebendigkeit vergeht, die das Vermögen der Kindheit und des Weiblichen von Natur aus ist.

Was also trug sich *wirklich* zwischen der Sphinx und den Pyramiden zu? Wovon erzählt die Gizeh-Semiotik *wirklich*? Und inwieweit ist das Erzählte mit dem energetischen Potenzial vergrabenen Atommülls vergleichbar, welches die natürliche Verwobenheit in EIN unnatürliches Ausmaß der Aneignung von Lebendigkeit verkehrte?

Teil der Legende, welche die Gizeh-Semiotik darlegt, ist das plötzliche Auftauchen hochentwickelter Kulturen, praktisch aus dem Nichts. Kulturen, die im Laufe ihrer weiteren Entwicklung das Wunder vollbrachten, in nur zwanzig Jahren Bauzeit EIN einzigartiges Monument zu errichten. Erinnerst du dich an meine Erwähnung der Petrischalen?« Matt nickte wieder stumm. Eugen, die Augen geschlossen, fuhr fort.

»Dem Auftauchen jener Kulturen in besagten Petrischalen mag eine Infusion mit unbändiger Energie zugrunde liegen, die, vollzöge sie sich in natürlichem Ausmaß und Tempo, vergleichbar mit der Entwicklung des kindlichen Sprachvermögens wäre, kaum, dass sich das Kind von der Mutter zu lösen vermag. Plötzlich beginnt das Kind die Welt anders und sich selbst bewusst wahrzunehmen. Plötzlich stehen dem Kind Worte zur Verfügung, die Erinnerungen ermöglichen, die zuvor nicht notwendig waren, aufgrund der Bindung mit der Mutter. Plötzlich nährt das Kind eine Energie, die es rasch wachsen lässt und neue Möglichkeiten des Seins hervorbringt. Die Krux ist: Es gibt einen wesentlichen Unterschied zwischen der kultivierten Petrischale aus dem Nichts und der natürlichen Entwicklung. Dieser Unterschied findet sich außerdem zwischen EINER Legende und der historischen Geschichte. Es ist das Empfinden der Energie, die jedwede Semiotik notwendig macht, um mit dem Einfluss dieser Energie umgehen zu können, bezogen auf das Ausmaß selbiger, geht doch aus dem Empfinden die Bewahrung der Bindung oder aber deren Zerstörung hervor.

Die Energie, welche die Gizeh-Semiotik thematisiert, vielleicht glich sie EINER eruptiven Emotion. EINE, die, vom Außen her bewirkt, nach innen hin, Richtung Kern, wirkte und das innere Seelenheil, den Einklang, zu überfordern drohte – wie elterliche Gewalt, dem eigenen Kind gegenüber.

Eine Traumatisierung ist ein jähes Geschehen, das die Wahrnehmung mitunter enorm beeinflusst und verändert. Erst recht, wenn die Intensität des Traumas eine Anpassung bewirkt, damit das Bewusstsein mit der energetischen Intensität umzugehen lernt – ohne gänzlich handlungsunfähig zu werden. Eine solche Anpassung kann zum Beispiel als Abspaltung geschehen, die den Großteil der traumatischen Energie aufnimmt und solange verwahrt, bis es dem Körper möglich ist, die Energie ohne Schäden einzubinden. Das entspräche letztlich der Ausheilung des Traumas.

Die Frage lautet nun: Wie sieht die WAHRHEIT aus, die EINER Lüge bedurfte, um die Abspaltung EINER Spezies von ihresgleichen zu bewirken, sodass EIN gewalttätiger und zu Perversionen neigender Teil dieser Spezies seitdem das Weibliche zum Feind erklärt und sich selbst zum Herrscher über alles Lebendige erhoben hat?«

Die Frage hing unbeantwortet wie ein zäher Schwaden Nebel in der Luft. Stimmlos umkreiste sie die beiden Männer. Eugen atmete hörbar aus und griff mit weiterhin geschlossenen Augen in die breite Brusttasche seines Cardigans. Das Smartphone, das er hervorholte, legte er ohne Worte auf den Tisch neben sich. Kaum hatte er seine ruhende Position rekonstruiert, begann er zu husten.

Er beschwichtigte Matt mit einer Handbewegung und unterstrich diese Geste durch weiterhin geschlossene Augen. Minuten später legte sich der Anfall, doch bekundete ein leises Rasseln die eventuelle Fortführung EINER symptombelasteten Unannehmlichkeit.

»EINE kleine Kanne Wasser, jene aus Bergkristall, wäre nun doch angebracht«, merkte Eugen an und öffnete zum ersten Mal seit längerer Zeit die Augen. Den Pfleger anschauend, lächelte er. »Wärst du wohl so nett und holst noch eine Zitrone aus dem Vorrat und mischst ihren Saft mit dem Wasser?« Matt sprang auf.

»Junger Mann«, gab Eugen ihm zu verstehen, »immer langsam. Wir haben alle Zeit der Welt und Welten für alle Zeiten.« Er nickte Matt zu und schloss erneut die Lider.

»Kommen Sie solange zurecht – ich meine, falls der Husten in die nächste Runde geht?«

»Kein Problem. Du weißt doch: Wenn ich hinfalle, stehe ich wieder auf.«

»Ich weiß. Und wenn Sie sterben, dann - «, begann Matt und wartete auf Eugens Vollendung des Satzes. Der alte Mann aber behielt wortlos sein Lächeln bei, reglos dasitzend, die geschlossenen Lider Richtung Westen, wo die Sonne in EIN paar Stunden untergehen würde. Matt beließ es dabei, seufzte und machte sich auf den Weg, den Krug zu suchen, von dem er sich nicht ganz sicher war, ihn dort vorzufinden, wo er ihn vermutete.

Je länger Matt suchte, desto mulmiger wurde jenes Gefühl, welches er zu Beginn von Eugens Redseligkeit ins Leere hatte laufen lassen. Er fand das Gefäß schließlich, wo er es nie vermutet hätte und die Erleichterung über den Fund dämpfte das Gefühl ein wenig. Die Zitrone war zügig zur Hand und der Krug alsbald mit kühlem Wasser gefüllt. Matt griff zum Messer, um die Zitrone zu teilen und anschließend auszupressen. Das Vibrieren seines Smartphones in der Hosentasche ließ ihn nur knapp die Hand, welche die Zitrone in Position hielt, mit dem Messer verfehlen. Fluchend legte er Utensil und Frucht beiseite und fischte nach dem Gerät. Er sah Eugens Namen im Display. Eine kalte Hand ergriff das mulmige Gefühl durch seine Bauchdecke hindurch und zerrte es widerstandslos hervor. Dem Impuls einfach loszulaufen widerstehend, bemerkte Matt, dass das Vibrieren keinen Anruf ankündigte, sondern den Eingang EINES Dateiordners und EINER Audiodatei, die betitelt war mit: »Die Antwort«.

Matt stutzte. »Typisch Eugen«, murmelte er, während das Loch in seiner Bauchdecke schnell verheilte. Er wischte mit dem Daumen über das Display, grinste, nur am Rande die knapp zehnminütige Laufzeit der Audiodatei feststellend – jene Zeitspanne, die er mit der Suche nach dem Krug verbracht hatte. Er hörte Eugens aufgezeichnete Stimme.

»Falls du den Krug, auf mein Gesuch hin, noch nicht gefunden haben solltest – er ist in dem kleinen Schrank neben dem Fenster im Esszimmer, etwas versteckt hinter den gusseisernen Teekannen.«

Ein Räuspern.

»Nun, erwähnte ich, dass die Pyramiden von Gizeh vielleicht nicht im eigentlichen Sinne erbaut wurden, sondern einzig im Bewusstsein EINER Spezies existieren? In Form EINER bildgewordenen Vokabel, um jener Energie, die zum Trauma führte, Gestalt zu verleihen? Es gleicht EINER sogenannten Sandbox, die beim Neutralisieren von Schadsoftware in Computersystemen Anwendung findet: EIN isolierter Speicherbereich, der keinen Einfluss auf den Computer hat, sollte die Schadsoftware aktiviert werden und sich als zerstörerisch erweisen. Die Pyramiden könnten EIN solcher Container sein. Er nahm demnach die Energie auf und stellt seitdem gefahrlos den Inhalt zur Verfügung, um nach und nach die Gizeh-Semiotik als Legende durch die Zeit zu bewegen.

Teil der Legende wären all die offenen Fragen, die den Bau und die Bedeutung des Monuments betreffen. Die Energie wird so zu Spekulationen, Theorien, Attraktionen und anderweitigen Auseinandersetzungen mit ihr umgewandelt. Auf einen Schlag und mit voller Intensität auf das Leben losgelassen, hätte die Energie das kindliche Bewusstsein der Menschheit derart in Mitleidenschaft gezogen wie die Schadsoftware das Computersystem *ohne* Sandbox. Daher markiert EINE Legende immer EINEN Bruch in der Wahrnehmung, für dessen Handhabung entsprechendes Vokabular fehlt. Sie ist notwendig, um die urplötzliche Diskrepanz zwischen Wirklichkeit und Realität auszuhalten. Übrigens, auch Verschwörungstheorien entstehen alleinig aus diesem Grund.

Die Gizeh-Semiotik ist praktisch untrennbar verknüpft mit der Wahrnehmung unserer Realität, sodass die Pyramiden uns gleichwohl real erscheinen, obwohl sie nie *wirklich* Stein für Stein errichtet wurden. Und die sechs weiteren Weltwunder? Welche Rolle würde ihnen in dieser Betrachtungsweise zuteil? Sie wären Teil der

Legende und vergrößerten die Möglichkeiten der Sandbox, hinsichtlich der Handhabung der Diskrepanz, des Bruchs.

Unvorstellbar? An langen Haaren herbeigezogen? Nun, seit dem Bewusstsein unserer Spezies EINE Stimme im Kopf EINEN Gott real erscheinen ließ, ist EINE Pyramide ohne Bau nicht minder abwegig, oder?«

Husten.

»Bei Legenden kommt es nur sekundär auf den Inhalt an. Primär hingegen geht es um die *Umstände*, die EINE Legende notwendig machen. Wie Sprachen, deren Vokabular sekundär ist, da es immer Veränderungen unterworfen ist. Auch hier steht primär der Umstand im Vordergrund, der die Sprache zum Austausch von Informationen notwendig machte. Allerdings – Trommelwirbel, Fanfaren, Feuerwerk - gibt es nur *eine* einzige Geschichte, die *wirklich* der WAHRHEIT entspricht und *keineswegs* EINE Legende ist.«

Aus dem Lautsprecher des Smartphones in Matts Hand raschelte es.

»Es ist die Sonnen-Semiotik.

Sie allein, die Sonne, ist die Geschichte des Lebens. Sie ist es, die die Sprache des Lebens erst notwendig werden ließ. Ihr Vokabular, welches das Erzählen ermöglicht, sind all die Lebewesen, die den Einfluss der Energie der Sonne verkörpern. Selbst diese Geschichte nutzt eine Art Sandbox, um der enormen Energie der Sonne zu begegnen, ohne Schaden zu nehmen. Zum einen besteht diese Box aus der Atmosphäre, in der durch den hohen Anteil an Stickstoff bereits der größte Anteil der Energie neutralisiert wird, um nicht traumatisierend auf das Leben einzuwirken. Zum anderen sind es die natürlichen Zyklen von Tag und Nacht und die der Jahreszeiten. Allein dadurch gelingt dem Leben die Handhabung der solaren Energie.

Die WAHRE Geschichte des Lebens ist frei vom Schatten EINER Lüge. Man könnte auch sagen: *Wirklich* schadstofffrei. Es sind von Natur aus die Körper aller Lebewesen, welche die Sprache dieser Geschichte direkt und konsequent zum Ausdruck bringen. Evolution ist der Titel, den wir dieser Geschichte verliehen haben – ohne jedoch unmissverständlich zu verstehen, worum sich das Leben dreht. Und doch wird EINES Tages die WAHRHEIT ans Licht kommen. Es liegt einzig an uns Menschen, sie uns einzugestehen, sie anzunehmen. Ersichtlich ist sie seit eh und je.

Je körperbetonter die Sonnen-Semiotik vermittelt wird, desto näher ist der Körper der WAHRHEIT. Mehr noch: Desto weniger Raum bleibt nämlich für EINE Lüge, desto eher zeigt sich das Wesen der Kommunion und desto weniger ist von Kommunikation die Rede. Kommunikation, die ihrerseits stets nur EINE Abstraktion der WAHRHEIT ist – unter Zuhilfenahme verschiedener Betonungen von Wahrheiten. Nichts anderes verkörpert die Sphinx, ihr Blick auf den allmorgendlichen Sonnenaufgang gerichtet.

Die WAHRHEIT – sie ist die Sonne. Deshalb fehlt der Abschlussstein der Pyramiden, das Pyramidion, und daher ist die Sonne das Pyramidion des Gotteslichts. Die Sonne gleicht dem Weiblichen, das EINER Lüge zu folgen scheint, um selbst der Verfolgung durch die Lügner zu entgehen, das Weibliche bewahrend, hütend und durch die Zeit bewegend. Gewiss wird der Mond mit dem weiblichen Menstruationszyklus in Verbindung gebracht, aber es ist das Sonnenlicht, welches den Zyklus erst sichtbar werden lässt.

In Wirklichkeit ist das Gotteslicht nicht das gekrönte Licht EINES Gottes, sondern das einzig WAHRE Lebenslicht, das von der Vergänglichkeit und den Zyklen des Lebens erzählt.«

Weiterer Husten.

»Die Gizeh-Semiotik bezeugt unseren Fall aus dem Schoß der Natur heraus. Die Atomsemiotik dagegen bezeugt den Kniefall vor EINER Energie, die uns glauben macht, wir seien fortschrittlich unterwegs. Unbeschuht hingegen ruht die Sphinx friedvoll im Einssein auf dem Boden. Beschuht jedoch sind wir, von jener Energie Befallenen, ruhelos und gleichen Einzelteilen gleich unterwegs, der technologischen Dämpfung unserer Sohlen wegen das Gefühl für den Weg verlierend, immer emotionsgeladener werdend und mehr und mehr Spannungsfelder realisierend. Und je weiter wir fortschreiten von der Kommunion, die von der Sphinx verkörpert ist, desto mehr Kommunikationsmittel meinen wir einsetzen zu müssen. Doch geschieht dieses einzig, um unsere Emotionen in den Griff zu bekommen, die verrückterweise den Verlust des Gefühls für Verwobenheit zum Ausdruck bringen. Deshalb tritt umso deutlicher hervor, was wir Menschen mehr und mehr bemüht sind zu unterdrücken. *Davon* – und *nur* davon erzählt das Leben – mit den individuellen Stimmen aller Lebewesen und nicht mit EINER Stimme, die von oben herab bestimmt, wie die Geschichte zu laufen hat. Kein Wunder also, dass die Bemühungen des *Future Panels*, dem ich angehörte, von vornherein zum Scheitern verurteilt waren. Kein Wunder hierneben, dass die Welt ist, wie sie ist, solange man die WAHRHEIT nicht wahrhaben will.

Die Frage lautet nun: Wer oder was spricht die Sprache des Lebens, wenn keine Sprache sich selbst sprechen kann? Hier also ist er endlich, der Anfang des roten Fadens.

Wenn Materie die Mutter von ALLEM ist und der Wunsch Vater des Gedankens, dann ist der Wunsch der Materie quicklebendig zu sein und das Leben die Erfüllung dieses Wunsches. Nebenbei ergibt sich so die Antwort auf die Frage, was eigentlich Bewusstsein ist: Bewusstsein ist Energie, die sich auf Bindungen einlässt und sie verschieden lang und unterschiedlich intensiv zu pflegen vermag.«

Die letzten Sekunden der Aufzeichnung bestanden aus ununterbrochenem Husten – und als es schließlich zur Unterbrechung kam, klang Eugens Stimme empfindlich leiser und gezeichnet vom langen Reden. Matt hatte Mühe die Worte zu verstehen.

»Ich danke dir für Alles, Matt – und um deinen Satz von vorhin doch noch zu beenden: Wenn ich sterbe, dann bleibe ich - «

Husten, der in ein Krächzen überging.

» – hier sitzen, ist es doch der Tod, der die Sprache des Lebens spricht.«

Matts erste Reaktion war ein reflexartiges Grinsen. Dann stürzte das Grinsen aus seinem Gesicht, wie EIN

Portrait an der Wand, dem der Nagel abhandengekommen war. Matt rannte aus der Küche.

Das Gotteslicht prangte in eindrucksvoller Klarheit am Himmel. Matt wurde beim Betreten der Terrasse schlagartig bewusst: Er war zwanzig Minuten zu spät. Nein – nicht zu *spät*. Eugens Wunsch, unter *keinen* Umständen an das Leben gekettet zu werden und möglichst lange derart angekettet zu bleiben, war vor längerer Zeit schon endgültig festgelegt worden. Von *spät* oder *früh*, von *richtig* oder *falsch*, konnte demnach keine Rede sein. Matt korrigierte sich: Zwanzig Minuten war er nicht *anwesend* gewesen. Zwanzig Minuten, die Eugen genutzt hatte, um die Geschichte des Lebens auf seine eigene Art zu Ende zu erzählen.

Im Angesicht der WAHRHEIT war der junge Mann mit wenigen Schritten vor dem Stuhl des alten Mannes angelangt. Eugens Wunsch entsprechend, unterließ er jeglichen Wiederbelebungsversuch. Er kniete sich hin, nahm Eugens linke, noch warme Hand und umschloss sie mit seinen beiden. Ein wenig zitterten sie.

»Eugen«, war alles, was Matt flüsternd über die Lippen bekam. Mehr Worte waren nicht notwendig – ihre beiden Körper genügten, um ihre gemeinsame Teilhabe am Leben auszudrücken.

»Kommunion«, hauchte Matt. Tränen perlten von seinem Kinn und fielen auf Eugens nackten Fuß.

Nachdem die Sonne hinter den Wolken verschwunden war, zog Matt sich seinen Stuhl heran und setzte sich neben Eugen. Lange schaute er zum Horizont. Irgendwann erinnerte er sich an den Ordner, den Eugen ihm hatte zukommen lassen, während er selbst mit der Zitrone beschäftigt gewesen war. Er nahm sein Smartphone zur Hand, wischte ein paar Male mit dem Daumen, schluckte und öffnete den Ordner. EINE einzelne Datei befand sich darin, ebenfalls im Audioformat. Ihre Laufzeit über EINE Stunde, so lang wie er und Eugen auf der Terrasse gesessen hatten – bis Matt losgegangen war, um den Krug zu suchen. Der Dateiname lautete: »Der WAHRHEIT auf der Spur«.

Matt blickte zum Tisch. Eugens Smartphone lag noch immer dort – wie Stift und Papier EINES Geschichtenerzählers, der alles erzählt hatte, was ihm möglich gewesen war. Alles, mitsamt der WAHRHEIT, dem WAHREN Ursprung der Geschichte vom Leben.

Interludium

Kohärenzverlust

$$\Phi$$

$/\Phi^2=\Phi+1\backslash$

$/\Phi^3=\Phi+\Phi+1\backslash$

$/\Phi^4=\Phi^2+\Phi+\Phi+1\backslash$

$/\Phi^5=\Phi^3+\Phi^2+\Phi+\Phi+1\backslash$

$/\Phi^6=\Phi^4+\Phi^3+\Phi^2+\Phi+\Phi+1\backslash$

$/\Phi^7=\Phi^5+\Phi^4+\Phi^3+\Phi^2+\Phi+\Phi+1\backslash$

$/\Phi^8=\Phi^6+\Phi^5+\Phi^4+\Phi^3+\Phi^2+\Phi+\Phi+1\backslash$

$/\Phi^9=\Phi^7+\Phi^6+\Phi^5+\Phi^4+\Phi^3+\Phi^2+\Phi+\Phi+1\backslash$

$/\Phi^{10}=\Phi^8+\Phi^7+\Phi^6+\Phi^5+\Phi^4+\Phi^3+\Phi^2+\Phi+\Phi+1\backslash$

$/\Phi^{11}=\Phi^9+\Phi^8+\Phi^7+\Phi^6+\Phi^5+\Phi^4+\Phi^3+\Phi^2+\Phi+\Phi+1\backslash$

$/\Phi^{12}=\Phi^{10}+\Phi^9+\Phi^8+\Phi^7+\Phi^6+\Phi^5+\Phi^4+\Phi^3+\Phi^2+\Phi+\Phi+1\backslash$

 (B)ewahrheitet sich auch heute erneut, dass alles nach seinem gewohnten Gang verlangt? EIN vertrautes Muster, sehr liebgewonnen, weil es den tagtäglichen Ablauf feinst strukturiert. Den tastenden Schritten ähnlich, die EINEN durch die finstere Wohnung führen, wenn der Strom an einem stürmischen Winterabend unvermittelt ausgefallen ist. Den alltäglichen Gegebenheiten ähnlich, die EINEN nicht hinterfragen lassen, wohin all die anderweitig vergebenen Gegebenheiten verschwunden sind. Den Sätzen ähnlich, die musterhaft die gesellschaftliche Kommunikation gestalten und gleiche Worte einzig zu ähnlichen Satzkonstrukten permutieren, anstatt die plastische Formierung von Bedeutsamkeiten mit unwilligen Worten hervorzuheben. Dem Wecker ähnlich, der die Woche hindurch immer zur selben Zeit EINEN auf den Punkt aus spätgefundenem Schlaf in aller Frühe schreit.

Das ist ab jetzt vorbei. Wehret den Mechanismen des Morgens. EIN dicker Schlussstrich markiert den Beginn der Aufruhr. Es ist Zeit für EIN Experiment und es beginnt mit besagter Weckzeit, heute bereits um acht Minuten verschoben, morgen vielleicht um vier vorgezogen, übermorgen um zehn. Sich nicht im Voraus festzulegen, das gehört zum Experiment. Jahrelang wurde ich um 5:30 geweckt und die erfolgende Handlungskaskade ritualstabmäßig über die Bühne gebracht. Jetzt bin ich bereits wach, der Gewohnheit wegen, und warte die restlichen Minuten, bis zum Ertönen des verstellten Weckers, im Bett verweilend ab. Vierhundertachtzig Augenblicke, die mir den restlichen Tag nun fehlen werden, morgen hingegen werden mir eventuell zweihundertvierzig Augenblicke geschenkt. Es wird nicht die einzige Abweichung vom Bisherigen bleiben, um weiterem musterhaften Gewahrsam den rostigen Riegel vorzuschieben.

Es ist 5:34. Normalerweise stünde ich jetzt schon im Bad, ins Klo pinkelnd. Wohin sonst?

(R)enne aus dem Haus, um die U-Bahn noch zu erwischen. Gewohntes in weniger Augenblicke zu pressen, wird erwartungsgemäß durch Temposteigerung kompensiert. Schaffe es im vorletzten Augenblick. Manch EINER ist gleichfalls eilig unterwegs, bereits vom jungen Tag gezeichnet, die Bahn im letzten Augenblick erreichend. Es ist nicht erkennbar, ob aus Gewohnheit oder motiviert durch EIN Experiment wie meinem. Die Struktur des erwachten, mich umgebenden Arbeitstages weist keine Veränderung zu den Vortagen auf, nur fühlt sie sich heute EIN wenig ANDERS an, etwas aufgeraut.

Ich spüre mein Herz klopfen, meinen Atem mich einholen und Schweiß meine Haut bedecken. Die meisten Menschen um mich herum sind wie immer vor Ort. Sie werden von Ort zu Ort bewegt und doch sind sie anderswo. *Wirklich* anwesend, allem fahlen Anschein nach, ist niemand. Ihre Blicke entweder glasig oder aber in die virtuelle Welt gerichtet.

Ich nehme EIN Notizbuch zur Hand, das ich immer in meiner Tasche mit mir führe und schreibe auf die ersten zehn Blätter jeweils denselben Satz: *Der einsamste Ort der Welt ist die WAHRHEIT.* Ich reiße die Seiten unbemerkt heraus und falte jede einmal horizontal, dann vertikal. Notizbuch und Stift verschwinden wieder in der

Tasche, die zehn gefalteten Seiten behalte ich in der Hand. Niemand nimmt Notiz von meiner Tätigkeit. Die Bahn hält, ich stehe mit Anderen auf, reihe mich ein. Etappenziel erreicht. EINE junge Frau mit roten Haaren und EINEM Pferdeschwanz steigt vor mir aus.

»Entschuldigen Sie«, sage ich zu ihr und tippe ihr leicht mit der freien Hand auf die Schulter. Sie dreht sich um, hat Kopfhörer im Ohr. »Sie haben das hier verloren.« Ich halte ihr EINEN der Zettel hin. Sie nimmt ihn entgegen, bevor ihr verdutztes Gesicht den vorliegenden Irrtum zu verstehen gibt. Schon bin ich fort, schnellen Schrittes Richtung Rolltreppe, obwohl mein Zeitplan mich wieder im Griff hat.

Unterwegs verteile ich die restlichen Zettel an weitere Personen oder hinterlege sie hier und dort. Aus dem Untergrund in die von tiefhängenden Wolken bedeckte Oberwelt auftauchend, biege ich nach rechts ab. Bisher bin ich immer links, ein kurzes Stück durch das Geschäftsviertel gegangen. Jahrelang. Nein, länger. Die schnellen Schritte behalte ich bei, bedarf doch auch die Länge EINES Weges eventueller Kompensation.

(E)s ist merkwürdig: Ich erreiche meinen Arbeitsplatz zur gewohnten Zeit und habe doch das Gefühl EIN ANDERER Mensch nimmt hinter dem Schreibtisch Platz. Der Morgen erscheint mir bereits älter, als die Uhr an der Wand mir weismachen will. Noch habe ich nicht mit außergewöhnlich vielen Mustern gebrochen, aber das soll sich in den kommenden Tagen und Wochen deutlich werdend ändern. Möglichkeiten gibt es viele, praktisch an jeder Ecke. So beschließe ich, statt immer den Aufzug zu nehmen, hin und wieder die Treppe zu benutzen.

»Welch EIN Wagemut, welch Heldentat«, lasse ich mein Büro wissen. Weiterhin überlege ich mir, von heute an, EIN unvertrautes, EIN verlorenes Wort und füge es mehrmals am Tag in Unterhaltungen und den Schriftverkehr ein. Worte wie *Kleinod, lind* oder *schlechterdings* – oder aber *Individuum*, nebst dessen Gegenstück: der *Isodualist*. Letzteres EINE Wortschöpfung meinerseits. EIN paar Monate ist die Schöpfung her. Jetzt weiß ich wofür.

Vertraute Objekte in ungewöhnlicher Umgebung zu platzieren, EIN weiterer Bestandteil meines in Fahrt kommenden Experiments. Sei es EINE Rolle Klopapier auf dem Getränkeautomaten, sei es EIN Centstück mit Tesafilm auf EINE Fensterscheibe geklebt. Manchmal genügt überdies EIN »Piep« zwecks Erwiderung auf »Guten Morgen« oder »Guten Tag« und EIN »Ja« statt EINEM »Nein« – und umgekehrt.

Das Ausmustern von Mustern, so nenne ich diese experimentelle Spielerei. Ich bin gespannt, wie weit ich sie wohl treiben kann, bis ich EIN gesellschaftliches Unwohlsein zu spüren bekomme.

(A)ller Anfang ist schwer, sagt man im Allgemeinen und tatsächlich – es wird immer leichter. Das Entscheidende ist, das Unerwartete nicht selbst zum Muster werden zu lassen, weshalb fortwährende Veränderungen notwendig werden, um das Eingravierte nicht durch weitere uniforme Gravuren zu ersetzen.

Die Flugbahn EINES Geschosses lässt sich kilometerweit im Voraus genauestens berechnen. Mithin landet das Geschoss in der Regel dort, wo es hingelangen soll. Verglichen mit der unvorhersehbaren Flugbahn eines Schmetterlings, sieht es mit solcherart Berechnungen jedoch ANDERS aus. Dieser Unterschied, er ist der Ursprung meines Experiments.

Warum fliegt ein Schmetterling erratisch durch die Lüfte? Um die Angreifbarkeit seiner Einzigartigkeit zu minimieren. Dagegen brauchte es die lineare Denkschablone EINES Genies wie Newton, um dem Geschoss zu zeigen, wo genau es langgeht. Die Folge waren Festungsmauern, die höher und dicker errichtet wurden – und Geschosse, die bis heute höher, weiter, schneller und zerstörerischer unterwegs sind. Heute fliegen Schmetterlinge noch immer erratisch auf zarten Schwingen mancher Bedrohung davon – und EIN zerstörungswütiger Laserstrahl EINER Bedrohung geradewegs entgegen.

(K)aum zuhause, am späten Nachmittag angekommen, geht die Ausmusterung weiter, nachdem ich auf der Heimfahrt wieder zehn Seiten mit EINEM Satz beschrieben, gefaltet und verteilt sowie hinterlegt habe. Diesmal lautete der Satz: *Je größer EINE Menschentraube, desto eher wird sie gepflückt und verzehrt.* Ich dachte beim Schreiben an den Schmetterling und hatte, *zack*, einen Schwarm Fische vor Augen. Zwei weitere Worte purzelten unvermittelt mir in den Sinn. Ich schrieb sie auf, um sie die nächsten Tage für mein Experiment parat zu haben. *Kohärenz* und *antifragil*. EIN normaler Tagesablauf hätte sie mir wahrscheinlich nicht beschert. Woher sonst sollten Worte wie diese kommen? Worte, die mitnichten mit EINEM normalen Tag vertraut waren. In meinen Ohren jedoch, da klingen sie auch jetzt noch wie kühle Melonenscheiben in der Mittagshitze EINES Jahrhundertsommers.

Das Abendessen nehme ich diesmal am Küchenfenster stehend ein, morgen vielleicht im Keller, auf dem harten Boden sitzend. Warum nicht? Warum immer am selben Tisch das Gewohnte aussitzen?

Den Teller geleert, wähle ich aufs Geratewohl sechs mir unbekannte Telefonnummern, weit entfernte Vorwahlen das Unbekannte steigernd. Fünf Anrufe werden beantwortet.

»Ich führe für EIN wissenschaftliches Projekt EIN Experiment durch«, sage ich und frage die Angerufenen, was sie sich unter dem Wort *Kohärenz* vorstellen können. Folgende fünf Reaktionen folgen jeweils:

»Keine Ahnung.«

Aufgelegt.

»Kommt aus der Physik, oder?«

»Cooler Benz? Hey, vergiss es, BMW is´ ´n cooler Schlitt´n, kannste mir glaub´n.«

Aufgelegt.

Keine Frage, EINE Wortschwalbe macht längst keinen Sommer, der in Erinnerung bleibt, und die Umgehung mustergültiger Befolgung zieht nicht ad hoc Staunenswertes nach sich. Gravuren glätten sich nicht über Nacht und tiefe Wunden heilen oftmals EIN Leben lang nicht aus. Doch gemach – morgen ist ein neuer Tag, einer, der auf die Nacht folgt. Ich hole mein Notizbuch hervor und schreibe EIN weiteres Wort zu den beiden dort Niedergeschriebenen: *Zyklus*.

Interessant, denke ich, das Experiment ist noch keinen Tag alt und stellt bereits unübliche Fragen: Was unterscheidet demnach einen Zyklus von einem Muster?

(I)nteressant, fürwahr. Mehr und mehr lassen wir Menschen uns in Muster pressen. Wir werden Musterfrau und Mustermann und bringen unseren Kindern die alltäglichen Muster des modernen Lebens bei, kultiviert und etabliert über Jahrhunderte, verwaltet vom expandierenden Ministerium für Mustergültigkeit und drohendes Unwohlsein. Mir fällt auf: Wir reden vom Musterknaben, doch was ist mit den Mädchen? Beiden Geschlechtern wird Erziehung zuteil, als Entziehungskur vom schlechten Einfluss des Unstrukturierten, der Obdachlosigkeit unpassender Muster. Schmetterlinge sind demgemäß schwer erziehbare Störenfriede der Ordnung, ebenso all jene Kreaturen, die von Abweichungen schwärmen und diese unvorhersehbar in die Tat umsetzen. Sie verkörpern im Schwarm eine Verbundenheit, von der unsere Forscher zwar ihrerseits ins Schwärmen geraten, nicht aber ohne dabei EINEM weiteren Muster anheimzufallen. Welchem? Das Leben auf beschädigte Muster zu reduzieren und das Prägen von Strukturen als Fortschritt zu deklarieren, praktisch von Geburt EINES Menschen an, egal ob Knabe oder Mädchen.

»Mmh«, mache ich. EIN Heizungsrohr knackt, mehr nicht. In Gedanken versunken, durchschwimme ich das Wohnzimmer in Richtung Balkon. Ein weiteres Mal durchbricht EIN unangepasster Gedanke die ansonsten gewohnte Gedankenmusterparade: Natürlichen Zyklen sind durchaus Muster zu eigen, während unsere Muster das Natürliche von Zyklen enteignen.

Entstehen Bedeutsamkeiten wie diese einfach so, oder haben acht, in die Freiheit entlassene Minuten Anteil an ihrer Entstehung, ermöglicht durch winzige Risse im Alltagsgewebe?

Aber lässt sich wirklich dermaßen vereinfachen, was aus der natürlichen Verwobenheit einfacher Zusammenhänge Unmengen vergänglicher Muster hervorbringt? Sind natürliche Muster nicht immer ein Unikat, ein individueller Moment des Lebens, der nicht länger, als dieser Moment, dauerhaft isoliert für sich bestehen kann? Ein gesundes Herz schlägt nie starr im monotonen Takt EINES festen Musters, sondern als Abfolge individueller Momente. Die meisten Menschen glauben, ein Individuum zu sein und bemessen EINEN Moment in der Größenordnung weniger Sekunden. Von Natur aus aber ist ein Moment die Dauer eines Lebens.

»Sind die Menschen, denen ich tagaus, tagein unterwegs im konkreten Herzen der Stadt begegne, noch Individuen?«, frage ich, auf dem Balkon stehend, die Stadt selbst, mir zu Füßen liegend. Ich warte, bis die Sonne hinter dem von dunklen Fassaden besetzten Horizont verschwunden ist. Unbeantwortet kann ich mir die Antwort denken. Es ist EINE rhetorische Frage, EINE, die ich unlängst mit dem Wort *Isodualist* beantwortet habe.

So hat jeder Mensch von Natur aus ein individuelles Muster eines Fingerabdrucks und jeder Mensch ist durch das Muster seiner Zähne, seines genetischen Codes, seiner Iris eindeutig identifizierbar. Und doch sehe ich unterwegs *schlechterdings* nirgendwo Individuen.

Je größer EINE Stadt, desto mehr *Isodualisten*, hat EINE Stadt doch kein Interesse von einer Masse Individualisten bewohnt zu werden. Im Gegenteil. Sorry, aber so sieht es dort draußen aus. Ein *Individuum* zu sein, das bedeutet, untrennbar mit dem Leben verbunden zu sein. In Form ungeteilter Anteilnahme am Leben. Nicht nur innerhalb des Raumes, der die menschliche Sphäre umrahmt und Menschen mehr und mehr vom Leben, von der Biosphäre trennt. Metropolen sind die modernen Bollwerke gegen natürlich wirkende Lebendigkeit, errichtet aus sich wiederholenden Strukturen, die Gewohnheiten bewirken.

Anstatt die Einzigartigkeit jedes Körpers zu bewahren und ihm uneingeschränkten Zugang zur Biosphäre zu gewähren, verkehren die Städte Einzigartigkeit in EIN Sammelsurium von Mustern. Sie suchen nach möglichst vielen Ähnlichkeiten, Schnittstellen und Berührungspunkten. Je mehr dieser Muster in den Akten und Dateien des städtischen Ministeriums verfügbar sind, desto eher bleibt das Individuelle auf der Strecke. Desto eher verliert jedes getrennt erfasste, nummerierte Individuum seine Einzigartigkeit. Aufgrund beschnittenen Berührtwerdens der eigenen Leibhaftigkeit.

Gerne wird dieser gesellschaftskonforme Zuschnitt der Masse als Schwarm-Intelligenz verkauft und die Einheit der Menschen als Super-Individuum, als EIN Organismus propagiert. Jedem Aktenkundigen wird EINE Teilnehmernummer zugestellt und EINE Teilhabe in Aussicht gestellt, die dem Motto folgt: *Verhalten sich alle Muster mustergültig, dann ist und bleibt die Welt unter Kontrolle. Koste es, was es wolle.*

Warum aber passt dieses Motto nicht zu den Bildern, die mir Tag für Tag vor Ort begegnen und mich aus aller Welt erreichen, mitunter auf höchst erratischen Wegen? Noch dazu einhergehend mit einem Gefühl, das eine phantomhafte Schmerzlichkeit deutlich anmerkt.

Generiert der Mensch nicht schon lange eigene Muster, die erfasst und gesammelt werden und die den weiteren Lebenslauf EINES Musters immer besser, also weiter vorausschauend, erkennen lassen? Gilt das nicht auch für die Muster derer, die Teil des Musters anderer Menschen werden? Somit ersetzen wir die ungeteilte Teilhabe am Leben durch das Teilen von Mustern und tauschen ununterbrochen Mitteilungen untereinander aus, die alltägliche Tätigkeiten unterbrechen.

Wäre ein Vogel Mustersammler und Musterauswerter sowie verwaltungsorientiert unterwegs, sich also möglichst bewegungslos selbst mästend, wäre das Leben EIN pervertiertes Kinderspiel. Dann bräuchte der Vogel sich nur entsprechend auf dem Feld oder der Wiese zu positionieren und warten. Solange, und keine Sekunde länger, bis ihm der Schmetterling oder ein ANDERES Insekt, das auf seine ganz eigene Art Anteil am Leben hat, geradewegs in den erwartungsvoll geöffneten Schnabel flöge. Dem Hai und den Fischen im Meer erginge es ähnlich. Gelingen könnte dieses allerdings nur, wenn das Erratische, das Unvorhersehbare einer Flugbahn oder Schwimmbahn durch EIN fortführbares Muster ersetzt würde. Musterhaft statt Freiheit. Welch Festschmaus für einen Vogel und einen Hai, welch Vereinfachung der Lebensbedingung, wenn dieser Einzelfall auf eine Masse übertragbar wäre. In der Sphäre der Menschen gelingt dieses zunehmend. Es wirft die Frage auf, welche komischen Vögel, welche gierigen Haie demnach über unseren Alltag verfügen, uns glauben machend, es läge gar nirgends EINE Form von Bedrohung für in den Städten wohnende Individuen vor. Hauptsache, so erschallt es auf verschiedenen Kanälen aus dem Ministerium, wir können weitere Muster unserem Leben hinzufügen. In der gesellschaftlich akzeptierten Annahme, dadurch Zeit zu gewinnen und Energie für andere - *wirklich wichtige* – Dinge zu sparen. Ergibt das einen Sinn?

Ich beginne zu lachen, weil sich die Antwort aus all den winzigen Rissen strukturierter Lebensmuster herauskristallisiert und letztlich kristallklar in mir erklingt. Laut und tränenreich, wie EINE gefühlte Ewigkeit nicht mehr, lache ich weiter. Die Antwort, sie klingt dermaßen paradox, im Gegensatz zur verallgemeinernden Meinung. EINEM sollte darob eher zum Heulen zumute sein denn zum Lachen. Nein, das Lachen ist eindeutig zu bevorzugen, das Heulen entspräche der Erwartung und bediente somit EIN Muster. Wofür also Zeit gewinnen und Energie sparen?

Errare humanum est.

Um aus dem Muster des Alltags ausbrechen zu können!

Das ist die Antwort, die ich jeden Tag auf dem Weg zur Arbeit vermute und auf dem Weg nach Hause, Stunden später, bestätigt bekomme. Die Tränen fließen. Ich kann nicht aufhören zu lachen und nehme mir vor, jeden Tag öfter zu lachen. Vor allem, wenn das Lachen unpassend ist, ohne EINE Gefühlsverkehrung zu sein. Nein, besser noch – lachen, wenn es tatsächlich die WAHRHEIT berührt.

Etwas beruhigt, rufe ich inbrünstig vom Balkon in die zyklische Nachtwerdung hinein:

»Flieht Jahr für Jahr auf silbernen, starren Schwingen so weit ihr könnt, doch wisset, ein Vogelschwarm seid ihr nicht und auch nicht den Zugvögeln zugehörend.« Irgendwo hupt EIN Auto, anderswo bellt EIN Hund – andersherum klänge es wie ein Teil meines Experiments. »Auch dann nicht«, schicke ich meiner Inbrunst hinterher, »wenn ihr euch allmorgendlich mit dem Zug zur Arbeit fahren lasst.«

Rückwärtsgehend, kehre ich der Balkontür den Rücken zu und schließe sie schließlich wieder, im Wohnzimmer stehend.

»Zyklen«, erzähle ich dem Raum, »entziehen sich der Musterhaft durch Abweichungen und durch ihre Eigenschaft, mit ANDEREN Zyklen in Resonanz zu schwingen, die Intensivierung von Bedeutsamkeit ermöglichend. Muster dagegen sind für Deckungsgleichheit zu haben und verharren so, am liebsten EINE Ewigkeit, ihre eigene Bedeutungslosigkeit nicht wahrhaben wollend.« Erneut knackt das Heizungsrohr.

»Zyklen sind ein Schwarm von individuellen Wahrheiten, die gemeinsam auf der Hut vor der UNWAHRHEIT sind.« Mehr nicht.

(N)atürliche Schwärme, in denen sich einzelne Individuen, die angreifbar sind, anstelle vereinzelter Muster, die aufgegriffen werden, zu einem Körper aus vielen Individuen zusammenfinden, um jedwedem Angriff auf das einzigartige Leben möglichst lange zu entgehen, unterscheiden sich fundamental von EINER Schwärmerei. Jener, wie sie Forscher im Auftrag schräger Vögel und gieriger Haie für übertragbar auf Menschen erachten. Hier taucht EIN weiteres Paradoxon aus der Tiefe unserer staatlich geförderten Musterbesessenheit auf, welches für stete Heiterkeit sorgt: Ein Schwarm ist von Natur aus der vorübergehende Formenreichtum einer Lösungsfindung, die es keinesfalls geradlinig mag und strukturlosen Raum benötigt, um sich einstimmig entfalten zu können. Geraten aber Menschen ins Schwärmen und schließen sich vermeintlich Gleichgesinnten an, dann werden sie im Rahmen EINER Formel umso berechenbarer, je mehr Einzelne Teil des Gruppenmusters sind. Die staatlich vorgegebene und bewirkte Strukturierung von Städten und Lebensraum an sich, führt dabei zur Beherrschung und lässt Muster deutlich werden, die gegen Gleichgesinnte verwendet werden können. Das Fatale dabei ist: Je langsamer neue Muster entstehen und sich im Alltag festsetzen, desto schneller folgt man ihnen, ohne sie zu hinterfragen. Ist das der Grund, warum es gerade in Städten zu flächendeckenden, sogenannten, Innovationen kommt? Zum Ausdruck begehrten Fortschritts, der nichts anderes ist, als die beschleunigte Verlangsamung des Hinterfragenwollens von Auswirkungen? Alljährlich neue Kollektionen an Mustern den Bewohnern unterjubelnd, mit denen vermeintliche Individualisten ihren Alltag fortan in angesagten Vereinfachungen kleiden können? Wobei wirklich notwendige Neuerungen eher ermöglicht werden, wenn mehrere Unberechenbarkeiten sich begegnen – und daher dem Ministerium zuwiderlaufen.

»Vollkommen in Ordnung«, würde der Isodualist in diesem Falle sagen. »Willkommen im Club«, würde er höchstwahrscheinlich hinzufügen – und sich weiterhin als Individuum wähnen, weil nur er, bedingt durch seine biometrischen Muster, Zugang zur Musterdatenbank hat. Doch sobald jene Muster, die von Natur aus individuell gestaltet sind, wirkliche Einzigartigkeit verkörpernd, durch Musterung ausgewertet und verglichen werden können, ist es mit der Einzigartigkeit vorbei. EIN anderer könnte sich alsbald für jemanden ausgeben, der er nicht ist. Und je länger EIN solcher Musterprozess gegen das Leben geführt wird, je weiter der Fortschritt uns fortschreiten lässt, desto weniger strukturloser Raum bleibt zum Ausdruck von Lebendigkeit, zum Entgehen EINER Bedrohung, letztlich noch verfügbar.

»Es lebe das Leben in der Großstadt. Nirgendwo ist die Freiheit größer – die Freiheit, sich selbst zu belügen.«

Ich lache. Heulen hilft hier, beileibe, nicht weiter, denn schlagartig wird mir EINES klar: Ein Individuum muss jederzeit gnadenlos scheitern können, andernfalls kann es nicht ehrlich sich selbst gegenüber sein.

(G)ehe duschen, zuvor mein alltägliches Everglaze abgelegt. Pinkle beim Duschen in die Dusche hinein. Angezogen verlasse ich ohne Schuhe und Socken die Wohnung. Die Kunstlichtsonne ist bereits aufgegangen und beleuchtet in voneinander unterscheidbaren Farben den Stadtplan, auf dem unser Leben gespielt wird. Mehr und mehr beschleicht mich das Gefühl, auf EINEM Schachbrett zu leben, nicht nur, weil das Aufteilen der Welt in Schwarz und Weiß ordentlich an Zuspruch gewinnt.

Nein, mir scheint, EIN komischer Vogel sitzt EINEM gierigen Hai gegenüber und auf den Zug des EINEN, folgt EIN weiterer des Anderen. Zug um Zug ergibt sich so EIN archivierbares, beherrschbares Muster. Zug um Zug wächst in mir das unbeherrschbare Verlangen ANDERS zu springen, als erwartet wird – ANDERS, als bisher für möglich gehalten. Einzig, um auszubrechen aus der Musterhaft und um dem Zugriff für EINEN weiteren Zug zu entgehen. Genügt es, EIN individueller Flashmob zu sein, der auf ganz eigene Art demonstriert, was EINEM Flashmob oder EINER Demonstration, bestehend aus vielen Isodualisten, immer weniger im Blute liegt? Weil Städte Strukturfilter EINER Blutwäsche sind, die, je größer sie sind, umso effektiver arbeiten? Verloren geht so die Notwendigkeit, einen lebendigen Schwarm zu bilden. Ein Schwarm, welcher der eigentlichen Bedrohung zu entwischen vermag. Der Bedrohung, nicht die eigene ungeteilte Anteilnahme am Leben auszuleben, sondern durch EIN Muster bewegt zu werden, das zunehmend EINEM Labyrinth von Folgerichtigkeiten gleicht und daher geradezu nach Vereinfachungen verlangt. Tag für Tag versprechen diese: Vertraue uns, der Ausgang, er liegt gleich um die nächste Ecke.

Dieses Versprechen, es redet EINER Masse ein, sie sei ein Schwarm aus Individuen und intelligent obendrein. Die WAHRHEIT aber lautet: Die Stadt bleibt EINE Musterhaftanstalt, solange du deinen Gewohnheiten treu bleibst. Daher bleibt die WAHRHEIT deine Einzelhaft, wenn nicht EIN anderer der Musterhaftanstalt den Rücken kehren will. Doch wer will das schon, wenn stattdessen immer mehr Menschen in die Städte gezogen werden, um von all den Plänen zu schwärmen, die es zu verfolgen gilt. Und ehe sie sich versehen, ist jeder Haialarm Normalität, geht die flächendeckende Installierung solcher Alarmvorrichtungen doch mittlerweile einher mit dem Ausbau digitaler Infrastrukturen. Aus der Welt in Schwarz und Weiß wird EINE aus Null und Eins. Zero & One. Copy & Paste.

Es ist an der Zeit jeden Tag EIN wenig mehr ANDERS zu werden. Wir sind nicht nur nicht mehr vor Ort, wir sind mit jedem weiteren Tag immer seltener die, die wir von Natur aus wirklich sind. Das ist die WAHRE Bedrohung und der alleinige Grund, warum die WAHRHEIT der einsamste Ort der Welt ist und bleibt, wenn nicht -

Ich drehe mich um und gehe rückwärts den Weg weiter. Es wirkt im ersten Moment verstörend, nicht zu sehen, wohin man geht, sondern im Auge zu behalten, woher man kam. Ich glaube nicht, dass man sich daran gewöhnen kann. Zumindest nicht, solange nicht jeder die WAHRHEIT kennt.

Ich betrete EINE Bar, bestelle am Tresen EINEN Drink. Ich erblicke EINEN Tisch, an dem zwei junge Frauen sitzen und zu mir herüberschauen.

»Haben Sie EINEN Stift und EIN Blatt Papier?«, frage ich den Mann hinter der Theke. Er schiebt mir beides zu, stellt meinen Drink daneben. Auf das Blatt male ich zehn fette Buchstaben, unter die ich vier Worte schreibe. Ich falte das Blatt einmal in der Mitte. Das Glas geleert, den Drink bezahlt, gehe ich langsam rückwärts zum Tisch der Frauen und lege das Blatt Papier darauf. Dann bewege ich mich zur Tür. Weiter barfuß, rückwärts. Ich werde Zeuge, wie das Blatt neugierig lachend entfaltet wird.

Stutzend blicken mir beide Augenpaare nach, keine Spur mehr von EINEM Lachen, geschweige von Neugierde. Diese Reaktion, ich habe sie erwartet – aber es geht ja hier nicht um mich.

Was auf dem Blatt Papier geschrieben steht?

THE PATTERN
Erratisch das Humane ist.

Interludium

Lebendigkeit

In deinem Blick – diese obsessive Leere.
Du hast sie verloren – deine pure Lebendigkeit.
Entleert – von frühester Kindheit an.
Du trugst sie in dir – die LIEBE zur Welt.
Verloren hast du sie – und gibst mir die Schuld.
Ich soll für dich funktionieren – deine Leere füllen.
Soll aufhören zu spielen – dir gehorchen.
Ich, ein Geschenk des Lebens – nun deine Ressource.
Ein Individuum – mit der LIEBE zum Leben verwoben.
EIN Bruchstück nun – an dich gekettet, jahrelang.
Dich zu lieben – deine Bedingung an mich.
Mich zu opfern – deine Interpretation von Leben.
Du beutest mich aus – EINE Kolonialmacht daheim.
Ich fühle die Anwesenheit des Todes – du nur Leere.
Es ist mein Triumph – mich gänzlich erfüllend.
Ich spiele mit dir – und du, du bemerkst es nicht.
Ich bin bereits – was du nie sein wirst.
Berauscht von Lebendigkeit – in jedem Augenblick.

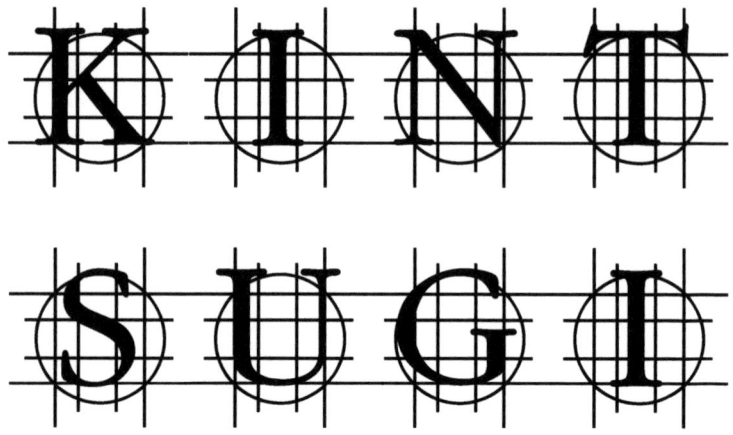

»Kann ich Ihnen behilflich sein?«, fragte die ältere Dame. »Sie sehen ein wenig unschlüssig aus.«

Der ältere Herr beäugte das Interieur des Geschäftes mit staunenden Augen. Unschlüssig war er in der Tat, dahingehend, welcher Anmutung er zuerst seine Aufmerksamkeit schenken sollte. Sich nicht entscheiden könnend, bewegte sich sein Kopf, als verfolge er eine müde gewordene Eintagsfliege mit seinem Blick. Abwartend, auf welches der unzähligen Objekte im Raum sie sich ein letztes Mal niederlassen würde. Derart viele verschiedene Gefäße und Gegenstände aus Porzellan hatte der ältere Herr noch nie, an EINEM *einzigen* Ort versammelt, zu Gesicht bekommen. Ihm schien es, als hätten sich alle Objekte aus Porzellan, die ihm bisher an *allen* Orten seines Lebens begegnet waren, hier eingefunden.

Der ältere Herr war nicht allein. EIN Junge, um die zehn Jahre jung, stand neben ihm und hatte wohl eine ANDERE Fliege im Visier. Eine, die noch voll unschlüssigen Tatendranges war – sein neugieriger Blick schwirrte entsprechend umher. Die ältere Dame war diesen Anblick ihrer Kunden gewohnt, sobald diese die Türschwelle überschritten hatten. Sie wandte sich von ihrer Tätigkeit ab und lächelte abwartend.

»Opa, schau´ mal dort drüben«, rief der Junge und machte einen Kinderschritt in Richtung der Entdeckung. Dieses veranlasste den älteren Herrn dazu, den Jungen mit seiner freien Hand an der Jacke festzuhalten, nicht länger dem Schicksal einer müden Fliege folgend.

»Chester, du bleibst bitte hier bei mir. EIN Unglück dieser Art am Tag genügt, zumal hier Tausende weitere Unglücke auf EINE unbedarfte Bewegung warten.«

Der Junge tat ohne Widerspruch wie ihm geheißen und senkte den Blick, bevor er verstohlen zu der Frau an dem langen Tisch aufschaute.

»Vielleicht kann ich Ihnen bei der Unglücksminderung helfen?«, bot die ältere Dame ein weiteres Mal an. Sie bedachte zuerst den Jungen mit einem aufmunternden Blick und kam dann auf die beiden zu, ihre Brille auf dem Tisch ablegend.

»Nun«, begann der ältere Herr, mit beiden Händen an der großen Stofftasche herumfummelnd, in der sich offenkundig etwas befand, das mit dem erwähnten Unglück zusammenhing, »ich weiß nicht, ob wir bei Ihnen hier richtig sind. Im Internet stand: *Reparaturen von Porzellan besser als neu.*« Er kam auf sie zu, der Junge an seiner Seite. »Im Grunde«, fügte der Mann hinzu, »würde uns EIN *so gut wie neu* genügen, aber in diesem speziellen Fall ist *besser als neu* auf jeden Fall besser.« Er lachte, trotz des Unglücks, das ihnen widerfahren war, und die ältere Dame stimmte ein.

»Chester, siehst du das Regal dort drüben?«, fragte sie den Jungen. »Dort findest du ein paar außergewöhnliche Dinge zum Spielen, die dich interessieren könnten, während ich mich um euer Unglück kümmere. Was hältst du davon?« Chester sah seinen Opa an. Er nickte.

»Aber bitte gib acht. Nicht, dass noch etwas zu Bruch geht.«

»Keine Sorge«, beruhigte ihn die Geschäftsinhaberin, »es ist alles aus bruchsicherem Material.« Kaum ausgesprochen, war Chester schon auf halbem Wege zum Regal unterwegs.

»Na, dann zeigen Sie mal, welches Unglück Ihrem Enkel zum Glück nur materiell zugestoßen ist.« Mit diesen Worten ging sie wieder zum Tisch und nahm ihre Brille auf.

»Da haben Sie sicherlich recht«, erwiderte der ältere Herr, die Tasche auf den Tisch stellend und langsam entpackend, was sich in ihr befand. »Trotzdem ist die Angelegenheit nicht so leicht aus der Welt zu schaffen, der besonderen Umstände wegen.« EIN in Stoff gewickeltes Bündel nach dem anderen kam nach und nach zum Vorschein.

»Sie machen es aber spannend. Darf ich?«, fragte sie und machte Anstalten das erste Bündel vom Stoff zu befreien. Der ältere Herr nickte erneut und legte EIN paar weitere Bündel auf den Tisch. Zum Schluss stellte er noch EIN Glas mit EINEM Schraubverschluss dazu, darin allerhand kleine und winzige Bruchstücke, die im Stoff eventuell verloren gegangen wären.

»Oh«, entfuhr es der Frau, »was haben wir denn hier?«

»Die Erde«, antwortete der Mann. »In Scherben.«

»Bekommen Sie das wieder hin?«, fragte der ältere Herr, nachdem alle Bruchstücke entwickelt auf dem Tisch lagen. Die ältere Dame betrachtete die Scherben eingehend durch ihre Brille, fuhr mit dem Finger über die Bruchstellen und inspizierte zum Schluss den Inhalt des Glases. Derweil war Chester in sein Spiel vertieft und der ältere Herr wartete geduldig auf die befreiende Antwort der Geschäftsinhaberin. Sie nahm noch einmal EIN paar der größeren Stücke auf, kniff die Augen zusammen und hielt zwei der Scherben versuchsweise aneinander.

»Gehört die Erde Ihnen?«, fragte sie, ohne den Blick von den beiden Scherben abzuwenden. Der ältere Herr schmunzelte der Wortwahl wegen, wurde jedoch umgehend ernst und erzählte die näheren Umstände des Unglücks, das zum symbolträchtigen Scherbenhaufen der Erde geführt hatte.

»Seit dem Tod seiner Eltern lebte Chester bei meiner Frau und mir, seit dem Tod meiner Frau lebt er nun mit mir allein. Er ist ein guter Junge, aber wie Kinder hin und wieder so sind, voller Tatendrang und ungezügelter Energie. Nun, mein Arbeitgeber ist zurzeit für ein paar Wochen unterwegs und ich sehe nach dem Anwesen. EIN paar Instandsetzungen hier, EIN paar Aufräumarbeiten dort. Ich mache diesen Job bereits etliche Jahre und noch nie ist etwas Derartiges passiert. Ich meine, es ist schließlich meine Aufgabe für Unversehrtheit im und am Haus zu sorgen. Manchmal ist es aber die Verkettung von Umständen, die zu Geschehnissen wie diesem hier führt.« Er deutete zerknirscht auf die Porzellanscherben.

»Chester hat heute keine Schule und so nahm ich ihn ausnahmsweise mit in das Haus meines Arbeitgebers, bläute ihm aber ein, das Anwesen sei kein Spielplatz. Wahrscheinlich war er vom Anblick der Erde gleichermaßen fasziniert wie ich damals, als ich den Job antrat und mir mein Arbeitgeber die Geschichte dieser Porzellanerde darlegte. Dreißig imposante Zentimeter durchmessend. EIN Erbstück des Vaters, der das weltweit operierende Unternehmen an seinen Sohn übertragen hatte,

302

mit dem auf dem Sterbebett ausgesprochenen Wunsch, der Sohn möge alles daransetzen, auch noch die verbliebenen Länder mit in das Handelsnetzwerk der Firma aufzunehmen. Die Porzellanerde sollte die Reichweite und Bedeutung des Unternehmens sichtbar machen und den globalen Maßstab der Firma unterstreichen, weshalb sie EINEN zentralen Ort im Arbeitszimmer innehatte, EINEM Zepter gleich.

Wie selbst für EINEN Laien wie mich unschwer zu erkennen war, handelte es sich bei dieser Erde um EIN bemerkenswertes Objekt handwerklichen Geschicks. Woher sie ursprünglich stammte, wer sie gefertigt hatte, darüber behielt mein Arbeitgeber Stillschweigen.

Mein erster Gedanke, sie damals zu Gesicht bekommend, war, dass sie jener Erde glich, deren Foto vor Jahrzehnten um die Welt gegangen war. Aufgenommen von den Astronauten EINER Apollo-Mission. Es trägt den Namen *Blue Marble* und bezeugt die atemberaubende Schönheit der Erde, uns Menschen zum ersten Mal bewusst werden lassend, auf welcher Einzigartigkeit wir leben – und wie wir mit ihr umgehen. Nun, genau so wirkte auch diese Erde aus Porzellan auf den Betrachter. Insbesondere durch die plastischen Farbschichten, die konturenreich ineinanderflossen und ein GANZES bewirkten – bis Asteroid Chester des Weges kam und unglücklicherweise ihren festen Platz im Leben meines Arbeitgebers kreuzte.

Ich weiß nicht, wie es passieren konnte und auch Chester kann sich an den genauen Hergang nicht erinnern. Eine unbedarfte Bewegung hatte wahrscheinlich genügt. Ich stand nur EIN paar Meter entfernt, hörte

Chesters unterdrückten Schrei und den Bruchteil EINER Sekunde darauf die Zerstörung unseres Planeten. Wären es Bodenfliesen anstelle von Holzparkett gewesen, lägen wahrscheinlich weitaus mehr Scherben hier vor Ihnen.« Der ältere Herr hielt in seinen Ausführungen inne. Wortlos erkundete er weitere der ausgestellten Objekte, die allem Anschein nach mehr als die Hälfte des weitläufigen Geschäftsraumes ausfüllten. EINE zweite Erde war, soweit er es feststellen konnte, nicht darunter. Es war nur EIN flüchtiger Gedanke gewesen, EIN Hoffnungsschimmer, in dem die Hoffnung völlig verloren wirkte.

Der ältere Herr war sich darüber im Klaren, dass die Erde, genau wie im Leben, ein Unikat und durch nichts zu ersetzen war. Genau das war sein Dilemma.

»Ich denke, meinen Job dürfte ich los sein, wenn mein Arbeitgeber in zwei Wochen zurückkehren wird und ich ihm beichten muss, was geschehen ist. Der persönliche Wert dieses Erbstücks dürfte durch nichts ersetzbar sein.« Der ältere Herr seufzte. Seine Schultern hingen herab wie EIN gebrochener Bügel, dem EIN Kleidungsstück zu schwer geworden war.

»Darf ich fragen, wer Ihr Arbeitgeber ist?«, fragte ihn die ältere Dame. Der ältere Herr nannte dessen Namen und den Namen des Unternehmens, woraufhin nun die Augen hinter der Brille an der Reihe waren, sich merklich zu vergrößern.

»Zwei Wochen sagten Sie?«

»Ja, zwei Wochen, bis mein Arbeitgeber zurückkehren wird.« Notdürftig wurde der Kleiderbügel mit Klebeband stabilisiert. »Meinen Sie, da könnte man in der Tat noch etwas machen?«

»Versprechen mag ich es nicht, aber es unversucht lassen ebenfalls nicht – und was wäre das Leben ohne das Ausloten eigener Fähigkeiten?«, gab sie zurück, einen Ausdruck auf dem Gesicht, den der ältere Herr nicht zu deuten wusste.

»Das wird aber sicherlich nicht günstig werden, oder? Ich möchte nicht wissen, was den Vater dieses einzigartige Kunstwerk gekostet hatte.«

Lange Zeit schwieg die Geschäftsinhaberin, als kalkulierte sie Scherbe für Scherbe, Handgriff für Handgriff, Arbeitsstunde für Arbeitstag. Vom ehedem schon blassen Hoffnungsschimmer blieb nicht einmal mehr der Schimmer übrig und der ältere Herr sah den Verlust seiner jahrelangen beruflichen Tätigkeit bereits bestätigt. Er ergab sich bedrückt seinem Schicksal, ohne jedoch seinem Enkel dafür die Schuld zu geben. Es war Pech gewesen. Punkt. Manchmal tickte das Leben eben so. Chester selbst war untröstlich und die Tränen zahlreich gewesen.

»Ich mache Ihnen EINEN Vorschlag«, sagte die ältere Dame. »Ich kümmere mich um die in Scherben liegende Erde und Sie bleiben bei der WAHRHEIT.«

»WAHRHEIT? Sie meinen, ich erzähle meinem Arbeitgeber, was mit seinem Erbstück geschehen ist und dafür erhalte ich EINE kostenlose Reparatur?«, fragte der ältere Herr irritiert. »Warum liegt Ihnen so viel an meiner Beichte – und wozu soll sie gut sein, wenn ich meine Anstellung trotz der Reparatur verlieren werde?«

»Vertrauen Sie mir und meinem Anliegen, die Reparatur *besser als neu* durchzuführen. Vor allem aber vertrauen Sie der WAHRHEIT, an der Sie einen Anteil haben.«

Der ältere Herr wägte die Worte der älteren Dame ab. Sein Blick wanderte zu Chester, der noch immer im Spiel vertieft war, dann zu den Scherben auf dem Tisch.

»Warten Sie bitte einen Augenblick. Ich habe da etwas für Sie«, unterbrach die Geschäftsinhaberin seinen Abwägungsprozess. Er verfolgte, wie sie EINE Leiter hervorholte und diese zielstrebig unter EINER Ansammlung von Porzellangefäßen positionierte und behände hinaufstieg. Sie ergriff EINES der Objekte, die zu Hunderten die Decke des Geschäftsraumes bildeten. Nein, EINE zweite Erde war es nicht, so viel war sofort ersichtlich. Schließlich stand sie wieder vor ihm.

»Sie müssen wissen«, begann sie, das Objekt mit beiden Armen gegen ihre Brust haltend, »mein Geschäft fällt für EIN Geschäftsviertel wie diesem etwas aus dem Rahmen des Alltäglichen. Gemeinhin besucht man EIN Geschäft, um etwas zu erwerben, das man gerne haben möchte oder aber zur Aufrechterhaltung eigener Lebensgewohnheiten für nötig erachtet. Meine Waren sind diesbezüglich EIN wenig - ANDERS.« Sie machte eine Pause, lächelte voller Wärme, ohne dem Blick ihres Gegenübers auszuweichen. »Sagt Ihnen der Begriff *Kintsugi* etwas?« Mehrere Furchen auf der Stirn des älteren Herrn beantworteten die Frage.

»Nun, es ist EIN altes japanisches Traditionshandwerk. Dabei geht es um die Reparatur von Porzellangegenständen auf EINE besondere Art, die das Objekt der Reparatur nicht *so gut wie neu*, sondern *besser als neu* zu transformieren vermag.

Alle Porzellangegenstände, die Sie hier sehen, haben ihre eigene Geschichte. Sie gelangten erst in meine Hände, *nachdem* deren Geschichte in Scherben daniedergelegen hatte. Sei es durch EINE Tollpatschigkeit, durch wie auch immer geartete Absicht oder schlicht durch unglückliche Umstände bedingt – wie in Chesters und Ihrem Fall. Sicher, es lässt sich nicht ungeschehen machen, was zum Bruch geführt hat, doch oftmals liegt der Wunsch vor, die Scherben wieder derart zusammenzufügen, dass die Scherben nicht mehr sichtbar sind und das Objekt in der Tat *so gut wie neu* erscheint. *Kintsugi* geht darüber hinaus.

Kintsugi bewahrt die Bruchkanten und hebt sie sogar noch hervor. *Kintsugi* fügt dem reparierten Objekt etwas hinzu, das durch die gewöhnliche Reparatur unwiderruflich verloren gehen würde, nämlich das, das das Objekt *besser als neu* aus der Reparatur hervorgehen lässt.«

Mit diesen Worten öffnete die ältere Dame ihre Arme, EINE Vase aus mattierten Grautönen zum Vorschein bringend, sie dem älteren Herrn darreichend. »*Kintsugi* glättet die Bruchkanten der Scherben sowie die Freiräume fehlender Porzellanstücke, durch das Auffüllen mit reinem Gold. Die ursprüngliche Form bleibt bewahrt, denn es ist die Form, die zur Geschichte des Objekts gehört. Die goldene Betonung des Bruchs aber intensiviert die Bedeutung der Geschichte für alle am Bruch Beteiligten – wie Narben, die bleiben, die nicht kosmetisch aus dem Lauf der Welt herausgehalten werden sollen. Warum? Um die Geschichte fortzuführen – und um die WAHRHEIT zu verdeutlichen, die ansonsten mit den Scherben entsorgt oder aber mit der reparierten Neuerscheinung für nichtig erklärt würde.«

Die Vase wechselte die Hände. Dem älteren Herr blieb die Zeit stehen, mit deren Vergang er die Übergabe der Vase wahrnahm. Plötzlich war seine Welt nur noch diese EINE Vase, deren Grautöne im Licht des Tages und der Raumbeleuchtung ein zeitloses Wechselspiel von Nuancen vollbrachten. Dann begann das feingliedrige Gold die Grautöne zu durchfließen, wie eine Dürre, deren Flussbetten sich mit einem Male füllten, ohne vergessen zu haben, woher die Flüsse einst wasserreich geflossen waren.

Der ältere Herr erkannte die Vase und hätte die ältere Dame nicht schnell reagiert, wäre sie erneut zu Boden gefallen und zu Bruch gegangen.

Mareen war aus dem Garten ins Haus gekommen, die letzten Blumen des Herbstes in der Hand. Sie trug sie in die Küche und machte mit leeren Händen kehrt, um im Wohnzimmer die Vase aus dem Schrank zu holen. Jene Vase, die ihr Mann vor Jahren hinter ihrem Rücken auf EINER Reise in den Süden in EINEM winzigen, versteckt gelegenen Laden erworben hatte. Sie hatte sich in diese Vase augenblicklich verguckt, doch ihr Mann hatte sie wohlweislich wortgewandt vom Kauf abgehalten. Monate später, zu ihrem Geburtstag, hatte sie völlig unerwartet auf dem Tisch gestanden, das Morgenlicht benedeiend, EIN paar herrliche Rosen darin zur Geltung gebracht. Seitdem hing Mareen an dieser Vase wie an keinem anderen Objekt im Haus. Wann immer sie eine Blume im Garten für würdig erachtete, durch das anmutige Zusammenspiel von Porzellan und Farbe in ihrer Pracht noch bestärkt zu werden, holte sie diese Vase aus dem

Schrank, eine besondere Verzückung in ihren Augen, die ihr Gesicht, der Blume gleich, erblühen ließ. So empfand es wiederkehrend ihr Mann. Diesem lag daher viel daran, den Garten alljährlich in ein insektenreiches Blütenmeer zu verwandeln, sobald der Frühling sich auf dem Pergament des Himmels für die aktuelle Saison eingeschrieben hatte.

Nun aber steckten die letzten farbenprächtigen Boten des Herbstes darin. Es klingelte an der Haustür.

»Ich gehe schon«, sagte ihr Mann. »Kümmere du dich um die Blumen.«

Mareen nickte dankbar und bestückte in der Küche die Vase, die sie anschließend wieder beschwingt ins Wohnzimmer trug. Im gleichen Moment kam ihr Mann mit zwei Polizisten in den Raum. Instinktiv zog Mareen die Vase näher zu sich heran, denn sie spürte unvermittelt EINE Präsenz, die den Blumen nach ihrer Leuchtkraft zu trachten schien. Sie blieb abrupt mitten im Raum stehen. Die Polizisten hatten ihre Kopfbedeckungen in der Hand. Ihr Mann war nicht jener, der nur Augenblicke zuvor das Zimmer glücklich lächelnd verlassen hatte. Tiefster Winter war unvermittelt in ihr Leben eingebrochen – bis ins Mark hinein.

Nachdem die Polizisten gegangen waren und die Nachricht vom Tod ihrer Tochter und ihres Schwiegersohns sich in jede Substanz des Raumes gekrallt hatte, lagen die Scherben der Vase bedeutungslos in einer Pfütze. Die Blumen darbten vergessen daneben.

Irgendwann waren die Spuren beseitigt und die Scherben zusammengefegt worden. Mareens Mann war davon ausgegangen, seine Frau hätte die Scherben entsorgt. Er hatte nie nachgefragt.

Im Laufe der folgenden Wochen, die zu Monaten wurden und eins ums andere Jahr beendeten, verblasste die Erinnerung an die Vase gänzlich, zumal ein neuer Lichtblick ihre beider Leben mit Bedeutung erfüllte: Chester – wundersam unverletzt geblieben, beim tödlichen Unfall seiner Eltern. Als er zu seinen Großeltern kam und blieb, war er vier Jahr alt. Für Mareen und ihren Mann wurde er zum beiderseitigen Halt, der zusammenfügte und beisammenhielt, was andernfalls auch anders sich hätte entwickeln können.

Vier Jahre vergingen, in denen die Wunden zwar vernarbten, aber dennoch komplikationslos verheilten. Bis zu dem Tag, an dem Mareen verstarb und EINE weitere Wunde sich auftat.

»Wo haben Sie diese Vase her?«, fragte der ältere Herr mit leiser Stimme.

Die ältere Dame hielt ihm die reparierte Vase erneut hin. Erst zögerte er, nahm sie dann aber doch an sich und fuhr mit zitternden Fingern über das glatte Material.

»Es ist zwei Jahre her, da kam ihre Frau mit EINEM Karton voller Scherben zu mir. Sie fragte, ob ich die Scherben *so gut wie neu* zu der Vase zusammensetzen könne, die sie einst gewesen war. Sie erzählte mir die Geschichte der Vase und die Umstände der Scherben und ich weihte sie in die Möglichkeiten des *Kintsugi* ein. Begeistert willigte sie sofort in die Reparatur ein und verließ das Geschäft. Sie kam nie vorbei, um die fertige Vase abzuholen.«

»Wissen Sie, wann das gewesen war?« Der ältere Herr schluckte. Er strich noch immer über die Vase und zeichnete mit der Fingerkuppe den goldenen Verlauf der Scherben nach.

»Warten Sie«, sagte die ältere Dame und ging zurück zu dem langen Tisch. Sie blätterte in EINEM dicken Buch. »Hier habe ich den Eintrag.« Sie nannte das Datum. Der ältere Herr schwieg. Er hatte die Augen geschlossen. Die Geschäftsinhaberin ging auf ihn zu, berührte ihn an der Schulter. »Alles in Ordnung?«, fragte sie.

»Es kommt alles ziemlich überraschend«, antwortete der ältere Herr und öffnete wieder die Augen. Sie waren feucht, feuchter, als zur Benetzung der Augen notwendig war. Er betrachtete weiterhin die Vase in seinen Händen.

»Es ist der Tag, an dem meine Frau starb.« Länger hielt er die Tränen nicht zurück.

Zwei Wochen darauf stand der ältere Herr erneut im Geschäft der älteren Dame.

»Chester ist in der Schule?«, fragte sie, nachdem sie sich begrüßt hatten. Der ältere Herr nickte.

»Und?«, fragte er seinerseits. »Hat alles geklappt? Konnten Sie die Erde retten?«

Die Geschäftsinhaberin lächelte und holte EINEN stabilen Karton unter dem Tisch hervor.

»Diese Erde war nicht zum ersten Mal EIN Scherbenhaufen. Wussten Sie das?«, fragte sie, den Karton öffnend, aber den Inhalt darin belassend. Der ältere Herr schüttelte den Kopf.

»Nein, das war mir nicht aufgefallen und mein Arbeitgeber hatte nie EIN Wort darüber verloren.« Er stutzte.

»Moment mal, wollen Sie damit andeuten - Sie kennen das Objekt, oder? Sie haben es sogar vor Jahren schon einmal repariert.« Die ältere Dame lächelte noch immer.

»Ich habe nachgeschaut, wann das gewesen war«, sagte sie, indirekt die Vermutungen bestätigend. »Vor knapp fünfundzwanzig Jahren. Damals blieb es allerdings beim *so gut wie neu*. Es war der Vater Ihres jetzigen Arbeitgebers, der EINES Tages, ähnlich wie sie, die Scherben der Erde mir auf den Tisch gelegt hatte und darum bat, sie zu reparieren.«

»*So gut wie neu*«, wiederholte der ältere Herr. »Warum wollte er sie nicht *besser als neu*? Oder boten Sie ihm diese Möglichkeit nicht an?«

»Doch, doch. *Kintsugi* ist von Beginn der Geschäftseröffnung an Bestandteil des Angebots, aber jener Kunde lehnte es vehement ab. Keine Spuren sollten verbleiben, absolute Unversehrtheit war das Ziel, egal wie viele Wochen die Reparatur benötigen würde.«

»Wie lange gibt es Ihr Geschäft eigentlich schon?«

»Das ist Geschäftsgeheimnis«, gab die ältere Dame mit einem Augenzwinkern zu verstehen. »Sagt man nicht, die Zeit heilt alle Wunden? Nun, die WAHRHEIT, hinsichtlich der Heilung, sie sieht ANDERS aus. Es ist nicht die Zeit, die Wunden heilt, sondern vielmehr der Mut, die Wunden nicht zu verstecken.« Die ältere Dame nahm den in weißen Stoff gehüllten Gegenstand aus dem Karton heraus und legte ihn behutsam auf den Tisch, ohne den Stoff zu entfernen.

»Die gesamten Scherben EINER Lebensgeschichte kann man zusammenfegen und rasch im Müll entsorgen. Traurigkeit, des Verlustes wegen, mag damit einherge-

hen. Oder Schuld. Mitunter gar EIN Zerwürfnis. Vielleicht
aber auch Gleichgültigkeit oder tiefste Verbitterung. Der
Akt der Entsorgung aber lässt EINEN niemals zum Ausdruck bringen, was man selbst bereit wäre zu leisten, um
die Scherben wieder dergestalt zusammenzufügen, dass
die Geschichte, die in Scherben daliegt, durch die Scherben selbst, an Bedeutung für das weitere Leben gewinnt.

Beim *Kintsugi* ist es das Gold, wodurch dieser Gewinn
bezeugt wird. Das Handwerk der Reparatur ist besagte
Bereitschaft, zu ermöglichen, wozu jemand, als Teilha-
bender an der Geschichte, imstande ist, um die Scherben
wieder zusammenzufügen. Erst das Handwerk der Gold-
reparatur nimmt die bisherige Geschichte in sich auf und
dient, zugleich, als Quelle von etwas völlig Neuem. Etwas,
das die Bedeutung dessen, das daraus hervorgeht, intensiviert, da das Vorherige erhalten bleibt.

Es ist nicht einfach nur EINE Reparatur aus Spargrün-
den, keine Zweckmäßigkeit oder die Furcht vor Konsequenzen. Es geht vordergründig um etwas Wesentliches.
Es geht um die untrennbare Vereinigung der Geschichte
und der an dieser Geschichte Teilhabenden, wodurch die
Bedeutung, dieser Beziehung zueinander, offenkundig
bezeugt wird – eben *besser als neu*. Würde aber die Geschichte vom Bruch an neu erzählt werden, bliebe das
Wesentliche unerwähnt.« Die ältere Dame begann mit
dem Stoff den im Stoff befindlichen Gegenstand zu polie-
ren, mit langsamen Kreisbewegungen.

»Schauen Sie sich die hier ausgestellten Objekte an.
Allesamt *besser als neu*. Allesamt *Kintsugi*. Manche davon
warten schon etliche Generationen auf jemanden, der
den Mut hat, sie abzuholen und die Geschichte dort auf-

zugreifen, wo sie in die Brüche gegangen ist. EIN Objekt dagegen, das *so gut wie neu* ist, bleibt nicht lange hier. Es wird sofort nach der Reparatur abgeholt. Ausnahmslos.« Und mit diesem Wort enthüllte die ältere Dame die Erde aus Porzellan.

Augenblicklich war der ältere Herr fasziniert – nur um unmittelbar darauf schockiert auf die polierte Erde herabzublicken. Die Erwartung, der aus dem All fotografierten Erde, war die Grundlage seiner Faszination. Und obwohl die ältere Dame ihm das Aussehen von Gegenständen dargelegt hatte, die in der Tradition von *Kintsugi* repariert worden waren, überwog der Schock im Nu. Er konnte ihn nicht verhehlen, war er ihm doch dermaßen deutlich ins Gesicht geschrieben wie die Scherben der Erde golden umrandet hervortraten. Der älteren Dame entging diese Reaktion keineswegs. Sie lächelte unbeirrt weiter, ohne das Lächeln als Maske zur Schau zu tragen.

»Es ist nicht das Objekt, das beim *Kintsugi* von wesentlicher Bedeutung ist, sondern die Heilung derer, die Anteil haben an dessen Geschichte«, sagte sie sanft und überreichte ihm die Erdkugel, durchzogen von feinen Verästelungen – als würden von nun an ungewöhnliche Flüsse, mitunter an nicht minder ungewohnten Orten, die Topografie der Erde prägen.

»Haben Sie EINE Vorstellung, woher die Faszination rührt, die EINEN überwältigt, wenn man die Erde aus der Ferne, umgeben von der Endlosigkeit des Raumes betrachtet, wie auf jenem Foto, von dem Sie erzählten?«, fragte die ältere Dame. Der ältere Herr sah die Erde wieder deutlich vor sich, die Tagseite ihm zugewandt, das so vertraute Abbild irdischen Friedens aus leuchtendem Grün, Braun, Blau und Weiß, eingefasst in der tiefen Schwärze des Alls. Die Erde – einfach nur Wasser und Land. Und aller Probleme entledigt.

»Nicht EIN Fehl. Nicht EINE gezogene und verteidigte Grenze, nicht EINE Scherbe in Form EINER Nation«, beantwortete die ältere Dame ihre eigene Frage. »*So gut wie neu*, bedingt durch den dafür benötigten Abstand vom zugrundeliegenden Geschehen«, fügte sie leise hinzu.

Der ältere Herr betrachtete die Kugel in seinen Händen und dachte an seinen Arbeitgeber, der wahrscheinlich von der zuvor reparierten, scheinbaren Unversehrtheit seiner geerbten Erde nichts wusste.

»Wie gesagt: Bleiben Sie einfach bei der WAHRHEIT«, sagte die ältere Dame. Sie gab damit dem älteren Herrn zu verstehen, es läge nun an ihm, seine Seite des Handels zu begleichen, indem er ihre Fähigkeiten würdigte und ihr sein Vertrauen schenkte. Der ältere Herr drehte die Erde langsam in seinen Händen und verpackte sie letztlich, mitsamt dem Stoff, im Karton.

Er ließ seinen Blick über die Objekte im Geschäft gleiten und wurde an die Vase erinnert, die nun abermals ihren Platz daheim im Schrank eingenommen hatte. Um ihre Geschichte weiterzuführen, bedurfte es Blumen. Vielleicht war es endlich an der Zeit, den seit Jahren brachliegenden Garten erneut mit Farbenpracht zu inspirieren und florieren zu lassen, was zur Heilung notwendig war.

»Haben Sie vielen, vielen Dank«, sagte der ältere Herr. Er überlegte kurz. »*Besser als neu* – es bedeutet, dem Leben mehr Lebendigkeit zu ermöglichen, nicht wahr? Es intensiver zu leben.« Die ältere Dame lächelte ihr unergründliches Lächeln. Ihre Augen indes glänzten wie das Gold, mit dem sie Bedeutsamkeiten zur Vordergründigkeit verhalf.

Der ältere Herr wollte sich gerade auf dem Absatz umdrehen, als ihm noch etwas einfiel.

»Beinahe hätte ich es vergessen, aber Sie müssen entschuldigen – meine Gedanken gehen momentan allesamt etwas ungewohnte Wege. Ich habe noch gar nicht gefragt, was Sie für die Reparatur der Vase bekommen, die Ihnen meine Frau in Auftrag gegeben hatte, bevor - «

»Seien Sie unbesorgt – sie ist bereits beglichen«, kam ihm die ältere Dame zuvor. Der ältere Herr nickte. Er bedankte sich ein letztes Mal und verließ das Geschäft, den Karton in beiden Händen vor sich tragend, darin die WAHRHEIT.

Draußen erstrahlte der Morgen im goldenen Lichte, sich grenzenlos ergießend über die Welt.

Epilog

So nahe – und doch ...

Wie nahe sich die Gestirne zu sein scheinen.

Wie fern sie in Wirklichkeit voneinander sind.

Woher rührt die Faszination dieser schwarzen Weite, gepaart mit funkelnder, sich trauender Tiefe?

Rührt sie von der Beruhigung her, dass wir die Sterne sind, die vertraute Muster bilden?

EIN Unbehagen täte uns erfassen, wüssten wir um all die Entfernungen zwischen uns.

Jeder Stern, genau wie wir, EINE Welt für sich. Einsam, von nahem, jedoch im Schein von Nähe, aus der Ferne betrachtet.

Beruhigend zu wissen: Der Schein ist längst vergangen.

Daher die Faszination.

Das Ferne aber ist näher denn je, die Vergangenheit allgegenwärtig.

Beraubt wird die Gegenwärtigkeit.

Zerrissen das Netz von Gegenseitigkeit.

EIN Schrei in sternenklarer Nacht verhallt.